2017 年

中国微型小说排行榜

微型小说选刊杂志社　选编

百花洲文艺出版社

图书在版编目（CIP）数据

2017年中国微型小说排行榜/微型小说选刊杂志社选编. — 南昌：
百花洲文艺出版社,2017.12
ISBN 978-7-5500-2531-8

Ⅰ.①2… Ⅱ.①微… Ⅲ.①小小说－小说集－中国－当代
Ⅳ.①I247.82

中国版本图书馆CIP数据核字（2017）第289530号

2017年中国微型小说排行榜

微型小说选刊杂志社　选编

出 版 人	姚雪雪
责任编辑	李梦琦　丁文勇
书籍设计	方　方
制　　作	何　丹
出版发行	百花洲文艺出版社
社　　址	南昌市红谷滩新区世贸路898号博能中心20楼
邮　　编	330038
经　　销	全国新华书店
印　　刷	南昌市红星印刷有限公司
开　　本	850mm×1168mm 1/16　　印张 22
版　　次	2018年1月第1版第1次印刷
字　　数	300千字
书　　号	ISBN 978-7-5500-2531-8
定　　价	43.00元

赣版权登字　05-2017-475

目 录

南京的太阳

夏　阳

　　到南京的第二个晚上，我接到警察的电话。电话里，警察说："有个男人自称是你父亲，麻烦你来一趟，确认一下他的真实身份。"

　　真是滑天下之大稽。我来南京，是参加小鹿五周年演唱会。临走时，父亲在手机里千叮咛万嘱咐，不接听陌生电话，不搭理陌生男人，不独身走夜路……简直把人世间所有的黑暗与丑陋数落个遍。没想到真被他言中了，陌生的南京居然冒出来一个自称是我父亲的男人，真是狗血剧情，比小说还小说。

　　我对着手机非常干脆地拒绝："骗子，我爸特意叮嘱过，这样的人肯定是骗子！"

　　南京的太阳真大，铺天盖地，到处是它翻滚的热浪，把南京城变成一个巨大的平底煎锅，沸腾着我们这些远道而来的少年情怀。从故乡到南京，不到四百公里的路程，我却差点和父亲闹翻了。

　　虽然隔着千山万水，但我完全能够想象出父亲在手机那端的样子，他肯定是板着脸孔，紧锁眉头。为此，我不得不耍点小花招。我对父亲说："人家明年就要参加高考啦，每天日程排得满满的，脑袋都快要爆炸了。去南京也不是专程为了看演唱会，演唱会有啥好看的，其实我更想去南大参观一下，给自己定一个目标，你女儿明年保证把它拿下。"

果然，父亲在那边沉吟了片刻，说："你妈没时间陪你去，我这边又请不到假……"

我立刻打断父亲的话，斩钉截铁地说："老爸，您一向教育我要独立，现在正是锻炼的机会，您十六岁不就自己出去打工了吗？"

一切很顺利，不到中午我已经踏上了南京的地盘。南京的太阳，果然名不虚传，一出火车站就晃得我睁不开眼。

酒店早已在网上订好，手机导航和打车软件可以直接把我送到目的地，来前已规划好行程：先游览南大，第二天上午参加歌星签售会，下午和晚上是他们的演出。第三天到小鹿他们下榻的酒店守候，得到合影后返回故乡。

对于明年就要参加高考的我来说，南大的确是我心中的圣殿，这与当年高考失利的父亲一直对我的洗脑有关，他总是脸色凝重地说："女儿啊，假如当年我考上大学……"我内心无论怎样不屑，表面也得装出一副认真倾听的模样。我知道，在我们之间，有些代沟是天然存在的，生活除了奔波劳碌，还有诗和远方的田野。作为父亲，他只知道在青岛干建筑小工，抬水泥、搬石块、挑砖头，数年如一日，从不知道演唱会是何等气势恢宏，又怎么可能理解一个少女对心中偶像的深情膜拜和狂热迷恋呢？

现场的演唱会上，荧光棒似海，呐喊声震天，数万人忘情地摇，忘情地唱，宛如一个盛大的节日。我举着自拍杆，录制视频的手激动得发抖，喉咙吼得嘶哑，双脚踩得生疼……

演唱会结束后的第二天，我和众多意犹未尽的铁粉蹲守在他们酒店门口。你知道吗？老天不负有心人，我居然得到小鹿的同意与他合影，他还在签字本上留言："努力冲刺，静候你的佳音。"我激动得全身颤抖，泪水迷离。所有的少男少女都在尖叫呼啸，现场气氛如同喷发的火山，而内心，更是海洋般澎湃。

就在这时，我再次接到警察的电话："姑娘，先不要急着挂掉，你认真听听这声音熟不熟?"

半个小时后,我来到派出所。一个狼狈不堪形容憔悴的男人,出现在我面前的监控屏幕上。

警察指着屏幕说:"最近周边发生了好几起强奸案、猥亵案,警方一直在暗中进行蹲伏抓捕。这名可疑男子跟踪了你两天,具有重大的犯罪嫌疑和作案动机。但无论我们怎么审问,他坚决不招,一直自称是你父亲。"

屏幕上的父亲,半年未见,似乎一下子苍老了许多。他头发灰白,野草一般杂乱,黑褐色的脸上,小眼睛倦怠无神,尤其是那满是血泡的嘴唇,于胡子拉碴间如一枚烂柿子。我清晰地听到他从监控器里发出的虚弱的声音:"我绝对没有欺骗你们,我女儿可以做证!"

我几乎哭出了声音,对着监控屏幕哽咽道:"爸,您为什么就不能直接打电话给我?哪怕发个信息也好,您为什么要在这里待到现在!"

听见我的声音,父亲愣了一下,欣喜地扬起头,脸上绽露出一贯的微笑。他柔声道:"演唱会还没有结束,爸怕影响你。"

我再也说不出一句话。

南京所有的太阳,突然跑进了我的眼睛,灼烈,滚烫。我不得不蹲下来,捂住面孔,捂住从指缝间奔涌而出的轰然暴雨。

离开水的鱼

王　溱

　　离过年还有两个月，石头就打算关了鱼档了。

　　来买鱼的人不解："再挣他一个多月，误不了过年呀？"

　　石头麻利地刮着鱼鳞，说："不成，我还得做准备。"

　　石头说的"准备"，确实是个费事的大工程。

　　他先去超市买香皂，挑贵的，除菌的好，美白的也挺好，一样拿一块，想了想，又拎上一罐去死皮的。

　　一回到家石头就一头钻进了浴室，倒点这个，抹点那个，像刮鱼鳞一样狠狠往自己身上刮搓揉抠，不时把手凑到鼻子前闻闻：汗味，没了，腥味，好像也没了，就是那层皮还是黑不溜秋的。黑不要紧，关键是黑得不均匀，看起来像沾了许多鱼鳞似的。最要命的是手和脚，布满了沟沟壑壑，粗的细的，每一条都好像深不见底，把石头这些年吃过的苦都深深藏在里面。

　　石头叹口气。怪就怪城里的太阳太要强，养鱼的水太彪悍，非要在人身上留下个子丑寅卯来。

　　不过石头早有心理准备了，得慢慢来。

　　接下来的日子，石头开启冬眠模式，躲在出租屋里，吃喝全靠外卖，杜绝任何跟太阳和脏水接触的机会。晚上9点，石头准时坐到浴室里，一遍又一遍地抹，一遍又一遍地搓。

大半个月过去了，石头感觉自己确实白了些，可那些沟沟壑壑像树根一样长在手脚上，怎么也去不掉。

石头决定出狠招——用砂纸。当砂纸在手上来回刷，却一点也不觉得疼时，石头有些绝望，这样子的手摸在媳妇身上，怕是跟拿砂纸刷她没什么两样吧？

石头媳妇很白嫩，石头媳妇爱干净。

石头媳妇是去年才嫁给石头的，新婚之夜，她让石头在大木桶里泡，拿瓜络搓，直搓得石头身上的胎记跟刚出生时一样粉红粉红的，这才娇羞地到床上候着。

平日里石头媳妇就像个清道夫似的，天天跟脏东西较劲，就连藤椅缝里头藏着的污垢，也用牙签慢慢挖出来，再用布沾肥皂水，一遍又一遍地擦。对于拾掇自己，石头媳妇也不含糊，洗面奶、护手霜、润肤露啥的摆满抽屉，天天涂涂抹抹不嫌费劲。

石头已经一年多没见到媳妇了，石头一想起媳妇，砂纸就刷得更用劲了。

又大半个月过去，沟沟壑壑铲平了一点，身上的"鱼鳞"也淡了些，可就是进度太慢。石头忽然冒出个主意，先把整个人泡泡，泡开了再刷，肯定能快些。

出租屋没浴缸，石头一咬牙，在一家有浴缸的酒店订了几晚。

别替石头心疼钱。石头有钱。

这年头卖鱼的哪会没钱？活蹦乱跳的鱼掺着让鱼快活的水，鱼水同价，腰包就鼓起来了。去年春节石头没回去，更是狠狠赚了一笔。不过石头真没住过大酒店，特别是有浴缸的酒店。石头在城里只知道挣钱。

入住时，酒店前台的妹子问："一个人？"

他说："是的。"

办好手续后，带路的妹子又问："一个人？"

他说："是。"

石头回答的时候，忽然觉得无来由地自豪，是的，一个人，这么豪华的房间，老子一个人住！

在高级酒店里泡过几晚的石头，果然沾了点贵族气，看起来白净多了，连那块胎记也红润起来，像刚出生的粉嫩猪崽子。石头卷起行李，喜滋滋回家找媳妇去了。

媳妇没在村口迎着，媳妇也没在门口盼着，媳妇正在地里忙得不可开交。见石头到了家，她又冲进厨房杀鸡宰鱼。这跟石头想象的不太一样，石头以为她到家时，媳妇应该小鸟一样扑上来，他就可以拉着媳妇的手说几句悄悄话。

无聊的石头只能自己到处晃悠。

家里拾掇得还行，就是藤椅的缝隙塞满了灰。

抽屉里没有乳液面霜，也没有护手霜，只有剪刀和针线。

等媳妇刷完碗，洗完衣服，石头迫不及待地拉住媳妇的手，吓了一跳，你手咋跟砂纸似的？

媳妇一撇嘴："地里的活不用干呀？你爹不用伺候呀？家里活不都得我干？"

石头很愧疚，紧紧搂住媳妇。媳妇闻到石头身上有淡淡的香味，石头闻到媳妇的身上淡淡的鱼腥味，两人都怔住了。忽然石头媳妇挥手甩了石头一巴掌："你肯定不是去卖鱼，说，是不是在城里当小白脸了？"

挨了巴掌的石头，嘴巴一翕一合的，就像刚剁下的鱼头。

盐碱滩

谢志强

朵朵听了好一阵子，终于听出了眉目。爷爷、奶奶、爸爸、妈妈的口中，频繁地说一个词：盐碱滩。奶奶、爸爸都拗不过爷爷。似乎爷爷瞄准了靶子——开弓没有回头箭。爸爸几次强调："都拿那一片盐碱滩没办法呐。"

爷爷说："我这副老骨头慢慢去磨，我就不信种不活树。"

爸爸要求跟爷爷一起去。

爷爷做了个否定的手势，说："你忙你的工作，你把树苗拉去就行了，叫朵朵陪着我。"

朵朵正在欣赏奶奶种的花。奶奶招朵朵过去，对爷爷说："你要服从朵朵的命令。"又对朵朵说："朵朵，你要管好爷爷，爷爷身上有弹片，一累就疼。"

出发时，爷爷穿上不知什么年代的旧军装，黄不拉叽，肩上还有盘扣，像出征一样，扛着一把砍土镘。他不知从哪里找来一把工兵铲，颁发枪一样，交给朵朵。爷爷说："下命令吧。"

朵朵用大人的口气喊："出发。"

出了城。爷爷用商量的口气说："朵朵，这一次，你听我的好不好？"

朵朵仰脸看着爷爷说："为啥？想篡权？"

爷爷说："你不熟悉地形，咋指挥我？"

朵朵眨眨眼，说："好吧，种树，你指挥，其他，我指挥。"

进了盐碱滩，起初，朵朵每一步都狠狠地踩。碱壳发出脆生生的爆裂声。走起来很费劲。朵朵说："爷爷，你背背我。"

爷爷笑了，说："指挥员走不动了，咋带兵打仗？"

朵朵说："谁说走不动了，我想站得高、看得远。"

爷爷说："对对，纵观全局。"

爸爸的轿车已停在盐碱滩旁，开不进，爸爸已把一捆树苗扛进盐碱滩中央，还有两桶水。爷爷说："你忙你的去吧。"

爷爷挥动砍土镘挖坑，偶尔，还往手心里吐几口唾沫。朵朵的工兵铲使不上劲，她拿着一株树苗等在旁边。爷爷说："树苗的窝挖好。"

朵朵那嫩白的小手（手背上还有小酒窝）扶着树苗，直直地扶着。爷爷往坑里填土。一会儿，小树苗在一个小土堆里立住了脚。朵朵用葫芦瓢往土堆浇水，说："小树苗，好好喝，快快长。"

那一天，栽了一片树苗。朵朵的小脸，晒得红扑扑。

爷爷说："像秋天的红苹果。"

朵朵问："这些树开什么花？"

爷爷说："桃花、梨花、沙枣花。"

朵朵说："我命令它们通通开花。"

爷爷说："到时候，花儿朵朵，蝴蝶、蜜蜂也会来，等快要开花了，我向你汇报，你再下命令。"

朵朵模仿爷爷离休前的语气，说："你要及时向我汇报。"

爷爷对站在树苗前的朵朵敬了个军礼，说："是。"

可是，过了半个月，树苗不见发出绿芽。朵朵一副思索的样子，问："是不是土地不肯接受树苗？"

爷爷说起1941年，开辟抗日根据地的艰难，起初，老百姓也不接受八路军，躲避、害怕，最后，军民鱼水情。

朵朵说："根据地跟盐碱地有啥关系，打仗和栽树是两回事。"

爷爷说："我有办法，叫土地高高兴兴地接受树苗。"

爸爸也来协助爷爷灌水压碱。朵朵把这个办法称为盐碱地渴坏了，喝饱了水，就不反对在它身上种树苗了。爷爷提示说："盐碱太重，树苗受不了，水能把碱压下去。"

果然，第二批栽下的树苗，长出了一片一片的嫩绿的叶子，像小手一样鼓掌。其中，爸爸还移植来几株粗壮的树，据称当年就能开花结果。爸爸说这是一种示范，让小树苗活得有信心、有方向。

几株粗壮的树开出粉红的、雪白的花朵，哪里飞来的蜜蜂在花丛中忙碌。爷爷像个讲解员，讲着未来的结果，香梨、桃子、沙枣。

朵朵看见有花瓣凋零，说："我要它们一直开着花，开不败。"

爷爷说："花只能看看，不能吃。"

朵朵说："蜜蜂咋喜欢花？"

朵朵说："蜜蜂采花蜜。"

朵朵咬定，说："我就喜欢花，反正我喜欢花。"

爷爷为难地说："要是做思想工作也许能叫花不败。"

多多说："啥思想工作？我要花一直开。"

爷爷说："我劝劝花，可能劝不住。"

中午，太阳悬在当空。朵朵捡了一捧树下的花瓣，似乎责怪爷爷失职，说："你看看。"

爷爷要抱起朵朵，朵朵跳开。爷爷摊摊手，说："朵朵，花呢，劝也劝不住。"

朵朵一本正经地说："爸爸告诉我，以前，好多好多扛着枪的叔叔，都听你的指挥，你是故意要树结果。"

爸爸说:"花跟人不一样,对花来说,命令不管用。"

朵朵:"你根本就没有到树跟前去过,你在屋里打瞌睡。"

爷爷说:"烈日当头,屋里凉快。"

朵朵转身出门,像一只蝴蝶,飞向大树。爷爷跟出来,喊:"太阳太大,现在,你的位置在屋里,指挥员不能直接上前线。"

这就是我和爷爷的故事。朵朵这个乳名由爷爷起。我上小学时,那片盐碱滩已成了果园。后来,好多叔叔阿姨都来栽树,各种树,像整齐排列的队伍,站满了原来的盐碱滩。相当长的时间里,尽管已是果园,可人们还是习惯地称盐碱滩。比如说那里摘来的果实,会说:"哦,盐碱滩的味道好。"

每年春天,花开满园,我都会去。爷爷的坟墓就在果园旁边,有一次,说起爷爷,爸爸说:"朵朵,爷爷宠爱你,可是,你对爷爷很霸道。"我说:"爷爷喜欢我命令他呀。"

荞麦花开

刘国芳

　　读完小学，向东要到展坪乡去读初中。从向东的田西坑到展坪有三十里，但这是大路，用向东乡下人的话说那是官马大道。走小路，只有十里。这天，向东跟随父亲去展坪，他们从田西坑出发，过王家庄，再过东方村和源头，然后翻越源头岭。翻过源头岭，便是幕源李家。在这儿，也就是才翻过山，向东看到一片白色的花，有四五亩地，远远看去，白茫茫一片。向东在乡下长大，见过最多的，是禾田，那禾田开始碧绿一片，禾熟了，就一片金黄。向东还见过各种作物，比如在春天的时候，乡间到处都栽着丝瓜，开花的时候，黄灿灿一片。从王家庄到东方村的路边，有人栽了一大片扁豆，开紫色的花，紫色的花不多见，一大片开着，煞是好看。幕源李家边上这片白花，让向东觉得很别致，那花很细，单看并不起眼，但一片白连在一起，便蔚为大观。向东不认识这是什么花，不懂可以问，他父亲就在边上，向东问父亲："这是什么呀？"

　　父亲回答："荞麦。"

　　荞麦这种作物向东还是知道的，但向东还是问："我们这里的人都栽水稻，这人怎么栽荞麦呢？"

　　父亲答："谁知道呢？"

父亲的话，后来轮到向东说了，向东每个周末都要从展坪回田西坑，这时候向东身边有同学，同学问："这是什么呀？"

向东回答："荞麦。"

同学又问："我们这里的人都栽水稻，这人怎么栽荞麦呢？"

向东答："谁知道呢？"

向东初中三年，高中三年，一共在展坪读了六年书。这六年里除了寒暑假，向东每个星期天，都要从家里田西坑去展坪。一条熟悉的乡间小路，过王家庄，再过东方村和源头。然后越过源头岭。翻过山，向东就看得到那块荞麦地了。当然，春天的时候，那地里栽的不是荞麦，这块地和其他地一样，也栽水稻，那是一片青青翠翠的绿，然后慢慢变黄，当稻谷垂下头时，那块地便一片金黄了。收割后，那块地便栽上了荞麦，开始一块地里是细细的苗，极不起眼，随着它们苗壮成长，那一块地也是一片翠绿，而后，在秋天的时候，好像是忽然间，荞麦开花了。花虽然细，但所有的荞麦争相把花开了，于是一片地里便一片雪白。这片花让向东流连，他过了幕源李家，还会回回头，远远看去，那一片白仿佛蓝天上的白云，在向东心里悠悠地飘过。花开过后，又是另一种景致，一块地，忽然间又绿了，那是荞麦长了出来。然后，荞麦渐渐成熟，由绿变成浅褐色，再后，深褐色。这是深秋，可以割荞麦了。

六年后，向东高中毕业考上了大学，自此，向东再不需要从他家里田西坑经王家庄，再经东方和源头去展坪了，也就是说，向东再不需要走那条乡间小路了。向东在城里读大学，一读四年，然后在城里工作。一晃若干年过去了，这若干年里，向东经常会想到那片荞麦地，也就是说，那片白云一样的荞麦花，还会在他心里飘过。有一次，向东专程翻过源头岭去了幕源李家，他依然看到了白白的荞麦花，白白的花在风中摇曳，好像在跟走近的向东打着招呼说："来啦！"

向东说："来啦。"

又有一年，向东再去了，也是秋天，也是荞麦花开的时候。这次，向东看到荞麦地里有人，一个约莫六十岁的老人，向东走近他，跟他说："差不多三十年前，我就看见你这地里栽着荞麦。"

回答："不错。"

向东又问："怎么一直栽荞麦呢？"

回答："喜欢。"

向东说："也好，不一样的色彩，不一样的风光，给乡村增添了另一种色彩。"

对方说："你说起话来像个作家。"

事实上向东就是个作家。

向东后来拿出手机对着那块地拍了又拍。

向东后来在微信里发了一条朋友圈，一片荞麦地，开一片白白的花，很美。

那句话，向东也写在微信上了：

三十年前，幕源李家这块地就栽着荞麦

三十年后，依然，我在这里看见了荞麦花开。

不一样的色彩，不一样的风光，我们的乡村，真美。

向东这条微信让很多人点赞。

也有人问：幕源李家在哪儿，我想去看荞麦花。

向东回复：我带你去。

说是这样说，但并没成行，各自忙，把这事耽搁了。

两年后，向东终于和朋友去了幕源李家，那是秋天，应该是荞麦花开的季节，但到了幕源李家，见到那块地时，向东惊呆了，向东没看见白白的荞麦花，那块地，荒了。

待了一会，向东和朋友走进了幕源李家，向东想找人问问，栽了三十年的荞麦地，怎么就不栽荞麦了呢。但在村里，向东他们没看见人，家家关门闭户，不仅如此，村里到处长着草，一些草甚至把路都封了。一行人只好走出村，但在村口，他们碰见一个人了，一个跛着一只脚下拐子，向东见了人，问道："那个栽荞麦的人在吗，他怎么不栽荞麦了？"

回答："人家搬抚州住去了，还栽什么荞麦。"

向东说："搬抚州去了，好好地搬到抚州去做什么？"

那人答："村里人都搬了，有的搬到展坪，有的搬到上吨渡，搬到抚州的也很多，村里只留下我这个残疾人，没哪儿搬处。"

向东一行人再没问，但眼里一片迷离。

四要堂子孙

凌鼎年

　　娄城在搞文物普查时，发现了一座破旧的明代建筑。据上了年纪的人讲，早先的主人姓廉，原本好像叫四要堂。至于为什么叫四要堂就不得而知了。也有人说，可能是施药堂、司药堂、师尧堂、思瑶堂……

　　后来，一位叫廉天一的"80后"，他虽不住在四要堂，但自称系廉氏后人。他一根筋地查了不少资料，写了一篇文史随笔《四要堂溯源》。据他考证，四要堂源自明代的监察御史廉而洁为家族撰写的四句话："为官要廉，为人要善，为文要真，为商要诚。"他给自己的书斋起名为四要堂。其后人刻了匾，悬挂在客厅上方，可惜在"文革"时，被当作"四旧"劈了、烧了。

　　廉天一外号"书毒头"，他因写这篇考证文章，去了上海、苏州的多家图书馆寻找资料。资料看得多了，萌发了为廉氏家族写本书的念头。前前后后花了两年的时间，他写的《廉氏一脉》终于杀青，大约十几万字。写好了如果不发表、不出版，岂不变成了自娱自乐？廉天一查了出版社的电子信箱，发了过去，等啊等，可一点回音也没有。

　　他又找到了当地的文联。文联苟主席很客气地接待了他，还鼓励了他一番，说看了书稿再回复他。

等人心焦，等回音也很心焦，熬了半个月后，苟主席的电话终于来了。说内容不错，只是文字还略嫌嫩了些，需要润色。说经修改后，可以挑选若干小节先发表在文联主办的《娄城风》杂志上。并说他愿意帮助修改，帮助出版。

廉天一听后，大为感动，连连道谢。

最后苟主席说："文联出资给你出版，不是不可以，但要师出有名，如果算我们俩合作的，那就名正言顺了，出版经费就没有问题了。"

廉天一愣了一下，脑子一下没有转过弯来，只说了一句："容我想想，明天答复你，行吗？"

廉天一回到家，越想越觉得不对劲，自己辛辛苦苦两年，怎么变成了合作？他不甘心啊。

妻子知道后，劝他说："苟主席要署名，就让他署吧。总比你写了白写要好吧。如今出版难，你又没有名气，苟主席不给你出钱，你的心血十有八九就白费了啊。"

读初一的儿子廉石听到后，忍不住插嘴说："这不符合我们廉氏老祖宗说的'为文要真'。什么合作署名，还不是想不劳而获？我看这属于变相腐败。老爸，您不能答应，不能助长歪风！"

廉天一拒绝苟主席后，在《娄城风》杂志上发表节选的事也吹了。倔强的廉天一不信邪，把电子版的书稿发给了一家又一家出版社。一年多后，终于传来好消息，上海有家出版社愿意出版。

《廉氏一脉》的正规出版，使廉天一信心大增，创作一发而不可收。几年里，他又接连写了《古今清廉故事》《古今法治故事》《古今孝故事》等多本集子，竟然都拿到了稿费。

省报与省里的电视台都来采访了廉天一，报道了廉天一，他还加入了省作家协会，后来又当选为娄城市作家协会副主席。娄城的好几家中小学邀请他去讲课。在娄城，廉天一有了点知名度，成了个人物。

廉天一出名后，常有文学青年来讨教。廉天一想到自己当年的艰辛，因此凡有人找他，他能帮则帮。

曾有一位高二的学生一鸣来找廉天一，带来了两本自编的诗集，希望廉天一帮助他出版。廉天一粗粗翻了一下说："你的诗比我写得空灵、朦胧，有味道，只是诗歌目前很小众，坊间有云，写诗的比读诗的还多。出版有难度。"

一鸣说："我知道您与多家出版社关系很好，这样吧，您帮我联系出版，到时算我们合作出书，您也署名，有稿费归您。"

廉天一马上回道："打住打住，这万万不可！"

一鸣以为廉天一摆谱不肯帮他，有些失望。谁知廉天一说："你若信得过，把诗稿的电子版发来，我代为联系，尽力而为。"

廉天一把诗集的出版当成了自己的事，转了几家出版社后，正好有家出版社在为"'90后'诗歌"丛书组稿，一鸣的诗集竟然被选中。

一鸣的诗集出版不久，他就出国读大学去了。

一鸣是个知恩图报的年轻人，他总想着如何报答廉天一。他了解到廉天一的儿子也快高中毕业了，就发电子邮件对他说："您儿子到海外留学的事，我会帮忙！我爸不差钱。"

如果是其他事，廉天一肯定一口回绝，但此事涉及儿子海外深造，他不免有点动心。

廉天一试探着问儿子："要不要找找关系，由老爸来搞定你出国留学的事？"

儿子说："我是谁？我的名字是廉石！我们的家族遗训是'四要'，我要靠我自己的真才实学让海外大学录取。老爸，您要相信您儿子有这个实力！"

廉天一听后，又激动又羞愧，喃喃自语道："儿子啊，你是廉氏真正的子孙！"

圆　场

刘建超

团长洛半城让马串去带学员，马串噘着嘴很不情愿。

马串在剧团饰演丑角，常言说，无丑不成戏。马串饰演丑角，文武兼备，很受老街人的喜爱。马串从小跟着戏班子，基础功扎实，圆场、云步、搓步落脚稳健利落，从不拖泥带水，蹻子小翻又高又飘，一口气翻出十几个，落地也如脚下生根。这角正红着，却要转身去带学员，搁谁心里都别扭。

洛半城也是很喜爱这个弟子，要求也格外严厉。洛半城说，个人勤奋成角容易，能带出大批的徒弟，培养出众多的角儿，那才是大本事。这帮孩子底子不错，带不出来你就别在老街剧团混了。

洛半城撂下噘着嘴的马串径直走了。其实，洛半城还有个心思，新收的学员中有几个模样俊俏的姑娘，洛半城也是想让马串多接触，马串也是老大不小的了。

马串在舞台上扮的丑角，长得可是一表人才。方脸剑眉，见人面带微笑，露出整齐洁白的牙齿。马串为人随和，无论他与谁搭戏，散场后马串都会给人家伸出大拇指，夸上一句"今天唱得好"。他那份称赞是真诚的，没有敷衍应酬的意思。

马串带领的学员里，最出色的就是祝素素。小姑娘高挑的个头，浓眉杏眼，诱人的小酒窝能把魂给旋进去。祝素素嗓音条件也好，音色亮丽圆润，行腔舒展自然，这肯定是能成为角儿的好苗子。平日里素素对着马串师父师父地叫，其实两人年龄也相差不了几岁，马串对祝素素也是格外关照。

老街戏院前有一片梨园，是马串带着学员平日练功的场所。三月，正是梨花满枝头，老街人喜欢来梨园赏花，看剧团的人影影绰绰的身段，听咿咿呀呀的吊嗓子声。

园林里忽然一阵骚乱，老街的几个小混混，缠住了正在练功的祝素素，下流的言语挑逗着祝素素，非要和她交个朋友。素素左躲右闪，俊俏的脸上挂着委屈的泪水。

马串闻声赶来，拨开混混伸向素素的手掌，把素素挡在身后。几个混混见到马串是一个人，吹着口哨就动起了拳脚，马串护着素素后退，也还以拳脚，怎奈好虎架不住群狼，也是顾及这祝素素，施展不开手脚，马串被几个混混打倒在地，鼻梁骨折，血流满面。

剧团几个老人，劝马串忍忍气，给那几个混混赔个不是，小事化了算了。老街都知道，最难缠的就是这些小混混，大乱不做，小乱不断，气煞公安，难死法院。祝素素拉着马串的手，也劝他别去招惹那几个混混。马串说："他们欺负素素，我凭什么给他们赔不是？今天忍了，明天后天还来捣乱怎么办？"

马串鼻子上贴一块膏药，满大街地找那几个混混。熟悉的人看到马串，说："这要是上戏，粉都不用扑了。"傍晚，马串在东关的胖子涮锅地摊上，见到了那几个混混，正在涮毛肚，喝啤酒哪。马串一声吆喝："毛贼，爷找到你们了。"几个混混没有想到，白天被打趴下的马串，不但不找人来说和，居然敢找上门算账。马串的拳脚可不是吃素的，几个来回便把混混放倒在地，爷啊爷啊地求饶。

剧团的人都明白，马串是对祝素素上心了。祝素素也喜欢和马串在一起，总是借故讨教，待在马串的屋里不想走。

洛半城一面板着脸告诫马串注意影响，一面背着手心里喜滋滋地乐。

剧团的人说，马串千不该万不该，就是不该带祝素素去相思镇看花戏楼。

相思古镇距老街二十多里，有一座花戏楼，花戏楼坐北朝南，年代久远。当年的花戏楼可是风光无限，城里的角儿们以能在这里唱戏为荣。马串和祝素素来到花戏楼时，相思镇的剧团正在排练《古城会》。祝素素的眼神没有盯着主角看，却对扮演马童的演员入了神。演马童的武生叫孙成，长得剑眉高扬，举手投足，英气勃发。马童出场为关老爷牵马那一串跟头，惊得祝素素拍手叫好。没有什么原因经过，祝素素恋上孙成了。有空闲的时间，祝素素就往相思镇跑，回到老街已经是黑灯瞎火，祝素素不知道，马串默默地跟随在她的身后。在丽景门上的洛半城看得真切，无奈地摇摇头。

祝素素即将出师的时候，居然不辞而别，去了相思镇剧团。老街剧团人那个恨啊，这不是白眼狼是什么？老街白白为相思镇培养了个角啊。马串拦住了要去相思镇讨说法的人："只要能唱出名堂来，在哪里唱不是唱？"

话是这样说，可老街剧团的人心里却是憋着火。豫西戏剧会演在老街戏园子举办，相思镇剧团也带着《贵妃醉酒》参赛，饰演杨贵妃的就是祝素素。老街剧团的人商量好了似的，全部离场。

祝素素在台上，掩饰着内心的苦闷，把美酒入愁肠愁更愁的杨贵妃从初醉到醺醺醉意细致入微地表现出来，赢得观众喝彩。

谢幕时，祝素素看到观众席上站起一个人，缓缓地伸出手，冲着她伸出了大拇指。

"师父——"祝素素跪在台上。

车　迷

陈国祥

张三不知道什么时候迷上车了。他不抽烟，不喝酒，甚至也不喜欢女人。他就喜欢车。他的酒柜里什么酒也没摆，琳琅满目的全是各种各样的车模。他出差买，出国买。一次出国在斯图加特他一掷千金买了全套的名车车模。他的包里不放香烟，但一定有一个精致的车模，随时把玩。

张三生在农村，小时候家里很穷，13岁就没了父亲。张三读书很上进，考取了离家10多里地的高中。他上学全靠走路，他戏称自己的"11"号汽车风雨无阻。李四和张三是同班，骑着一辆28寸的"飞鸽"牌自行车，后座上载着个穿碎花裙子的女人。李四的车从张三身边飞啸而过，张三很是羡慕，倒不是羡慕被风吹起的连衣裙，而是羡慕李四屁股底下的"飞鸽"。他想：有辆车，可以省多少时间啊……

张三考取了H省工学院车辆工程专业，他是他们村第一个大学生。李四毫无悬念地名落孙山，托人走关系进了东风汽配厂，先做工人，后来戴着蛤蟆镜做起采购员，是W市最早的"有车族"。

张三大学毕业后，也回到了家乡，竟也分配在东风汽配厂，做技术员。老厂长看小伙子长得帅、人品好，又是大学毕业，没两年就调他到厂办当主任。

镇党委周书记到工厂视察，觉得张三不错，就把他挖到了镇里，先是镇办公室主任，再后来是副镇长、镇长，再后来成了周书记的乘龙快婿。张三的老母亲坐着张三的桑塔纳回家，和张三说："三儿，不能做对不起周书记的事啊，我们张家祖上积德出了你这么个官，我这辈子都没想到还能坐上小轿车。"

东风汽配厂因为经营不善，最后只好改制给了李四。张三看着同学面上，也没少帮忙。李四人脉广，头脑活，东风厂到他手里居然办得风生水起，李四也成了W市的"功勋企业家"。李四为了感谢张三的帮助，十八般武艺用尽，可张三就是刀枪不入……

李四知道张三喜欢汽车，一次开了辆崭新的帕萨特到张三家，对张三说："堂堂镇长，你那破桑塔纳该换换了，我这辆车先借你开开。"说完把钥匙扔在张三家桌上就走了。张三夜不能寐，半夜从妻子身旁偷偷起来溜到院子里，崭新的帕萨特在月光下闪着贼亮贼亮的光。张三打开车门，坐到真皮座椅上，开着窗，不知不觉在车里睡着了……第二天早上，张三坚决地把车还给了李四，因为他晚上做了一个梦，梦见自己的母亲哭着对他说："三儿啊，你不能对不起周书记……"

张三有个女儿，认李四做干爹，其实也是平时开开玩笑的。张三女儿要结婚了，李四说："我就不送钱了，我要送给干女儿一个礼物。"张三说："什么礼物，不要买太贵的，我到时还不起。"李四说："暂时保密。"张三女儿结婚的那天，李四把神秘礼物亮相了，竟是一辆红色的保时捷跑车，披红挂彩停在酒店门口，女儿喜欢得不得了，围着车转了好几圈。女儿受张三的影响，也是个车迷，什么豪车的名字型号都叫得出来，一直想要买辆保时捷，可惜张三手里没钱，只能看看家里酒柜里的车模。事情都到这地步了，张三也不好再说什么。他想，李四给干女儿的，也是应该的，这人情慢慢还吧。

又过了三年，张三升任副市长的呼声越来越高。可就在这时，张三被"双规"了。全城震惊。原来是李四出了问题，把张三牵扯进来了。张三被移交法院起诉，张三的判决书很简单，就是收了李四一辆保时捷，判了一年零六个月。

张三被两名高他半个头的法警押上囚车，囚车风驰电掣地开走了。他突然想，他什么车模都有，就是没有囚车的车模，当然肯定也没有地方卖这个。

把闺女做大

刘正权

春香想做一回大，想了十几年了。

"你就是想二十年也是白搭！"娘一句话就把春香的心思给堵死了。

"凭什么啊？"春香嘴巴嘟着，觉得娘都不是自己的亲娘了。"就凭黑王寨有这么一句老话，"娘说，"你晓得吗？"

春香自然晓得，那老话是这么说的："闺女越做越小，媳妇越做越大。"

春香就想看看，嫂子是怎么把媳妇越做越大的。

一看就看出眉目来了，庄户人家过日子，虽说简单，可再简单也离不开衣食住行吧。

春香就是从这四样看出嫂子是如何把媳妇做大的。

先说衣裳，嫂子嫁过来时，明明是单的棉的各买了三套，都在柜里还没上身呢，可一开春，娘就从箱子底下翻出一沓钱来，冲哥说："拿着，到街上给你媳妇添件像样的衣服。"

嫂子添了衣服回来，娘那股勤劲儿让春香难过了半天，又是帮嫂子扯衣摆，又是帮嫂子翻衣领，搞得嫂子像没长手似的。

春香就气鼓鼓地扯了一下自己的衣摆，这一扯不要紧，她的衣服旧了，没翻好，破了纱的领瘙痒得脖子很难受，春香就叫了一声："娘，纱头挠我脖子了，你给我弄一下。"

娘没给弄，娘给了她一句话："你自己没长手啊！"春香被这话砸得泪花四溅，她是想叫娘看看，自己衣领破了，该买件像样衣裳的人是自己。怎么说春香也十六七了，知道讲脸面了。

衣裳毕竟不是天天买，春香在这方面做小的感觉还能接受，可一日三餐却让春香肚子没吃就饱了。

每次饭菜上了桌，嫂子还和哥在屋里磨蹭着，非得三请三邀才入席。又不是坐红席，非得八个人满座才动筷子？有一次，春香饿不过，见嫂子还没出来的意思，就端了碗。刚凑到嘴边，啪，手上挨了娘一筷子："饿死鬼跟着啊！你嫂子没来不晓得？"娘一吼把春香的馋虫给吼回去了，春香那碗饭没扒三口就放下了，嫂子倒是吃得很欢实，娘把一盘好菜差不多全扣到了嫂子碗里。

吃上将就点，春香也忍了，酒肉穿肠过嘛，只要能长身体就行。

住就是天壤之别了。嫂子住的房屋挂了窗帘，贴了窗花，门里喜庆得不得了，出门进门都锁着，皇帝后宫也没这么讲究吧。春香的房屋，除了床和一个梳妆台，连个衣柜都没有，本该放衣柜的地方放了一个杂物柜。春香看电视上说女孩子闺房应该如何如何，说得春香没了半点自信，天底下像她这样的闺房大概就独一个！

说完衣食住该说行了。

嫂子是动不得步的主儿，一拿脚，哥哥总是跟屁虫一样黏着，那么大的人还怕丢了不成？春香很是不屑，下地锄草间个苗吧，一垄没上头，娘就抢了嫂子的锄头说："歇着歇着，别累坏了！"

锄个地就能累坏人？春香不懂，那人是纸糊的还是灯草做的啊？

这嫂子还真是越做越大。有一回吧，两个人赶个集回来，哥只冲娘说了一句话，娘差不多是扑上前去扶住嫂子，口中连声说："我的娇，我的娇，小心点，别摔了，别扭了！"

天哪，那么平的地会摔跤，瞎子啊！当时春香恶狠狠地撇下他们回了里屋。娘还真就瞎子样了，一点没看见春香脸色。打那以后，嫂子的脚步更金贵了，地不下了，门不串了，动不动就端了腰在屋里吃零食，吃出一嘴的香来。

好多零食春香都没见过呢！

这闺女做得也太小了，小得娘的眼角余光都不扫一下。

春香就盼着快长大，大了，嫁出去，眼不见心不烦，多好。在小侄子呱呱落地后一年，春香满二十了。

满了二十的春香发现，娘看自己的眼神开始复杂起来，天天踮着脚在门口望，盼什么人来又怕什么人来似的。

该来的总要来的，是提亲的人。

春香是随提亲的人一起见的男方，见小伙子感觉尚可，就点了头。点头回来，娘围着春香絮叨了半天，问小伙子高不高，壮不壮，模样精明不精明。问到最后春香烦了，春香就冲娘使了性子，说："你烦不烦，不就一个男人吗，三四遍地问，一句话，比你儿子强，行了吧！"

要搁以前，春香这么使性子，娘准得发脾气骂几句，但今天，娘不仅没发脾气，还笑模笑样冲爹说："愣怔啥，还不杀鸡！"

鸡杀了，也炖熟了，哥嫂还没回来，娘把饭菜端上桌，隔着门帘喊："出来吃饭啊，春香！"

春香懒洋洋地，说："嫂子不是没回来吗？"

娘说："不等她了，你先吃吧。"

春香心说：娘今天是怎么了，做事尽颠来倒去的。

一脸疑惑的春香上了桌，娘夹了鸡大腿放在自己碗面上，春香说："娘你糊涂了，这鸡大腿是归嫂子吃的。"

娘一顿筷子："叫你吃你就吃，哪这么多废话。"

春香说："我是做闺女的，哪好和嫂子争吃食！娘你说过的，闺女越做越小的。"

娘忽然就抹起了眼泪，说："傻闺女，在娘心里，你永远是最大的啊。"

春香没觉得自己做大过一回，就说："娘我咋觉得你把嫂子看得比我大呢？"

娘摇了摇头，说："嫂子跟你不一样啊，嫂子是离了娘的人，你呢，好歹在娘眼皮底下晃着。"

这话让春香越发糊涂了，自己这会儿也在娘眼皮底下晃着啊，咋就一下子全装娘眼睛里了？

喝晃汤

江 岸

无论如何，大过年的，总得让老婆、孩子高高兴兴吃上一顿猪肉，一家人总得围在一起热热闹闹包一次饺子！

可是，有一年，快过年了，周全明还没有想好，怎样弄到过年要吃的那几斤猪肉。

有十多年了吧，他家过年就没有杀过年猪。黄泥湾这十几户人家，虽然不是家家户户每年都杀年猪，但多数家庭隔个三年两载也要杀一头。整个湾子十多年没杀过年猪的，只有周全明一家。他上有偏瘫老娘，下有六七个嗷嗷待哺的孩子，仅凭他和老婆两人在生产队挣工分，粮食都不够吃，还能吃猪肉？如果不是生产队照顾缺粮户，允许他家向集体借粮，他家每年都会饿半年肚皮的。

好在黄泥湾有一个老辈子传下来的好习惯，没有杀年猪的人家，可以向杀年猪的人家赊一块肉来吃，等到自己家杀年猪了，再还上就是了。每一年，周全明点头哈腰地从别人手里接过称好的猪肉，满面笑容地说："今年吃你家的，明年吃我家的。"这句话，被他重复说了十多年，但是他家的猪肉什么时候能吃上，还是一个未知数。后来，他再开口赊肉的时候，要么热脸贴了人家凉屁股，人家干脆不理睬他；要么他赊五斤，人家只肯给三斤，而且还是猪后裆处的囊囊膘。

周全明几乎欠了整个湾子所有人家的猪肉，今年找谁借呢？找谁借，都难以启齿。

他到姐姐家串门，他姐不忍心，悄悄塞给他五元钱，对他说："你到公社食品站去买几斤猪肉，给孩子们过年吃吧。"

周全明攥紧五元钱，手心里汗津津的，走到食品站的时候，竟将一张钞票都捂湿了。食品站却排着一个长龙似的买肉的队伍，他只好站在队尾，焦急地看着案板上的半扇猪肉被一点点肢解，一点点被人买走。

突然，一个年轻人径直走到肉案前，也不言语，卖肉的赵师傅却挥刀砍下一大块好肉，递给年轻人。

"我们排半天队了，凭什么他不排队？"

"还讲不讲先来后到……"

人群里响起纷乱的抗议声。

赵师傅叭一声把刀砍在肉案上，双手往腰间围裙上一叉，傲慢地说："他是我儿子。谁喊我一声爹，我也给他砍一块肉！"

大家顿时沉默下来。

周全明慢慢走到肉案前，对着赵师傅清晰地喊了一声："爹！"

赵师傅愣了，所有等待买肉的人都愣了。

周全明不由分说，从肉案上拔起刀，三刀五刀下去，砍下一大块好肉，拎起来，大步流星地走了。

分田到户那一年，周全明家田地分得多，打下的粮食堆积如山。他家不仅能吃饱饭了，而且过年要杀年猪了！

黄泥湾人把猪血叫作猪晃子，杀了年猪，往往要开一两桌席面，把每家家长请来坐席，俗称喝晃汤，席上的主菜就是猪肉、猪肠、猪心肺、猪血放在一起的乱炖，就是晃汤。另外还要给每家每户送一海碗炖好的晃汤。这种杂烩为什么不叫别的名字，而叫晃汤，可能和猪血最廉价有关。这应该是一个乡间的谦辞。

周全明家终于杀了年猪，也请来了众乡邻喝晃汤。全湾子的狗都挤了进来，在桌子底下打架，争啃人们丢下的骨头。

酒至半酣，有人笑道："老周，你家的猪拱进萝卜地里了吗？"

还有一个更促狭的人，竟然抱起自己家的狗，对着席面说："睁开你的狗眼看看，这桌子上还有什么？够不够人吃的？你们还想抢？"

虽然是开玩笑，但是周全明的脸立马红到了耳根。他讪笑着，支支吾吾地说："俺家该大伙儿十多年的肉账呢，还清以后，一头猪就剩下头蹄和下水了。明年一定让大家吃个痛快，保证一块萝卜不兑，全炖好肉。"

"你还让我们等到明年？我看见你家厨房里还挂着一块好肉呢，怎么不炖上？肯定是留到过年自己吃吧！"有人不依不饶。

周全明解释道："这块肉，是留下来还给公社食品站卖肉的赵师傅的。"

赵师傅已经退休了。当周全明敲开他家大门时，他问："你找谁？有事吗？"

周全明毕恭毕敬地说："我就找您，今天专门过来还几年前借您的猪肉。"说着，双手递过猪肉，深深鞠了一躬，转身走了。

赵师傅接过沉甸甸的猪肉，死活想不起来周全明是谁，更想不起来自己何时借给他这么一大块猪肉。

一声叹息

刘博文

　　陈嫂用肥厚的双脚，费力地在浸水的拖把上踩了两下，总算是把这喝得饱饱的拖把给踩平实了，末了，对着卫生间的镜子瞅了一眼自己。

　　在镜中，她以叹气的方式结束了一天的工作。

　　虽说这叹息声很小。

　　但凡是长个心眼的人都明白，正常人在正常情况下是绝不会叹气的，叹息这个词语在新华字典里也算半个贬义词呢。

　　所以说当一个人开始没来由地唉声叹气时，她的情绪一定是失落的。

　　而失落，则一定是有了烦心事。

　　陈嫂迈着细碎的步子走出了卫生间，来到走廊，双眼扫描着来往的人群，心想，不会有人听见自己的叹气声吧。

　　一念及此，陈嫂那张被岁月侵蚀的老脸便迅速地，泛起了阵阵红霞。

　　这是有心事的征兆。

　　陈嫂可不愿意让人知道她有心事，娘打小就告诫过的，再闹心的事也给我往肚子里放，放一放就消化了，免得让别人也跟着闹心。

　　撇开娘的训导，陈嫂怎么说也在大学里待了三年，晓得不把情绪传染给别人是做人的一种美德。

看看时间不早，学生们该回寝室的基本上也都回了，陈嫂伸了个懒腰，便窝在了门禁室的躺椅上，百无聊赖中，她点开了手机。

"嚯，都大雪了呀！"

在这一声惊叹之后发生的一切就像是条件反射。

陈嫂先是给学校领导打了个电话，问了几号放假，紧接着便点开12306软件，开始查询去往老家的火车班次。

在手指一次次的滑动中，陈嫂再次叹了口气，相较于之前的那声叹息要长得多。

也要有滋味得多。

在12306软件火红的背景中，两滴黄豆般大小的液体已将这屏幕里的红无限放大。

春运，咋就来得这么快呢？

放下手机的陈嫂，一遍遍地思考着这个问题。

问题无解。

有钱没钱，回家过年，那之后的一个多星期里，陈嫂脑子里不时地就会响起这首歌，拖地的时候哼着，检查寝室卫生的时候哼着，甚至于和人聊天的时候，也会哼着。分心了不是。

"陈嫂，你这算心不在焉呢！"最后，连保安六顺都看不下去陈嫂拖的地了。

鬼画符一样。

陈嫂能说什么呢，算起来，自己来到脚下这座城市打拼，已有三年的光景，在数以万计的进城大军中，陈嫂算是幸运的，没有吃过工地上的苦，在同乡的推荐下，来到了这所大学，做起了宿管阿姨。

三年了，陈嫂一直都是乐呵呵的，像这几天的情形，还真是前所未有。

随着宿舍墙上贴满的招寒假工的广告，陈嫂知道，日子离春节是越来越近了，可就在这喜庆的日子里，闹心的事情接二连三。

全国的大学里接连发生了几起宿舍伤人事件，事件不仅将当事学校闹得满城风雨，也把别的学校搞得人心惶惶。

在接到所有管理人员留校的通知时，陈嫂几乎是崩溃的。

连那一声简单的叹息都被情绪给掩埋了。

若换了刚进入职场的小年轻，估计头也不回地就要辞职回家去过年，对于陈嫂，宿管的工作太具诱惑力了。

她这个岁数的人，工地是干不动的，保姆行业，则都被那些年轻的姑娘给牢牢攥在了手里。待在这里过年，无疑成了陈嫂眼下唯一的选择。

得，给孩子和老人打个电话，寄点礼物回去算了吧，闷闷不乐了一周后，陈嫂的心情总算有了些许好转。

宿舍里的学生越来越少，到处都是行李箱哐啷哐啷的声音。

大寒到来的那天，宿舍几乎已可以用人去楼空来形容，陈嫂和六顺忙着拖地，没有顾及走进寝室的人，直到一双皮鞋堵在两人跟前。

一抬头，是院里的程院长。"你们俩不回家过年吗？"

"倒是想回，学校的通知您又不是不晓得。"

额！程院长突然愣了一下，问陈嫂："您是哪里人？"

"我，我是蕲春那边滴。"

"嗨，都是农村来的，不容易，你俩都快收拾行李回去吧。"

"早就没票啦。"陈嫂叹了口气。

"傻哟，嫂子，你听听我的口音，是哪哈滴！"

"你也是蕲春滴？"

"对呀，都是老乡呀，快收拾行李一起走吧，我也正赶着回家过年呢。"

这回倒是换成陈嫂愣了一下，抬头的片刻，她瞥见了一缕带着金边的阳光正透过云层，照射在宿舍前的大地上。

唉，大寒还能出太阳，真是出了稀奇。

又是一声叹息，不过六顺却听出来了，陈嫂这声叹息藏着掩饰不住的欢喜。

岛拉和米法

非 鱼

岛拉和米法是一把剪刀的两片。

不，她们不是年轻漂亮的小姑娘，更不是争夺一个男人的情敌。相反，她们的年龄加起来超过一百一十岁了。这样就好理解了，她们是两个退休的中年妇女，或者说，广场舞大妈。

岛拉原本在老年大学学画画，跟着姜教授画竹子。勉强能在一丛竹子旁边画一只大公鸡的时候，米法说："姜教授动机不纯，别跟他学了。"岛拉问米法："从哪儿看出来的？"米法说："我都打听过了，他老婆去年走了。"岛拉奇怪："这有什么，班里的同学一半都是单的。"可米法说不一样，愣是把岛拉拽走了，让她去跳广场舞。

米法带着岛拉来到小广场，大功率音箱把岛拉震得心跳过速。她喊米法，说太吵了。米法压根听不见，她穿着紧身T恤和短裙，小腿紧绷，腰肢舒展，站在队伍的最前面，像姜教授说的骄傲的公鸡。岛拉站在队伍的最后面，手忙脚乱，比画得很难看。

两个小时太难熬了，岛拉的耳朵一直咕咚咕咚地响。米法跳完，却依然笑意盈盈，保持着挺拔的姿势。岛拉明白了，米法这是故意呢。第二天，米法再叫，她死活不去了，又继续去画她的竹子和大公鸡。

两个人的明争暗斗不是一天两天，是三十年。从毕业分配到一个单位开始，自己不比，别人比啊，提起一个，总要捎带另一个。哎呀，岛拉的对象在机关上班，米法老公好像是教师，岛拉胜。米法提拔成副科长了，岛拉哭着去找主任，凭什么啊？主任也觉得好像是对不住岛拉。于是，半年后，岛拉也提了副科长，但就这半年，让米法扳回一局。在单位，两个人工资待遇一样，在家里，两个人同样生了女儿。相同点，又让她们保持着特殊情感，米法的老公蒸了包子，一定要给岛拉带几个，岛拉老家捎了红薯，也要有米法一份。就这样，过了三十年，一直到同一年退休。

退休以后，两个人结伴买菜，一起吃个小火锅，喝个茶，短途旅行，你侬我侬，但暗流依旧汹涌。岛拉在朋友圈发一张新画的竹子，米法必然发一段跳舞的视频，岛拉发一张老公炒的菜，米法发一张老公做的蒸饺。两个男人不胜其烦，你们何必呢？

其乐无穷。岛拉和米法认为，这样才有意思嘛。

当岛拉已经可以在竹子旁边画鹰的时候，她第一时间发了朋友圈。很奇怪，米法毫无动静。她又发了一张山水，米法还是保持沉默。

不对，有问题。岛拉直接去敲米法的门，没人，打电话，不接，打她老公电话，通了。米法老公说，在医院，等结果。

岛拉是一路跑到医院的，从门诊部追到住院部，在二十一楼找到了刚办好手续的米法。一见岛拉，米法失脸变色，冲她老公喊："谁让你告诉她的，让她出去。"

岛拉忙退出去，站在走廊上等米法的老公安顿好出来。"怎么回事？才几天不见，她怎么瘦了那么多？"

男人垂头掉泪："怀疑是肺癌。"

岛拉靠墙站稳："怀疑嘛，还不一定不是？"男人说："希望不是。"

回到家，岛拉关上门，哇哇哇地哭。老公喊她吃饭，她不开门，也不吃饭，就是一直哭，好像得病的是她。

几天后，结果出来了。米法确诊为肺癌，中晚期。她第一个想到的是岛拉："不能告诉她。"男人说："行，不告诉她。"男人偷偷给岛拉打电话，年近花甲的男人，像个无助的孩子，哽哽咽咽，语无伦次。"米法不让告诉你，你就当是肺炎。"

岛拉拎着一罐小米粥和两个小菜去看米法，一进门就喊："妈呀，你可吓死我了，还好是肺炎。"

米法笑起来："我也吓不轻，以为自己活不成了。"

"呸呸呸。赶紧好了跟我学画竹子去，别蹦跶了。"

"还画呢？姜老头没对你怎么样吧。我好了得赶紧排练，我们团六月份省里有比赛，我是领舞。"

其实，从医院回去那天开始，岛拉已经不再画画了，她不想让米法不高兴，尽管米法不知道。她在网上找肺癌病人的食谱，然后，一样一样给米法做。

米法还是嫌弃岛拉。说她脚笨手也笨，切的菜像檩条，煲的汤舍不得文火慢炖，自己好得慢，完全赖她送来的饭不好。岛拉说："米法啊，有的吃就不错了，装病号才有这待遇，再不赶紧好，明天我不来了。"

岛拉的饭依然按时按点送来，米法的男人完全乱了方寸，天天就守在病床边，拉着米法的手，一言不发。岛拉一来就撵他出去，老夫老妻了还秀恩爱，受不了。她想让他透口气。

米法没有一天天好起来，情况越来越糟，瘦得走了形，说话也几乎没力气了。

米法说："给我，找一套最漂亮的衣服，高跟鞋。"

岛拉说："好。"

米法说："我姑娘……"

岛拉打断她："什么你姑娘，那是我姑娘。"

少　年

崔　立

少年是在一个上午，蹑手蹑脚地走出报刊阅览室，直至走出图书馆。

图书馆外，是一条步行街。步行街上，来来往往的是走过的人群。天其实并不热，少年的额头上微微沁出了汗。

少年的头一直低着。从阅览室门口，直至走到步行街的每一步，少年都小心翼翼，脸上带着惊慌。倘若有谁呼喊少年一声，少年恐怕都会被惊住，暴露出他那不该暴露的东西。

灿烂的阳光下，少年远远地朝身后的图书馆望，确定已经安全了。少年如释重负般地，整个人也放松下来，大喘了一口气，是一种释放后的解脱。

少年轻轻拉起上衣，一本崭新的杂志到了手上。杂志上的每一篇文章，少年都喜欢。少年想带回家去看。少年去附近的报刊亭看过，没有这本杂志卖。少年想得到这本杂志。犹豫再三，终于选择铤而走险。

这一晚，少年躺在床上，将这本杂志从第一页到最后一页，好好地看了一遍，连中缝处都没放过。

合上杂志，少年满足地伸展了一下腰，好爽！

又一天，少年再度出现在了图书馆门口，左顾右盼地，又上了二楼的报刊阅览室。

走进去时，少年的心是带着一点忐忑的，小小的忐忑，在门口演变成大大的忐忑，那个坐在服务台前的中年女人，似乎朝着少年的方向凌厉地望了一眼，就那一眼，少年感觉自己的心就快要出来了。

还好，中年女人在望过一眼后，就没再看少年，少年有过瞬间的放松。

少年小心翼翼地走过去，径直在书架前停住，那里有一本新的杂志。是上次杂志的新一期。这是本半月刊。

少年轻轻地拿下杂志，在旁侧的书桌前坐下，看杂志的人不是很多，只有几个年纪大的老人，在认真地翻着。像少年一样的孩子，几乎是看不到的。

翻了几篇文章，少年又有了爱不释手的感觉。上一次，少年就是没控制住自己，把杂志带了出去。

少年抬头望了眼女人的方向，女人低着头，似乎在认真看着什么。少年心头有些窃喜。真的要像上次那样吗？少年想。

少年合上了杂志。少年的手，伸向了杂志。少年的手，忽然又打开了那本杂志。在心头，少年拒绝了自己。少年不想再这样了。

这一天，少年把杂志上的每一篇文章，都认真读完了。读完后的杂志，少年轻轻地合上。少年站起身，又来到书橱前，轻轻地放了上去。

每隔几天，少年都会来到图书馆，来到报刊阅览室，去找寻那本新一期的杂志。看这杂志，像是少年的一个约定。

每次，少年都会看到那个女人。少年总有那么一丝心悸，在心头慢慢弥漫开。

每次，少年都会认真地把杂志上的每一篇文章看完。

然后，少年会合上那本杂志，站起身，来到书架前，将那本杂志轻轻地放在上面。

时间在慢慢地拉长。

少年喜欢看那本杂志的习惯，没有因为时间而有所改变。反而，少年带来了纸、笔。少年照着那些文章，自己也开始写起了文章。虽然写得多少有些拙劣，但少年喜欢。那些就像是青涩的自己，容易犯错，犯错后慢慢修正。

有一天，女人竟来到了少年的身旁。少年正低着头写他的文章。感觉似乎有人在注视自己，抬起头，少年吓了一跳。

女人笑，说："写文章啊？"

少年说："哦，对，对。"

少年的脸微有些烫，是被看到偷偷写文章，还是别的什么原因？

女人说："下周，我要退休了。"

女人说："我看你经常来这里看杂志。"

女人还说："我带你参观一下我那里吧。"

少年跟着女人，到了服务台处，惊讶地发现下面的一台监控的电脑，阅览室里各个角落的场景，包括少年常常拿杂志坐下来看杂志的位置，都能看得一清二楚。

少年忽然脸特别地烫。她是在提醒自己什么吗？少年记得那次"拿"杂志的时候，女人是低着头的，低着头在看电脑吗？

有过几秒的停顿。女人忽然又说："以后文章写好了，给我看看。"少年说："好。"少年稍稍有些缓和。

隔一周多，少年去报刊阅览室，女人果然已不在了。换了一个男人。

这个是多年前的事了。多年后，少年也长大了，考上了大学，有了稳定的工作。少年的文章写得也很精彩，少年写的文章经常在当地的日报上刊登，还在全国各地报刊上刊登，包括那本杂志，少年也经常会上。少年在这个领域已小有名气。

少年常常想，如果当年女人直接抓住偷杂志的他，会是怎样？如果自己偷了一次，又偷，又会是怎样？女人会不会就抓他呢？

少年还想，如果没有当年自己青涩的文章，能有现在精彩的文章吗？还有，少年写的文章，女人看到过吗？

现在，少年不用再去步行街的图书馆了。后来，图书馆搬迁了，少年要去新的图书馆。

在新的图书馆门口，少年总要在阳光下，站立几分钟，想想多年前的自己。少年再迈开步，走进去。

对的，那个少年，就是我。

天鹅都去哪了

庞　滟

一天，爸爸兴奋地对妈妈说："明天去看天鹅吧，听说浑河的鲢鱼水库有天鹅留下没走。"

妈妈半信半疑，她对爸爸的真诚度还保持怀疑，不相信南方的天鹅像她一样傻，留在冰天雪地的北方。雯雯高兴得手舞足蹈，嚷着要一起看天鹅。

这个冬天对雯雯有些苛刻，像老师罚站一样罚她经常咳嗽。她倒觉得，病是件让她偷偷高兴的事。她病了，爸爸妈妈就不再吵架离婚了，整天围着她嘘寒问暖。

妈妈带雯雯去看过医生，住过院打过吊瓶，也带回好多药物，可她的咳嗽像大海的潮汐此起彼伏，好了又犯。

冰雪肃穆的东北大地上，一片壮美的水瀑布由大坝顶端倾泻而下，像一群群快乐奔跑的骏马，从山岗跑进肥美的草原。两岸白雪间，夹着一条水汽腾腾的河流，两只白天鹅和一群大雁仿佛天外来客，在水中嬉戏，像一朵朵莲花盛开在水面上。

雯雯第一次看到真天鹅，高兴得又蹦又跳，挥动事先准备好的面包，对着天鹅"呀呀哦哦"地叫着。面包片像小船一样在水中晃晃悠悠地漂向不远处的天鹅和大雁群。两只白天鹅探寻地游过来，站立在浅水的岸边，歪着头认真观察三个陌生人。

一些大雁被爸爸妈妈吸引过去了。雯雯憋着要爆发的咳嗽，安静地等待白天鹅的靠近。她的心欢快地跳跃着—看呐，那只最白最大的天鹅伸着长脖子到她的手中来啄吃面包了，用黑黝黝的眼睛温和地打量她，连着吃了好几片，还扇动两只大翅膀，像是在感谢她款待的美味。

雯雯的咳嗽不合时宜地响了起来，天鹅被吓跑了。无论她怎么呼唤，天鹅都不再靠近了。雯雯跺着脚，拖着哭腔说："它们不知道我这是病了在咳啊，一定以为我在吼它们呢。"

妈妈抱起雯雯，拉紧她的衣领说："乖宝宝，天鹅吃饱就不过来了，我们下次再来看它们吧。"

雯雯突然变得特别听话，没再把药片偷偷吐掉，她想让咳嗽快点好，不想再吓跑可爱的白天鹅。

"妈妈，外面又下雪了，天鹅很冷吧？城里过年的鞭炮声会吓跑天鹅吗？它们去哪吃年夜饭呢？"雯雯担心地不停追问，直到她流下眼泪，妈妈才心疼地答应，让爸爸开车陪她去看天鹅。

爸爸一直在推迟看天鹅的日期，说要等雯雯的感冒彻底好了再去。

雯雯一个人来了。缎子一样安静的水面，雾气萦绕，唯独没有天鹅和大雁的踪影。她"哦哦呀呀"呼唤的声音，寂寞地盘桓在灰色忧郁的河面上，始终没唤来让人感动泪流的那群可爱的生灵。一片片黑色带有臭味的水从上游流下来。一些白色的小鱼向雯雯漂来。是漂来的，因为鱼儿都是翻着肚皮过来的。她在冰冷的水中打捞奄奄一息的小鱼，悲凉地哭泣着，天鹅一定是嫌水臭了才飞走的。在不远处的岸边，凌乱地散落一地白色、灰黑色的羽毛。雯雯呜呜大哭起来，难过地说："天鹅和大雁是被坏人给抓走了啊……""小宝贝醒醒，做噩梦了吧？不哭不哭，爸爸买了你爱吃的好东西。"妈妈抱起雯雯，帮她擦眼泪，爸爸举着一块剥好的榴梿对她笑着。

"不要不要，我梦到大河水变得和榴梿一样臭了，天鹅和大雁都被坏人抓走了，一只也没剩，我现在要去大河边，看天鹅在不在。"雯雯继续大哭着央求。

飞舞的雪花被哭号的风扯着到处乱跑。鲢鱼水库大坝上的瀑布没有了，天鹅和大雁从水中消失了，不远处的大烟囱正在喷云吐雾。

雯雯紧紧抓住爸妈的手，在岸边孤零零站着，被一股夹杂在冷空气中的难闻气味呛得一阵咳嗽。她闪动着泪花低语着："天鹅都去哪啦？真的都没有了，我是在做梦吧？"

汪绶承

张晓林

汪绶承是夷门最具性情也是最不幸的书法家。他的童年和少年时期都是在杞县乡下度过的。他的父亲是一个落魄的私塾先生，除了祖上的那处老宅，给他留下的唯一遗产是一部石印的雅宜山人《杂诗卷》法帖。汪绶承很快就喜欢上了雅宜山人，因为雅宜山人厌恶喧嚣尘世生活的情怀在他心里引起了共鸣。这种情结伴随了汪绶承一生。

汪绶承有一个癖好。他喜欢收藏女人的绣花鞋，一生收藏了大小不等、花色各异的绣花鞋一百余双，而且都是女人穿过的，新鞋他不要。他一直想收藏一双夷门名妓李怜怜的绣花鞋，可是到死都没能如愿。他临咽气时说的最后一句话就是："我到那边找你！"他死后，近门的两个侄子将这一百多双绣花鞋用竹筐抬到院子里，泼上桐油焚烧掉了，那种暧昧的气味在小巷子里数月不散。

汪绶承终生未娶。因为脾气怪异，来给他做媒的人也很少。有一次，他的一个本家婶子想把邻村马屠户家的老姑娘撮合给他，便登门来做媒婆。正是三伏天，本家婶子一进院，见屋门敞开着，也没打个招呼，直接进了屋。事情就是这个时候发生了逆转，汪绶承躺在床上，正赤裸着上体看一本花花绿绿的图册。本家婶子骂了一声："鳖孙！"扭头就走。

事后，汪绶承听说本家婶子介绍的是马屠户家的老闺女，冷冷一笑，说："我看不上那个女人！"这话传到屠户女儿耳朵里，她便找上门来，把汪绶承堵在当院骂了个狗血淋头。

一个时期内，汪绶承闭门不出。他养了七只老母鸡，都给它们起上女人的名字，盈盈、豆豆、果果之类。夜半三更来到鸡圈，看这些鸡是否睡得香甜，如果鸡还没有睡，他就会给它们说上一阵子话，问它们渴了还是饿了，冻着了还是热着了。他喝点小酒，会借着酒兴给鸡们吟诵两首雅宜山人的诗歌，或者背上山人的一篇短文。他自言自语地说："和你们这些小东西说话，比和人说话有趣多了！"

有一天，他的这些起着女人名字的鸡悉数被人下药毒死了。他痛哭一场，将鸡合葬在院子里的榆树下，立一小块石碑，碑上写着"七女冢"。他给鸡们烧了纸钱，制作了几顶小花圈。有人在院墙外咔咔低笑，他浑然不顾。

他很少练书法，照他的说法，不是没有时间，是没有感觉。心里有了悲戚，或是喝过酒有了某种冲动，他才挥毫。他用笔在纸上诉说、发泄。他临雅宜山人的《杂诗卷》法帖，不追求形似，只追求那种恬淡雅致的趣味。有人指出他这样临帖难得雅宜山人真髓，要照帖临，一笔一画，必须做到毫厘不爽。汪绶承不以为然，他说："纵然使雅宜山人复生，再写此法帖，也万难做到这一点！何况我们的头，我们的臂，我们的手和山人不同呢！"

汪绶承的父亲教私塾时，有一个学生叫吴鸿初，这一年出任河南省财政厅厅长，他打探到汪绶承近况，很是唏嘘了一阵子。就让人把汪绶承请到开封，做了他的幕僚。过半年时间，汪绶承突然又回到杞县乡下。乡人问他回来的缘由，汪绶承三缄其口。但乡人很快就发现，打从省城归来，汪绶承性情大变。

进入了冬天。汪绶承收留了一只流浪猫。这只猫有着黑白黄三色相间的花纹，尾巴粗大，体态肥硕，金黄色的眼睛里隐隐有虎气。是一只母猫。每天，这只猫卧在院子的墙头上，或者在墙头上逡巡，不让别的猫走进院子。若有猫硬往院子里闯，它就撵着那猫撕咬，直到那猫逃之夭夭。方圆十数里的猫都怕它。在汪绶承面前，它却极尽温柔侧媚之态。每当汪绶承从外面归来，它都会倏地一下从墙头上跳下，跑到汪绶承跟前，用粉红色的小舌头去舔他的鞋尖或者鞋后跟，嘴里还温柔地不停喵喵叫着。到了夜里，如果汪绶承秉烛夜读，它会跳进他的怀抱，用温软的身躯蹭他的衣袖。汪绶承该睡觉了，它跳上床，睡在他的脚下。

汪绶承很喜欢这只猫。

忽然有一天，这只猫再不肯进屋里来，在院子里成夜叫个不停，犹如婴儿啼哭。不久，院子里来了一只大黑猫，追逐那只母猫。母猫不叫了，开始和那只黑猫嬉戏，窗台旁，水井边，到处可以看到它们欢乐的身影。有时它们也会追逐到屋里，在汪绶承的书案上，甚至床上戏耍。

也合该这天出事，汪绶承正在厨房做饭，那两只猫嬉闹着跑了进来。那只黑猫一边和母猫嬉戏，一边用它的猫眼看着汪绶承。汪绶承忽然暴怒起来，他关了厨房的门，将那只黑猫捉住，放到案板上，手起刀落，黑猫的一只爪子被斩落在地，鲜血淋漓。黑猫疼痛难忍，撞墙身亡。

黑猫死后，这只母猫日夜哀嚎。汪绶承越发烦躁，每天都要殴打这只母猫。过一阵子，这只母猫失踪了。

一转眼，旧历年到了。天空飘起了蚊虫般的雪花。汪绶承站在二楼的窗前看雪。他感到百无聊赖。忽然，他觉得窗外有些异样，仔细看时，脸色顿时大变。窗外有一棵梧桐树，树叶已经枯败飘零，但仍有枯叶稀疏地挂在枝头。枯叶中间，正有一双虎一般的眼睛注视着他。等他推窗再看时，那双眼睛已无踪影。

过了年，汪绶承的身体说垮就垮了。他找到街上棺材铺的王老板，多给了他一点银两，让他打一口大些的棺材。然后，他把他一生满意的书法作品装入黑匣，让提前打进棺材。

夷门名妓李怜怜已步入暮年，形容枯槁。一天黄昏，她用鸡皮一般的手把她一生所穿过的绣花鞋按年代顺序排列在床上，然后对着这些鞋垂泪而歌。

斗　漆

高巧林

　　四乡八村的人都知道，锦溪镇上的老王漆匠手艺好，人品佳，所以，油漆活一茬接一茬，从来没个空闲日。

　　那一回，老王应邀去镇上一户正筹备嫁妆的大户人家干活。可是才走进后宅工坊，就听到有人嚷嚷："不行，不行，他的手艺都老掉牙了。"

　　老王回头一看，嚷嚷的人是一位年轻男子。

　　老王努力让自己平静下来，然后客客气气地说："老朽愚钝手拙，请多多赐教。"

　　年轻人趾高气扬地说："免谈赐教，只是我沈某人也想在此混口饭吃。"

　　老王明白了，当即收拾起工具和漆料，准备谦让着离开。

　　东家不许。理由是，哪能轻信一位素昧平生、狂妄自大的年轻人？

　　年轻人睨着狡黠的眼神说："请东家允许，让我和老王各漆一件家具，比试一下手艺，如何？"

　　东家不知怎样回答是好。

　　老王再也沉不住气了，大声道："老夫奉陪！"

　　工坊里的气氛骤然凝重起来。

公平起见，两人各漆一只同样木质、同样尺寸、同样款式的马桶。

两天后，年轻人和老王先后亮出各自的作品。

只是没料，年轻人漆下的马桶特别光彩鲜亮，包括暗红色的荸荠色面漆和黄灿灿的金粉勾描。

东家及其家人哑巴似的，缄着嘴，愣着眼。

年轻人喜形于色，趁机炫耀，说自己的漆艺如何鲜艳亮丽而无刺目之嫌；如何平整溜滑而无泥子之痕；如何光洁如镜而无挂漆之丑；如何牢固硬朗而无磨损之憾；如何……

沉默已久的老王阔步上前，淡淡一笑，厉声说："年轻人过于张扬了。"接着，信手提起那个特别光彩鲜亮的马桶，一边细细察看，一边当众评点一面漆底下所批泥子掺水太多，这样，固然便于批刮与打磨，但年月久了，未免因面漆老化而疏松脱落；所用油漆添加桐油过量，这样，固然易于脱水干爽，但也势必增加漆层皲裂的可能性；更要不得的是，这位年轻人性急情躁而缺乏耐心，所以，整个工序有违"七分打底三分面""涂漆宜薄不宜厚，打磨百遍不嫌多"等至理行话……

东家走到老王跟前，指着年轻人的作品，轻轻地问："居然如此，那为何那个马桶特别光彩鲜亮？"

老王坦言，长期以来，自己使用的是"土漆"，也就是，从漆树上割下漆液，然而，通过风吹日晒加以脱水，再添加少许桐油，使之涂到家具木器上后容易干爽。而如今，改用化学混合物新漆了，老夫也就说不上个子丑寅卯，但有一点是可以肯定的，此番自己使用的是色调沉稳的暗光漆，而年轻人使用的则是观感强烈的亮光漆。

周遭一片肃静。

不过，年轻人非但没有半点服输，还针锋相对地想了又一个点子——用同样的油漆再比试一下。

老王从容应答，奉陪到底！

又过两天后，两只同样木质、同样尺寸、同样款式、同样刷上暗光漆的脚盆如期新鲜"出炉"。

东家及其家人围上前来一看，禁不住夸奖，不愧是老漆匠的作品，淡雅，幽亮，精致，耐看。

不知什么时候，年轻人不见了。

老王心一软，立马对东家说："叫他别走，这活让他干。"

年轻人幽灵似的，带着怒气旋即返回。尤为可怕的是，年轻人正胡乱地挥动一个呼啦啦燃烧着的火把。

"有人放火啦——"

东家恳求说："年轻人，别胡来，有话好好说！"

年轻人置若罔闻，只顾将火把触向两只紧挨着的脚盆。

结果呢，左边那只火焰升腾而化为灰烬，右边那只只是留下一丝丝淡墨似的烟痕。

年轻人带着得意的狂笑，捧起右边那只完好无损的脚盆，摆出反败为胜的姿态，嚷嚷道："这下你们看明白了吧，到底谁的漆艺高明？"

这是为何？莫非遇到魔术师了？东家及其家人大为惶惑。

老王默默地掏出腰包，赔偿那一只脚盆的钱，然后，重新收拾起工具和漆料，悄悄地离开工坊。

有人告诉老王，眼下市场上有一种油漆，可以防火的。

但最后，老王还是欣慰的——

一天，那位年轻人特意找到老王，频频磕头连声谢罪后，郑重提出，要拜老王为师。

奔跑的鱼头豆腐

薛长登

我骑着电瓶车拐进一条巷子，在一个锈迹斑斑的铁门前停了下来。

"郝大爷在家吗？"我冲屋里喊。

"门没锁。"一个沙哑的声音从屋里传来。

我推开门，拎着包进了屋。屋里光线昏暗，在靠右墙的旧沙发上窝着一个老人。

"您饿了吧？"我歉意地说，"来时半路上车子轮胎破了。"

"没关系。肉吗？我闻到了，还有什么？"老人从沙发上站了起来。

我从包里拿出一个打包盒，老人装了一碗米饭，像往常一样念叨起来："要是有一碗鱼头豆腐就好了。"

我提出一个保温桶，放到他面前，他说："我没叫这么多菜啊，我每天只要10元的菜啊。"

"这道菜免费的，店里对老客户的赠送。"我说。

他打开保温桶的盖子，惊呼："鱼头豆腐。"他眼睛闪着光，一瘸一拐跳向厨房，拿来一个大碗，颤抖着手把鱼头豆腐连汤带水倒进大碗里。

我转身要走，他示意我坐下。他第一次邀请我坐下。

"多大了？"他喝了一口汤后问。

"17岁。"我说。

"你没上学？"

"没。"我局促不安起来。

"怎么不上学呢？"他目光如炬地望着我，我避开他的目光，沉默不语。

"你瞧，我这屋子要拆迁，几年前都要拆了，我不等那钱用，我有钱。"他岔开话题，"儿子在上海工作，两口子一年七八十万，催促我多回了，我不去，那地方没有我的玩友，还有她，你看，放哪啊？"

他指着墙上的一个相框，一个老太太慈眉善目。"我最喜欢吃她做的菜，特别是鱼头豆腐。这饭店的鱼头豆腐可以，但没有她做的那味道。"他眯着眼品着汤。"她走后，我就没那口福了，腿脚又不灵便，自己还不会做菜，就这么将就过着。你家里还有谁？"

"我还有……我爸一人。"我嗫嚅着说。我不愿告诉他我是弃婴，被父亲收养，我更不愿告诉他父亲今年66岁，每天还在建筑工地做小工挣钱。我赶忙起身，说："我得走了，我还得回店里做杂活。"

以后，每逢节日或月底，我都会带着装着鲜美鱼头豆腐的保温桶，总以店里搞活动为由，带给郝大爷一份惊喜。

这天，看到他低头品味着鱼汤时，那半头白发在我眼前晃，我想起父亲，忍不住对他说："我能用一下你家的电话吗？"

他先是一愣，然后指着摆在大桌子上的电话机，笑呵呵地说："怎么不能，你想用随时用。"

我拨打了一个电话，低声说："爸，昨天我从邮局给你汇了1200元钱，注意查收。还有你不要太省了，中午也买点肉菜……"我看到时间有近3分钟了，连忙说再见，挂了电话。

"打给你爸的电话？"郝大爷看我走过来，关切地问。我点头。

"吃了鱼头豆腐，别的人都说我显年轻了，下午我得去把头发染黑了，哈哈，再年轻一回。"郝大爷满面红光地说。

看到郝大爷开心的样子，我头脑不断闪现父亲经常只吃着干饭，喝着白开水的情形。我做了一个重要的决定。

我另外买了一个大的保温桶，里面装满了鱼头豆腐。我在每个周日送外卖时，顺便送十几份鱼头豆腐出去。扫路工人、大学生、鞋匠、出租车司机和路人，我都给他们提供过热热的鱼头豆腐，当他们疑惑时，我会说："店里搞爱心活动的。"

这天，我回到店里，店里的老板对我说："来一下我的办公室。"我红着脸，局促不安地跟着老板进了他的办公室，他从抽屉里取出一沓钱，说："这里3000元。"

"老板，我没做对不起店里的事情，您不能解雇我。"我着急地说。

"这不是你的工资，郝大爷来过了，你这孩子，工资不高，还做了好事，还不让后厨师傅说。这钱奖给你的，你为店里带来了生意，郝大爷为咱店介绍了不少客户，许多人家中午不做菜，就订我店里的菜。从今天开始，咱们店每个周日免费提供鱼头豆腐50份，打包盒没法用，就用定制的保温桶，这50份鱼头豆腐就由你送出去。"

我鼻子一酸没忍住，泪水在眼眶里打转，连声说"谢谢"。

老板递给我一个手机，说："这是郝大爷送你的，他说让你多给家里打电话。"

九月份第一天，我要离开饭店，到饭店几里外的一个技校念书，郝大爷为我找的学校，我的吃住费用都由郝大爷承担，他只有一个条件，让我周末带一份鱼头豆腐给他。

"你周日还得来啊，50份鱼头豆腐还得由你送。"临别时，老板叮嘱我。

我对老板深深鞠了一躬。

"这孩子挺懂事的。"他拍了一下我的肩膀，"我得感谢你啊，你为我店带来了好运。"

"是您做了善事。昨天我爸来电话了，说每周村里老人都能吃到一份肉菜，有鱼头豆腐或鱼香肉丝，每周都换花样，别人送的。他们几个老人聚到一起，商讨这个星期日送点什么出去。"

　　"了不起，真是了不起。"老板感叹道。

立 夏

陈 毓

厉槟榔在夜里抽掉通向棚屋的梯子。但这个早上，立春从没有木梯的棚屋下来了，有人说跳，有人说跌。

三米高的棚屋，立春分两级跳。她一跳，落在紧邻棚屋的麦垛上，接着从麦垛直达地面，姿势夸张，给唯一的观者厉槟榔以挑衅的印象。立春到达地面，半蹲，拢双腿，再起立，看一眼厉槟榔，嘴角隐约含一丝笑意，和嘴巴半张目露惊讶的厉槟榔恰成对比。立春扭扭腰身，什么也没说，走开了。

其实厉槟榔是躲闪不及，他刚走到棚屋下，本想不为人知地打探棚屋里的动静，却遇上立春开门，且以这种方式下楼。

立春来到田野，寻寻觅觅，嘴里不时冒一句话，如果你有神的耳朵，你会听清她说的是，没有兔子和鹧鸪，一个田野还成什么田野。

"她没有摔倒。"厉槟榔大声替自己辩解。但谁都相信立春的精神不正常和厉槟榔关系重大，如果不是他们大打出手，如果不是刚回来就闹分居，如果立春不搬上棚屋另住。

"你不和她闹别扭，能这样吗？"

但又能咋样？没人能给这对夫妻开出有效的药方，那就只好看他们自身的造化了。

自从发现田野上没有兔子和鹧鸪，立春看世界的眼光就发生了颠覆性的变化。她在大地山川间逡巡，她看一堆垃圾把一块巨石半掩觉得不应该；她听见河流细弱的流水声，她说河流病了；一只烂鞋底探出一朵蒲公英的花朵在风中招摇，也叫立春摇头。

立春攥着一把铁锨，站在一堆垃圾前，不断做出厌恶的手势。她奋力用铁锨把垃圾捅开，捅开的垃圾顺着河流漂远。立春目送混合不明的物质离开，说："走，走远。"

立春照例每天去她不满意的田野游荡，麦子碧绿，豌豆角铃铛一样悬挂于藤蔓，却挽留不住立春。因为每天走路，她的身姿优美，双腿修长，腰线上移，连恨她给自己戴了绿帽子的厉槟榔都不能无视她的变化和美丽。他感到迷茫，又想到自己作为丈夫的责任，就想或许该带立春去城里看医生。那架撤走的梯子也被他放回，放稳妥，他给梯子板缠上用旧T恤衫撕扯成的布条。他不确定立春的不正常是否和那天早上的两级跳有关，但他作为丈夫的恻隐心还是被唤起。黑夜里他想过和立春的感情，确信他们谁都不爱谁，他透过二层楼房中那扇最宽大的窗，看见立春的棚屋，想不通生活。

带她去看病，听医生怎么说。

但立春像一匹烈马从他的手中挣脱，像初夏的太阳一样准时出现在田野上。

她巡游的面积扩大，路通向哪里她就到哪里，那些种药人踩出的小路她也去，小路隐没林下，似有似无。走在林中似乎很抒情，但立春，这田野上义务的检查员立即发现了不悦目的景象。她看见挂在树上的塑料瓶，铁丝穿过，环绕一棵棵树的腰身，缠绕成一道塑料瓶子的围栏。那是防野猪的，微风入林，那些倒出过菌种、倒出过杀虫剂、倒出过农药的空瓶就会发出尖锐的呼啸，有效震撼来拱猪苓的野猪。这发明就地取材嘛。所以，在种植猪苓等名贵药材的山林，发展林下经济的结果就是这些山谷堆满了大大小小形形色色的塑料瓶子，立春从前看见这些，像看见一片片树叶一样没啥惊讶的，现在立春不是病了吗？她不是以前的那个立春了。

立春收集空瓶，但她一松手，空瓶就呼啦一声散开，恢复它们无政府的状态。立春屡败屡战，她看见一片小小的猪苓地边，塑料空瓶多到她不知如何下手。她垒劈柴一样垒砌它们，但一阵风来，哗啦一声，空瓶顺坡滚滚而下，像一股白色的水流。立春跌坐地上，虚弱地说："你病了。"

这天下午，归来的厉槟榔看见立春拎着一截穿着塑料空瓶的铁丝，和种药材的阿斗纠缠。看见厉槟榔，阿斗有点不好意思，说他不是成心和立春嫂子过不去，只是谁都知道这是没办法的事情，废弃的塑料瓶总不能堆积在自家院里吧。那放哪里？放河里，明显找罚；拿回来再去买，你要倒贴人工费。能用铁丝穿着惊吓野猪算是废物再利用。就担心发山洪，积在山坡沟沟里的塑料瓶会被山溪冲下来，那就保不住要花钱了。现在，老天爷没找上门，立春倒找上门了。

立春却突然松手，看厉槟榔，笑嘻嘻地说："你病了。"

"我病了，就算我病了。"厉槟榔用那只被机器吞过的残手去拉立春，"我不是已经不能再出去打工了吗？我离开了五年但我已经回来了嘛，我不再和你分居了嘛，你说我身上有塑料的味道我今晚就和你搬到有松树味道的棚屋里住还不行吗？"

天黑了还会再亮，只要日子继续，天再亮起，立春依然去田野游荡，不时在这里那里发出永恒的点评。

这天，她走着走着，就闻见一股好闻极了的松树的香气，心怀感到一阵舒畅。立春闻到的香，正是厉槟榔南下东莞打工那些年她种下的那些松树散发出来的松香。小松树已经长大长高，这几年树苗的生意不像以前那么好，好在树苗长大，反倒不像幼苗需要更多人力照顾，能靠天生长了。

立春闻着那股香气，不觉扭头向四周看，她的眼睛里升起一阵烟雾般的迷蒙。但遗憾的是这片烟雾很快就飘散了，并没能聚集起足够的力量，把立春唤醒到最初的那个自己身边。

于是，她从那片偶然降临的迷蒙中退出来，慢慢走回，走过厉槟榔身边，爬上通向棚屋的梯子，嘴里说着："你病了。"

波 秀

小 海

3月的最后一天，我伯母去世了。

我是当天下午接到我爸电话的，"波秀今晨过世了"。

他没用你伯母，或者我嫂子这样的称呼，因为我妈和我家人都叫她波秀，我从小就听习惯了。她终年83岁。而我伯父是75岁过世的，她比我伯父要小一两岁吧，她在我伯父过世后又活了很多年。

我伯父比我父亲要大了十来岁。他是爷爷的长房长子，他母亲生下他没几年就病故了，我奶奶是爷爷的填房。我爷爷从他父亲手上接了食品作坊和店铺，算小有家业，至少在兵荒马乱的年代全家不少吃的，这可了不得了。我伯父最受宠又任性，十六七岁时跑出去参加了新四军游击队，几年后这支地方武装被打散了，他才又回来了。爷爷怕他心野了到处胡混，赶紧给他娶了个老实人家的姑娘，这就是波秀。

在我伯父之后，我爷爷又生了四个子女。

后来我伯父爱上了玩纸牌和骨牌。有一天被扣在镇上一个有武装护卫的大户人家，通知爷爷限时限刻拿钱赎命，爷爷喝毒药自杀未成，亲戚乡邻们广泛发动，请了保人从中调解并凑齐了赎金。伯父捡了条命，也从此和爷爷分家另过了。

波秀为我伯父先后生了六个孩子，两男四女。一个男孩儿在十岁左右时，夏天从百岁桥上往河里面扎猛子，半天没冒上来，后来几批人下水把他拉上来，放到牛背上颠了一个时辰，肚子里水挤干了人也没气了。

我堂兄，也就是伯父后来唯一的儿子，读完小学后辍学务农，比同辈人晚了五六年才娶了老婆，膝下有一个女儿。

我堂兄结婚后，他们老两口就另过了。总共三间房，所谓另过，就是老两口住一间房，我堂兄多一间堂屋，在老两口那间房子后面多开了扇门，搭间篷立个灶台分灶吃饭。

"你伯父啊，嘿，临死还念叨要建个三开间的小瓦房，苦了一辈子连一块砖头也没攒下。还是儿子苦出来三间大洋瓦房，虽说没小瓦的冬暖夏凉，他也欢欢喜喜地住上了几年。"我伯母去年春节见到我还在笑话伯父。

印象中，我伯父一年中有三个季节都是赤脚的，我爸送他的鞋子他只在到女婿家吃饭或者冬天才穿上。

我堂兄今年正好六十岁，算了一下，除了溺亡的，他后面的几个是每隔一两年来一个，都活下来了。我伯父是个火暴性子，因为小时候读过几年私塾嘛，喜欢跟人讲理，没少吃亏，跟我堂兄他们有时也会喉咙响了吵起来。但没听说他和我伯母吵过。

"波秀嘛，好脾气呀，什么日子都能过。"我妈说的。但这什么日子里面包括好日子吗？我问过我妈，我妈想了想，笑着摇头。

"她前一天还笑哈哈地跟你妈拉呱，晚上回去说有点头晕，自己跑到长贵（原来村里面的赤脚医生）家打了一针就回来睡了，早上没见起来烧早饭，说过世了。"爸电话里说。

"打的什么针呢？会不会青霉素过敏或者用了过期药？查一查嘛。"

"查什么嘛？庄上谁家有个头疼脑热的，半夜叫人家长贵半夜到，还不扰一顿饭的。一觉起不来过去了是福气。以为是你们城里人都得医院送终哪？孝子往往被老人的病拖得一贫如洗还倒欠一屁股债，多数的人家没二话，赶紧着把病号领回家准备后事。波秀走得都这么干干净净的，还有什么说的，你说是吧？"

顺时针，逆时针

申 弓

据说上了年纪，最好的锻炼方式就是早上散步。而这散步也有讲究，早了不好，说是夜间的暮气尚未散尽。太阳大了，晒出一身臭汗，也不好。最好是太阳刚出来时，一是可以欣赏到东边日出景象；二是初升的阳光具有天然蛋白，并且，通过那一照，空气清新了，吸进去大有好处。

不知道是不是这样，微信上一天一个学说，公说公有理，婆说婆有理，全信不行，但总得相信一个。S君就选择了这个，并且谨言笃行，于天天早上太阳欲出之时来到湖边，做沿湖一圈的散步运动。

这是一个新辟的湖，是前届市里的当家人拍板兴建的，因为白石老先生曾三次光临这个市，为了纪念，起名白石湖。湖中有碧水，岸上有花草树木，并且四季常青。当太阳升起，阳光与植物产生光合作用，这是最佳的散步之所。近年来政府加大了投入，在湖周围兴建了各种休闲设施，短短三年，一个人工湖便成了3A景区。沿着顺时针方向，景点依次有滨湖晨霞、艺术沙龙、亲音广场、兰亭栈道、棕榈广场、电子书城、陶艺工场、湿地栈道、艺术花园，再回到滨湖晨霞。湖不算大，慢走一圈约一个钟头，对上年纪之人来说正好合适，不少也不累。

S君选择了顺时针。据说这样的好处是，当太阳初升时，面对太阳，温暖柔和，而转到对面时，太阳光已热，正好晒着后背，那是既得阳光之宝，也不被灼痛。

S君这样走过了一个春天，走过了一个夏天，又迎来了一个秋天，走得是那样的轻松、舒心、惬意，感觉到是收到了舒缓运动的好处。

可是，这天他走到兰亭栈道，突然遇上了一个人，一个他极不想见到的人。S君的心情便起了变化，情绪受到了影响，这可是散步之大忌。也就是说，一场闲缓的散步，心情被破坏了，那就等于白散了。

也许有人会说，S君遇到了旧情人了。不对，不过那确实是个女人，而且是S君的同学，严格说是同一届而不同科班的同学。他们那一届，是在百浪岭校区，是个半封闭式的学校。因为远离都市，且当时交通也不方便，你想外出也不容易。在学校，他们只是认识，并不熟悉，后来他们分配到了同一个部门，便变成了同学兼同事。

那是个阳盛阴衰的部门，狼多肉少。先别说S君有无食肉之心，其实那肉也不怎么吸引人：一头短发，遮不住那个四方形的下巴，将一张砧板样的脸暴露无遗，加上上长下短，是个倒黄金分割。可正是由于狼多肉少，她有幸被部门的一个副职看上了。副职是个年轻领导，前途十分看好，来自农村，能找个老师，无论从什么角度都不失是个最佳选择。而她，一下子攀上高枝，对同事们的眼光多少含点藐视，也不失是个最好的归宿。这正是黄肿佬想狗，狗也想黄肿佬了。

至此，有人会认为是S君吃不到葡萄说葡萄酸。错了。相反，S君还带着几分庆幸，万一没有人看上她，最终落户到他家，那才是一辈子的不情愿。当然，即使是这样，也不至于成为S君不想见的原因。真正让S君反感的是后来发生的事。

后来，这位年轻的副职，随着"文革"的结束而调离了工作单位。还好，政府对"文革"干部也不是一刀切，并没将他一撸到底，而是调到一个远离本部的单位去，照旧任副职。一次，他回到市里，却不回家，在一个大酒店包了房。S君家的小S君倒车，不慎将他的车子划了一道痕。小S君十分害怕，后来发现车主是他，熟悉的叔叔，他却提出要2000元的维修费。2000元，在现在不算什么，可在那个年代却是个天文数字了。当然，他那是公车，那还是个公车满天飞的年代，哪辆公车没有天价维修费？后来小S君拿不出钱，只好通知S君来交款。两个同时代人相见，本来也没有什么过节，却没有得到任何的优惠。当然，这也不能怪她，是她老公的事。她是不会知道的。是有一回，在一个同学聚会的酒桌上，她也在，不知道因为什么事情，S君跟她讲述了这一情节。她却是极力地维护他，说不可能。这也不怪她，因为他干的事不可能向她汇报，可是，后来再有相遇的场合，她就将那方脸黑了下来，甚至扭开了去，分明将S君当成了仇人。

不想见就不见好了，天地这么大，躲你还不行？第二天，S君改散步方向为逆时针。从滨湖晨霞出发，走过了艺术沙龙，走过了亲音广场，来到了兰亭栈道。一抬头，不想见的人竟然又出现在对面了。

擦肩而过的时候，自然是两人都将头别向了另一边。S君心里便想到一个成语：冤家路窄。不是冤家不聚头，果然不错。

又一天早上，S君继续做顺时针的步行，走过了艺术沙龙，走过了亲音广场，走过了兰亭栈道，也没有见到她。到了棕榈广场，S君便折回头，逆时针再走，这样回到滨湖晨霞便刚好走够一圈。

可没承想，当回头来到兰亭栈道上时，与不想见的她竟又相逢了！

难道她也是这么走？

刘四斤

安 谅

刘四斤，即刘副处长。四斤也非他小名，是众人对他的称谓。此名其实也不假，许多人都亲眼看见过他一次痛饮四斤白酒的豪举，敬佩并自叹不如。

明人也曾与刘四斤同桌共饮。只见他双手擎起一只高脚玻璃杯，杯中白酒溢满，老到的人一眼能看出这酒杯至少盛酒八两。他将杯子端在唇边，张开大嘴，双手一倾，脑袋一仰，动作协调紧凑，一杯酒径直灌入口中，喉结略显颤动，杯中酒迅疾倾空。他把杯子倒放在脑袋上空，不见一滴酒珠遗落。如此这般，随后他连喝五杯，脸不红不白，说话依然口齿清晰。明人怕他喝伤了，让他赶紧喝杯水，他也婉拒了，撰起桌上的一只鸡腿啃了起来，半天还不上一趟厕所。这酒究竟是怎么排解出去的呢，明人与许多人一样，好奇而不解。

有一个消息说，刘四斤的父亲曾经在酒厂工作，他小时候屁颠屁颠地跟着父亲在厂里玩耍，父亲就时不时地喂他几口酒。久而久之，他的解酒酶就被刺激生发并日益强大。但明人没听刘四斤亲口说过，心中存疑，也没有贸然询问过。

刘四斤在圈里圈外名声都不小。据说，有一个从澳门过来的江湖大哥，专门找人邀请刘四斤摆个龙门阵，被刘四斤坚决拒绝了。他说他不是江湖之人，是政府官员，岂可胡来？要喝，也是为公务而喝。

此话也一点不假。只要领导召唤，他几乎都会立马赶到，让喝多少就喝多少，喝得别人天旋地转；喝得有人夺门骤开，他还是面不改色，从容不迫。

那次，单位与当地驻军有一个活动。原本轮不上他，但到了宴会厅，单位的一把手想到了他，特地把他叫了过来。酒过三巡，双方比拼气氛开始升温，一把手就把刘四斤推了出来，他一人对两人，对方两人总共喝多少，他就一口喝多少，就十来分钟光景，刚才还嘴硬的两人，不住讨饶，甘拜下风，退下席位了。一把手后来夸奖他，你是喝出了我们拥军的雄风呀，人家驻军本就有雄狮之誉。

再一回，上级部门来考察，他们主动提出中午喝，下午也要喝，这其中有几人是东北人。单位正好也有几个项目在他们那儿等待审批。单位一把手不敢怠慢，连忙叫人安排周到细致了，还让刘四斤全程陪同，来客声势凌人，每次还没动筷，就先要碰个满杯。刘四斤所在处室的另一位李副处长平常就木讷，一杯酒下去，加之是空腹，整个宴请期间就再也说不出话来，只是红着脸，傻傻地笑，有关项目审批的事也没法提了。还是刘四斤游刃有余，大将风度，兵来将挡，水来土掩，谁敬多少就喝多少，而且是反复敬，敬反复。几轮下来，几个东北汉子都服了。当刘四斤再提着一杯白酒在他们面前摇晃时，他们的脑袋拼命摇晃，再三说不喝了，再喝就回不去了。回不去可不行呀，还等着他们回去批项目呢！上司一努嘴，刘四斤就跟着说了一句："那等你们批了项目，下次来再喝了！"上级来客齐声说好，也纷纷向刘四斤伸出了大拇指。

刘四斤心头美滋滋的，在单位的实际地位也扶摇直上，年年先进都非他莫属。

这两年，刘四斤明显闲了下来。八项规定是一项铁律，公务宴请归于正道。刘四斤的作用就明显减弱了。

这当口，处长调离了，正好有一个空缺，刘四斤做了五年的副处长，没有功劳也有苦劳，也该上位了。他的一个竞争对手，就是三脚踢不出响屁的李副处长，他虽然踏实能干，那影响度自然比不过刘四斤的。

官场多变，夜长梦多，刘四斤也怕失去这次机会，他想找一把手倾吐心声，可现在不像以前饭局多，容易碰到，也容易借酒壮胆。办公室里去拜见，太郑重其事，也无法交流感情。在一次如厕时撞见一把手，他谦恭地对领导说："我想请您，吃饭喝酒？"一把手回过头来看他："喝酒？什么时候还喝酒？"一把手一脸严峻。

"不，不是公款，是我个人请，请您。"刘四斤舌头打卷了。

"个人也不行，下级请上级，也不靠谱。"领导回答很干脆，看到刘四斤沮丧的模样，又补了一句，"以后吧，以后有机会，我请你喝，我知道你很能喝。"说完，就走了。

刘四斤愣怔了好久，缓不过神来。这以后有机会，这机会还会有吗？他真的好沮丧。

这一晚，他真邀了几位同事到他家喝酒，他喝得很猛，很烈。菜上一半，他独自喝了超过四斤，说话竟然模糊起来，脸色发红，眼皮也耷拉了下来，把主人的身份也忘了，把客人也怠慢了。他喝倒下了，连着一周住院告假。

这一周，领导催等着他们处理一个项目方案，他无法顾及，是李副处长加班加点搞出来了。

一个月后，处长的人选定了，不是刘四斤，是李副处长。

孟三爷的徒弟

陈德鸿

孙兴的接骨手艺是和孟三爷学的。

孙兴说，他15岁那年上山采松塔，不小心从树上摔下来，好几处骨头都断了，躺在地上动弹不得。哀号到快天黑，让在山里住的孟三爷发现了，当时就把骨头接上了。等他好利索了，就拜了孟三爷为师。

有人马上摇头说："孟三爷那个孤老头子有两把刷子不假，可他连亲侄子都不传，咋能传给你呢？鬼才信呢！"

"不信你去问呀！"孙兴涨红了脸说，"起初孟三爷确实不答应，后来被我缠得没法，就说，你这笨手笨脚的，摘个松塔都能从树上掉下来，教也没用。我当时就急了，说我掉下来是没舍得用刀砍树梢。我说把树梢砍掉了，松塔好拣了，可松树就不长了。孟三爷想了想，又问了我不少事，这才答应了。"

"孟三爷没了快俩月了，让我们找阎王爷问啊？"一个人说完，一群人都笑了起来。都知道孙兴心善，不会说谎。他从小没娘，爹娶了后娘又生了一个娃，对他更加不管不顾，挨打受气是常事。于是便都知道了孙兴是孟三爷的徒弟，也都想看看他的本事，但却一直没有机会，毕竟，谁也不会故意把自己的骨头弄折。

　　谁也没想到，第一个来找孙兴的是饲养员老李头。老李头说："队里有头骡子断了一条前腿，听说你是孟三爷的徒弟，能给人接骨，不知能不能给牲口接？"

　　"能，咋不能呢！"孙兴满口答应，心里却有点发酸，没想到自己的第一个病人竟然是头骡子。

　　到了队里，孙兴让人把骡子的三条腿固定住，在那条断腿上捋了一会儿，喝了一大口葫芦里的酒，便往上喷，喷了几次，然后闭上眼，叽里咕噜说了几分钟谁也呼不懂的话，猛地睁开眼说："好了，牵着在院里遛遛，明天就能下地干活了。"

　　"这，能成？"老李头半信半疑。

　　孙兴没回话，拍拍屁股走了。老李头哆哆嗦嗦牵过骡子，在院子里慢慢地走了起来，眼睛不时扫向围观的人群，根本不敢回头看骡子。走着走着，便见围观的人们傻了似的僵在原地，眼睛越张越大。他不安地停下来，回头看了看骡子。就在这时，身后响起了欢叫声。

　　开春时，队长媳妇小秀抱柴时滑了一跤，摔断了三根肋骨，疼得直吸气。队长想用马车把她送到县医院。

　　小秀急了："这离县城几十里，到了还不把我颠簸死？赶快去找孙兴呀！"

　　"这个，这个？"队长为难地挠着头，就是不动步。

　　"这个你娘的腿，不就是得露渣（乳房）吗？到县里就不露了？"小秀咧着嘴说，"只要不疼，光腚我也干。"

　　队长的脸被呛得一阵红一阵白，只好找来了孙兴。孙兴尽量避开小秀的渣，用手在他的胸肋处上下左右捋了一阵儿，喷了几口酒，然后闭上眼睛，开始嘟囔起来。十几分钟后，孙兴睁开眼睛，见小秀胸部凹陷的部位已经变得平整，便撩下她的衣服，挎上葫芦往外走，边走边说："好了，干啥也不耽误。"

队长愣了一会儿，急忙追了出去，问："多少钱？"

孙兴说："不要钱，给谁看都不要钱。"

队长说："要不上秋多分你点粮食吧，谁都不能有意见。"

孙兴停住脚说："我多，别人就分得少，这样的事我干不来，你最好也别干。"

"那你这是图稀啥呢？"队长问。

"啥也不图稀。"孙兴说，"我是孟三爷的徒弟，孟三爷就是这么教的。"

孙兴的名气渐渐大了起来，甚至有不少外县人也来找他接骨。但不管是谁，什么身份，孙兴概不收钱，也不要物。有人不解，孙兴便说："我是孟三爷的徒弟，孟三爷就是这么教的。"弄得问话的人一头雾水。

县医院院长亲自看了孙兴的接骨过程，对他很是佩服，便寻了个机会把他要了过去。可没想到，孙兴干了一个多月就主动回来了。

队长百思不得其解，说："多少人做梦都想进城吃上商品粮，你有了这个机会，咋就不干了呢？"

孙兴说："别人做不做梦我不管，在城里看病得先交钱，没钱就不给看，我越干越不得劲，没法干下去了。"

"人家那是规矩，像你这样不早就乱套了。"队长惋惜地直拍大腿。

孙兴白了队长一眼说："我看病不用啥规矩，乱了吗？"

队长张大了嘴，半天没说出话来。

许多年后，一个记者不知从哪儿听说了孙兴的事，专程跑到村里来调查，找到了当年的队长家。

队长说："给人和牲口接骨那都不算啥，最神的是接高粱，有几棵高粱在地里断了三截，他对好断茬，挨个捋巴捋巴就给接上了，喷了几口酒，念了一会咒，就跟好的一样了。"

见记者摇头，旁边的小秀说："你还别不信，那几棵高粱到秋时都结了大穗，比别的都大呢！"

"我信，我信。"记者咂咂嘴，"他念那咒是啥内容，你们知道不？"

队长撇了撇嘴说："他嘟囔那玩意，怕是外星人也听不懂。"

记者笑了，又问："酒也应该有秘密，不知那酒葫芦还在不在？"

"在是在，不过已经在他坟里埋了快三十年了。"队长说。

"可惜了。"记者说，"凭他的神技，要是活到现在，早发大财了。"

"你说啥？"记者话音刚落，两个老人的眼睛便瞪了起来。

"没，没说啥。"记者有些毛了，"我，我是说他技术那么好，为什么没有传下来？"

两个老人沉默了一会儿，队长叹了口气说："他倒是想传，有够资格接的人吗，有吗？别忘了，他可是孟三爷的徒弟。"

黄土高坡

侯发山

那天是个周末，我和徐达来到了黄土高坡。"黄土高坡"是一个镇的名字。

也没有什么目的，纯粹是来玩。起初，徐达不想来。我忽悠他说，越是偏僻闭塞的乡下，越有老东西。

徐达是个搞收藏的。

"想去就去，别那么多废话。"徐达就开着他的车风驰电掣地来了。

我知道，徐达对捡漏不抱什么幻想，见我坚持要来，他于心不忍。什么是朋友？这就是朋友。

车到山前无路可走，我们才停下。把车停到黄土高坡镇中心小学的围墙外面，我和徐达便步行上山了。还记得那首《黄土高坡》的歌曲吗？"我家住在黄土高坡，大风从坡上刮过，不管是东南风还是西北风，都是我的歌我的歌……"事实真的是这样，山风呼呼，很有点威力，像要把我们身上的衣服给撕扯下来。我们走路都得抱着膀子弯着身子，害怕被风刮跑了似的。

我有点后悔来这里。真是看景不如听景啊，"风是我的歌，我的歌"，狗屁，此时此刻，风就是我的冤家。

恰巧这时，徐达接到一个电话，让他回去帮忙鉴定一件东西。

借坡下驴，我们就下山了。两个人灰头土脸的，想到学校里洗把脸，方便一下。走进学校的大门，孩子们的读书声，此起彼伏，朗朗震天。显然，孩子们正在上课。我发现偌大的操场上摆满了石头，一排排一行行，整齐地排列着，石头有电话机那样大小，有的是圆形，有的是方形，形状不一。我走近了看，石头上还有名字，每块石头上都有，张富贵，马兰花，像是学校学生的名字。

徐达认真看了几块，说："都是普通的石头，不是什么值钱玩意儿。"

我想了想，说："可能学校没有运动器械，孩子们用这个练举重。"

正当我们议论这些石头的时候，一个老师模样的男人走了过来，他满头白发，驼着背，有五六十岁的样子。

我忙上前打招呼："大叔，您是学校的老师吧？"

"大叔"笑了，慌乱地摇了下手："可不能这么叫，我今年才四十岁，长得有点着急……我姓张，您叫我张老师好了。"

徐达母鸡下蛋似的咯咯笑起来。我知道他笑什么，他清楚，我刚过五十二岁生日。

我没有理睬徐达，询问张老师这些石头的用途。

张老师没有说话，打开他的手机，上面有一段视频：黄土高坡上，山风呼啸，一个小女孩背着书包，迎着风吃力地走着。

我下意识地说道："她这么小，要是被风吹到沟里怎么办？"

张老师关了手机，说："这个女孩叫张菊花，家住黄土高坡村，她的书包里放着石头，不会被风刮跑的。"说罢，张老师走到一个石头摆成的方阵那里，弯腰抱起一块圆形的石头，拿给我们看。

我看到石头上写着"张菊花"。

我双手接过石头，感觉差不多有十五斤重。

一直没有说话的徐达忽然对张老师说："这些石头有多少块？"

张老师随口答道："黄土高坡村86个学生，86块石头。"

"每块石头200元，我全部买下。"徐达挥了下手。

张老师不解其意，愣愣地盯着徐达。

我知道了徐达的意思，他是想帮助一下这些孩子，我对张老师说："卖了这些石头，孩子们还可以到山上再捡一块吗？"

张老师明白过来，搓着两手，感激得不知道如何是好。

当即，徐达就跟张老师联系了一辆车，拉走了这些石头。

后来，徐达举办了个拍卖会，拍卖这些石头。拍卖开始前，徐达播放了张老师手机上那段视频，然后讲述了背后的故事。

2000元起拍。

不到半个小时，这些从黄土高坡拉回来的石头被抢购一空。

我私下算了算，徐达赚了将近20万。

真是狗改不了吃屎，狼改不了吃肉。商人就是商人，什么时候都不忘赚钱的初心。

我心里有气，有好长一段时间没给徐达联系。这期间，他也没跟我联系。

忽然有一天，我在微信朋友圈里看到一则新闻：黄土高坡村收到一笔20万的捐款，根据不愿透露姓名的捐款人的愿望，建了所小学。

我这才意识到，我误解了徐达。

这个故事我不写不快

戴　希

同学聚会时，唐亚琼讲了一个亲身经历的故事——

那天在亲戚家吃过晚饭，她和母亲一同步行回家，边走边欣赏香港的美丽夜景。因为亲戚已答应借钱给母亲为父亲治病，娘俩心情还算好。

哪想拐进一条小胡同不久，她们遭遇了两个歹徒，其中一个手提尖刀，另一个举着木棒，都是一副杀气腾腾的模样。

路上再无其他行人，唐亚琼惊慌失措，母亲却镇定自若，扯扯她的衣角，轻声说："别害怕，咱们命里注定会有的劫难，想逃也逃不掉的。"

听了母亲的话，唐亚琼还是很紧张。

"你们听着，我们只抢钱，不要命，也不劫色。识趣的话，就留下钱走人！"拿刀的用刀尖指着她们，拿棒的则在一旁虎视眈眈。

唐亚琼从没见过这种阵势，吓得连话都说不出来了。母亲仍是面不改色，像堵墙一样挡在她的前头。

母亲平静地问："年轻人，你俩干什么挣不到钱，非要抹黑脸，上街抢劫呢？"

"有什么办法呀？"拿棒的说，"黑心老板扔下厂子跑了，辛苦一年的血汗钱没了，咱俩也没脸回家过年了！"

"你俩总比我俩有钱。我俩现在有家不能回，不抢你们抢谁？"拿刀的接过话茬，"要怪，就怪你俩运气不好。别啰唆了，快点拿钱，我们只谋财不害命！"

母亲毅然掏出口袋里仅有的七百元港币，缓缓举起，仍是轻言细语地说："年轻人，既然你们确实有难，不抢总可以吧？"

"不抢？"拿棒的一愣，"不抢，你们会心甘情愿给钱？"

"当然！"母亲点头。

"那你直接给我们不就得了！"拿刀的又说。

"不行！"母亲摇头，"只有收到借条这钱才能给你们。"

"为什么？"拿棒的追问。

"因为嘛，"母亲盯着他们，"抢劫犯罪，即使你们能侥幸逃过法律的惩处，身上的污点也一辈子清除不了。"

"这个……"拿刀的手抖动了一下。

母亲察言观色，接着说："如果是借钱给你们，就成了我们之间正常的经济往来。等你们以后有钱了，想什么时候还就什么时候还。"

"这……"两歹徒依然犹豫，他们担心母亲有诈。

母亲也不多说，很快从背包里摸出纸和笔，就着小胡同里昏暗的灯光，沙沙沙地写借条。借条上留下了母亲的签名和母亲的联系方式。

写好借条，母亲微笑着把它和笔递过去，让他们在借款人处签字。

"你是不是想套取把柄，再向司法机关举报咱们？"拿棒的机警地问。

母亲扑哧一声笑了："年轻人，你们还不放心我，怀疑我会告发你们？那这样吧，借款人这一栏随你们签不签，这个借条给你们收着总行吧？"

拿棒的从母亲手中接过借条，顺手往口袋里一塞。

母亲将钱递给拿刀的。

钱已到手，两人转身就跑，很快消失在小巷的深处。

唐亚琼和母亲继续走在回家的路上。

"真的祸不单行啊！"唐亚琼抱怨，"爸爸病了这么久，家里本来就没什么钱了，可今晚……"

"那两个人也是走投无路吧。"母亲还是心平气和。

"可是，"唐亚琼忧心忡忡道，"这两人会还钱吗？"

"不知道。"母亲摇头。

"那要他们打借条干吗？"唐亚琼不解。

"让他们有借款意识！"母亲笑笑，"如果他们存良心，有钱了肯定会还钱；如果他们没良心，咱们也算仁至义尽。再说，让他们拿钱时感到安全，他们才不会因一时冲动而伤害咱俩啵？"

唐亚琼点点头："妈说得对，只是——您这样做了，反而让他们违法犯罪不用承担后果？"

"你要这么看，"母亲说，"第一，通过咱们说服教育，他俩已办好借款手续。事情的性质因此发生逆转，他们的所作所为不构成违法犯罪了；第二，普法和执法的最终目的，还是要教人遵法守法、向善向上啊！"

唐亚琼朝母亲竖起大拇指。

半年后，母亲就收到了一张金额为一千三百元港币汇款单，汇款单附言栏上写有借款人的姓名，借款的时间、地点和一句说明：多出的六百元，是利息和答谢款……

这个故事也让我不写不快，于是就唰唰唰地写下来了。

震旦雅雀

程奋只

张浩一动不动地蹲伏在一片芦苇丛中，通过镜头观察着一只美丽的小鸟。这鸟实在太漂亮，黄嘴粉足，颈前的绒毛一片雪白，像是系了一条优雅的围巾。身体玲珑饱满，当它站立的时候，头部和尾部都骄傲地翘起，临风顾盼，很是神气；而当它动起来的时候，又变成了一个跳跃的精灵。

这种鸟叫震旦雅雀，极其珍稀，张浩是两天前无意中发现的。张浩是一个摄影师，却从未斩获过大奖，这次对他来说是个绝好的机会，他想拍摄一组震旦雅雀哺喂雏鸟的画面，而这个鸟巢里刚好有两只尚未出巢的雏鸟。他的运气太好了。

果然，震旦雅雀开始喂食，张浩的心跳得厉害，他调整了焦距，开始拍摄。但是浓密的芦苇在风中不停地摇摆，妨碍了他的视线。他换了两个机位还是不行。

这让他很是着急，明天就是摄影大赛的截稿日，他还没有拍到满意的照片。

忽然他想到了什么，悄悄从包里拿出了一把小刀。等雌鸟飞走后，张浩开始割芦苇，只一袋烟的工夫就在芦苇丛中割出一条小径，他知道这样做对雏鸟很不利，因为震旦雅雀必须借助浓密的芦苇隐蔽才能得以安全，否则很容易被红隼、白腹鹞等猛禽发现，但是他顾不了那么多了。割好芦苇后，他打开镜头，果然视线好了许多，但支撑鸟巢的五根芦苇仍然是个难题，因为等一会拍摄时其中的三根必然会遮挡母鸟喂食的画面，大大影响照片的美感。但是如果把其中的三根芦苇剪掉，鸟巢就会变得很不稳固，随时有可能被风吹倒。更重要的是如果这一情况被母鸟发现，它很有可能提高警惕而弃巢。

张浩犹豫了，他点燃一支烟，蹲坐在相机前。他又想到了摄影大赛，这次大赛的级别很高，如果能够在这次大赛中获奖是一个摄影师梦寐以求的。他踩灭烟头站起身来，轻轻走到鸟巢前，小心翼翼地剪掉了那三根芦苇。

现在，他隐蔽在一撮芦苇后，把镜头伸到前面，视野一片清晰。仅剩两根细脚伶仃的芦苇支撑着的鸟巢完美地裸露在张浩的镜头前，他只需等待母鸟的归来。芦苇丛很安静，静得张浩都能听见自己的心跳。

一阵风轻轻地吹过苇叶，震旦雅雀来了，这次公鸟也来了，张浩的心突突地跳得厉害。它们显然觉察到了什么，在鸟巢上下跳跃翻飞，但终于没有弃巢。公鸟变成了一个称职的警卫，立于芦苇之上向四周眺望。母鸟则开始哺喂。当巢中的两只幼雏伸出鹅黄色的小嘴接受母亲的喂食时，张浩屏息凝神，按下了快门。

之后的几天，张浩每天都来到这片芦苇地，观察着这一对震旦雅雀以及它们的雏鸟。张浩知道震旦雅雀在他所生活地区已经近乎绝迹，这片芦苇荡可能是它们最后的栖息地。他希望这一窝雏鸟能顺利出巢，而不要发生什么意外。

这一天，张浩又早早来到那片芦苇地，他估摸着再过两天雏鸟就能顺利出巢了，当然出巢的幼鸟并不能立刻飞翔，还需要在鸟巢周围活动几天，他也正好再多拍几组照片。当他接近鸟巢的时候，忽然一只大鸟猛然从芦苇丛中窜出，迅疾地展翅飞去。"红隼，是红隼。"张浩惊讶地叫出声来。一种不祥的预感涌上心头，他急忙向震旦雅雀的巢穴跑去，可是眼前的一幕让他惊呆了，鸟巢已经被破坏，凄凉地摇摆在风中，地上是一小摊血迹和一些零散的未成形的雏鸟羽毛，母鸟也不知去向，只有公鸟在空中凄哀地盘旋鸣叫。

张浩一下子瘫坐在地上……

这时他的手机发出了振动，他翻出手机，是摄影大赛组委会发来的信息，告知他，他的摄影作品《震旦雅雀》获得了大赛一等奖，特此祝贺。

堂 号

袁炳发

听母亲讲，我们家从山东东平闯关东落户黑龙江时，发生过一件事。

当时父辈兄弟三人奔赴同乡至黑龙江苇子沟，立足未稳，即遭遇水灾，全镇子人陷入困顿，几乎家家缺吃少穿。

一天深夜，我家邻居、造纸厂的会计张爷，突然被鸡叫声惊醒，以为黄鼠狼乘人之危又来吃鸡，便手拎棍棒冲出门。

冲出门的张爷，月色之下，定睛一看，哪是什么黄鼠狼，是一窃贼在鸡窝行窃。此时窃贼也听见门处的动静，慌乱中丢物而逃。张爷将其所遗之物拿进屋中，亮灯一看，是个布袋子，里面装着张爷家两只芦花母鸡。

张爷把母鸡放出之后，凑近灯下看布袋子，发现上面印着三个大字"敦本堂"。张爷想起，前些日子我大伯去他家借一斗玉米，正是用的这个袋子！

当时听母亲讲这件事时，我还小，对"敦本堂"三个字不甚明白。上小学一年级后，父亲告诉我："敦本堂"是我们这一支袁氏的堂号。那时候，家族堂号是一个标识或者说符号，更是一个家族自我建设的动力，也就是家风和对外立身的信誉。

翌日一早，张爷拿着空袋子来到我们家，也不说话，将空袋子置于地上，瞥我大伯一眼，鼻子哼了一声，扭头走了。

我大伯见状，傻眼了，马上让我父亲去看下自家的布袋子在不在。

当我父亲告诉大伯，我们家的布袋子的确不在了时，我大伯当时就哭了，说："这人丢不起啊！"

我父亲说："丢什么人，又不是我们干的，袋子是让人偷走了。"

我大伯说："谁知道是这么回事啊？咱们百口难辩！"

我大伯哭得很伤心，感觉对不起老祖宗，没有保护好家族名声。说着，就安排我父亲和叔叔收拾东西，回山东老家东平去，不在此处丢人现眼了。

我父亲急了："我们是敦厚本分之家，不能就这么不明不白地受冤屈。"父亲掉头出去了。

父亲要把这件事调查明白！

事件发生时，正是阴历九月初，早晚有霜冻。夜间野兽出洞都会留下足迹，人畜如果晚间出来，踩出的痕迹也会像石膏一样凝住。我父亲在路上仔细查看，循着一趟可疑的足迹追出镇子，一追就是十几里地，追到了另一个屯子。那天半夜时分，我父亲带着两个人回来了，一个中年男人，一个十几岁的半大小子。三人直奔张爷家。

原来，偷鸡的是那个十几岁的半大小子，中年人是他的父亲，一起过来赔罪来了。

这件事的结果不说大家也能猜得出来，我们家和张爷家的嫌隙弥合了。这件事的发生，非但没有给我们家族抹黑，反而赢得了许多好名声，苇子沟的人一下子就接受了我们家。

我们家以敦厚本分立家，赢得了远近邻居的信任。这件事之后，张爷在造纸厂的厂长面前，极力举荐大伯哥仁到纸厂上班。

哥仁到纸厂上班后，专选苦脏累给钱多的活干，两三年间，就挣得一份不错的家业，而且，当时从山东来时，只有大伯一人娶亲，经过几年打拼，我父亲和叔叔每人都娶了一位好姑娘。就这样，我们家不仅没有退回到老家山东，倒是深深扎根在黑龙江了。

扎根之后，大伯在正堂的一张桌子上，把祖辈牌位供上，并把堂号"敦本堂"三个字的横幅挂于牌位上方的墙上。

几年后，"文革"开始，红卫兵的"破四旧"将我家的牌位、堂号掷于火堆，焚烧一尽。

当时，大伯为了保护堂号，和红卫兵们撕打起来。结果，大伯的一条腿被红卫兵们打伤致残。

从此，大伯每天都郁郁不乐。几个月后，大伯去了趟县城，家里人不知他去干什么，问他也不作答，只是从大伯舒坦的面容上，猜测他可能是到县城做了一件大事。

这个谜直到大伯去世时才解开。

那天，病中的大伯奄奄一息，我大伯母给大伯换寿衣，当大伯母除去大伯身上的旧衣时，我们袁氏家族的大人小孩，都在我大伯的前胸看到了刺上去的三个字："敦本堂"。

大伯母急忙问大伯："那次你去县城就是刺字去了吗？"

大伯吃力地点点头之后，长吁一口气，就咽气了。

……

时隔多年，回想自己为官多年，竟一尘不染，这才猛然惊觉：其实，大伯前胸上的那三个字，早已扎在我心里的最深处了。

遍野荆花

厉周吉

　　在怪石嶙峋的山坡上，王亮小心翼翼地攀爬着。爬累了，就坐到山石上挠一阵头。遇上难以解决的事，王亮有挠头的习惯，挠来挠去，头发越来越少。这不，今天又把本就稀疏的头发挠掉了无数根。

　　崮崖是个小山村，全村500多口人，只有不到300亩山岭地，却有6000多亩山场。可这么多山场有什么用，这是水源缺乏，土壤贫瘠，几乎连一棵大树都长不起来的山岭呀！凭自己的本事，让老百姓靠这些山岭富起来，那真是痴人说梦！

　　可即便是梦也必须做呀，谁叫自己是县里派到这个村的第一书记呢！带领这个村快速脱贫是自己义不容辞的责任。

　　爬到山腰，王亮已经累得气喘吁吁了。站在这里放眼四望，山野怪石遍布，植被稀疏。多数植被是一种叫荆棵的低矮灌木，偶有几棵针叶松、刺槐之类的，也长得歪歪扭扭，一副苦大仇深的架势。他的心里更加迷茫了。

　　再往上爬，山坡更陡了，王亮虽然累得浑身冒汗，但还是硬撑着继续往上爬，他在心里暗暗鼓劲，一定要爬上山顶！

　　快到山顶时，他脚下一滑，多亏拽住手边的一株荆棵才没摔倒，当他站稳身子，发现已经几乎将那株荆棵拔出来了。

他仔细一看，这棵荆棵植株虽小，根部却遒劲有型，像极了奔跑的骆驼，非常好看。他把荆棵拍照后发到微信朋友圈，竟有好几个人争着买，争来争去，把价格抬高到100多元。

一棵100元并不多，可是几百万棵呢！这里的6000多亩山场几乎全部长满了荆棵呀！如果把这些荆棵加工成盆景，即便每棵卖三五十，也是一笔很可观的财富呀！

回到村里，王亮很快就拟好了脱贫方案。这夜，他兴奋得几乎一夜未眠。第二天是村里的议事日，等大家到齐，王亮就匆忙宣读了脱贫方案。

他们听完，面面相觑了许久，最后又把眼光汇聚到王亮身上，王亮顿时被他们看得心里发虚。

"这办法真好！我们以前怎么就想不到呢！"直到村主任张凯带头说好，大家才纷纷跟着称赞起来。

王亮做事干脆，再加上第二天他要去县城参加一个培训，就当场把任务安排了下去，有负责挖荆棵的，有负责整理定型的，有负责网上宣传的……

等半个月的培训结束，王亮兴冲冲地回到村里，才知道工作几乎没有一点进展。王亮气得随手拿起一块山石，奋力扔出去，山石落地时惊得一只正在打盹的瘦狗落荒而逃。

"我算是知道你们受穷的原因了，思想跟不上，行动也跟不上！你们不知道在经济飞速发展的今天，半个月的时间有多么重要……"王亮把村主任张凯一顿好训，"你必须给我解释清楚，你们在这件事上，为什么迟迟没有行动！"

张凯沉默了许久，才解释说："那天您事先没和我们交流就宣读了脱贫方案，因为您是上级刚派来的，大家都没好意思直接提反对意见，其实荆棵值钱的事村里人早就知道，不过以前谁也没想把荆棵刨出来卖钱。这地方自然条件差，即便一株很不起眼的荆棵也可能是经过几十年甚至几百年才好不容易长成的，如果把这些荆棵刨掉了，环境就更差了。这些日子，我们讨论来讨论去，最后还是形成一致意见——宁愿继续受穷，也不发这样的财。"

张凯说完，王亮觉得脸上火辣辣的，比被人当众打了几耳光还难受。

转眼间，荆花遍野的夏天来临了。这天，王亮和张凯爬上村东的一个山头，站在山顶放眼四望，整个山野到处是淡紫色的荆花，微风徐来，荆条轻摆，花间蝶飞蜂舞，鸟鸣啁啾，空气里弥漫着淡淡的清香。

他们禁不住相视而笑。

原来，王亮的脱贫方案被否决后，经过集思广益，崮崖村终于找到了一条适宜的脱贫之路，那就是利用这遍野荆花，大量养蜂并生产纯正的荆花蜜。

崮崖村生产的荆花蜜，色如纯净琥珀，入口留香绵长，投放市场后供不应求。从此，这遍野荆花成为村里永不枯竭的财富之源……

县长在哪儿

三　石

此刻，在市委小会议室，领导们正在审核电视台提交的一部专题片，市委马书记也来了。这让电视台专题部主任易立多少有些紧张。

易立清楚，市委之所以如此重视，是因为片子的主人公是清水县县长毛水仔同志。毛水仔同志病逝后，自发前往送行的群众将殡仪馆堵得水泄不通，有网友拍摄了视频发到网上，一时引起极大反响。

会议室极为安静肃穆，没有人走动，听不到一丝不相干的声音。在专题片结尾的处理上，易立没有采用清水县提供的录像，而是将网上视频下载，不做修饰和剪辑直接使用。之所以这么做，是因为除了视频里送行的人衣着各异，年龄参差不齐，表情或悲伤或凝重，显然不会是组织参加的，更重要的是，视频是在殡仪馆边高地所拍，场面效果让人动容。

播放结束，所有人一时都没有从片中走出来，几分钟没人说话。在马书记的提醒下，有人赶忙将窗帘拉了起来。

时值初春，有阳光透过玻璃照进会议室，很温暖。

然后便是讨论。领导们逐个发表看法，谈修改意见，大家对片子给予了充分肯定，这让易立心情稍感轻松。

除了马书记。易立注意到，在其他人发言时，马书记一直望着窗外，似乎在听，又像是在考虑什么。等大家发言结束后，马书记才将眼神缓缓收回来，停在了易立身上。

易立倏地又紧张起来。

马书记看着易立，声音很沉稳地说："记者同志，我只是想问，县长在哪儿，我们的毛水仔同志在哪儿。"

作为一个专业人员，易立自然明白马书记话中的意思。

在整部专题片中，毛水仔同志的镜头极少，可以说几乎没有。

但易立显然成竹在胸，他站起来，说："马书记，各位领导，我想将我们采访制作专题片的思路汇报一下。"

马书记点了点头。

得到马书记的首肯，易立整理下思路，开始汇报：

"接到采访任务后，我们考虑了很久。清水县是个山区贫困小县。而毛水仔同志虽然在清水县工作了五年，但基础差、底子薄、交通不便这个基本县情，让他很难做出轰轰烈烈的业绩，所以我们考虑以毛水仔同志深入群众，为群众分忧解难作为采访的主线。我们了解到，毛水仔同志在机关时间很少，只要有空他就会去基层，去农村。我们在清水县整整待了五天，走村串户，拿着毛水仔同志的照片，问老百姓是不是认识照片上的人，几乎所有人都说认识，甚至在杨家棚——清水县最偏远的小山村，连路都不通，要走足足一个小时的山路——这里的村民竟然也说认识。这不奇怪，因为毛水仔同志曾在杨家棚住过两个晚上。还有一次，当我们将照片拿给敬老院的老人们看时，老人们一个个热泪盈眶，激动地说：'认识。我们都认识，这就是我们的毛县长。'老人们用了'我们'这个词，我想，这是对毛水仔同志最高的褒奖。当时，所有采访的同志都很感动，一个女孩甚至都哭了。"

说到这儿，易立停顿了一会儿，平复一下激动的心情。

"是的，片子里缺少主人公的镜头，但这不是我们疏忽了。我们曾要求县里提供毛水仔同志的相关影像资料，但他们说，毛水仔同志虽然经常下乡，但轻车简从，基本不带记者和随行人员，实在是没有。他们所能提供的，只是一些开会、统一组织活动的相关镜头。而我们觉得，这些镜头与我们的构思难以融合，所以就干脆没有用。

"我相信各位领导都注意到了，我刚才所提到的那些细节，在片子中都以真实的镜头呈现给了大家。"

易立坐了下来。他看到，领导们表情凝重，微微点头。

而此时，马书记说话了，说得很慢："是啊，我们评价一个领导干部到底应该以什么作为标准？是GDP，还是财政收入？是城市化占比，还是各类工程项目？这些都应该是，但不管什么标准，最根本的还是老百姓的心。刚才我问记者同志，县长在哪儿？我们的毛水仔同志在哪儿？现在我明白了，毛水仔同志在清水县的山山水水中，在田间地头、里弄小巷，在前往送行的成百上千干部群众和二十万清水县老百姓的心中。"

说到这儿，马书记手一挥，声音戛然而止。

静默一会儿，有人鼓掌，一下一下地，很重，然后大家鼓起掌来。

人不多，但掌声很热烈。

布　点

相裕亭

张庄紧挨着飞机场。或者说，张庄紧挨着去飞机场的那条沙溏路。若把去飞机场的那条细沙铺展的路，想象成一个漂亮女人修长的无名指，那么张庄，就是那个女人无名指上的一枚小巧别致的钻石戒指。几十户人家，清一色的粉墙黛瓦，二至三层不一的小楼，安详静谧地镶嵌在公路一侧。

张庄属于省级农民小康示范村。

这一年，晚秋时节，上级首长要来此地视察。打前站的大秘们，提醒地方政府，首长走出机场之后，很有可能要到当地一家农户考察。地方官员得到消息，很自然地想到了张庄，并指定张庄所在的乡级人民政府，要充分做好准备。

任务落实到村民张中富家时，县委接待办专门派来一位富有接待经验的副主任，带领乡里的干部，汇集到张中富家现场指导办公。指出张家的院子里不能散养鸡、鸭，墙角、窗台，以及当院的小桃树上，可以摆放一些颜色亮丽的冬瓜、南瓜、黄玉米、红辣椒串串什么的，以此体现出农家小院的氛围来。

屋内要放几盆时令的鲜花，稍事点缀！考虑到首长将在何处落座时，问题显露出来了！张家一楼客厅里的沙发，还是儿子结婚那会儿找本村的木工定做的，十几年下来，里面的弹簧都断了，一坐上去会咯吱咯吱乱响。

"这可不行！"县里来的那位副主任很细心，他用手试了试沙发靠背，坐都没坐，便转过身来告诉乡里的干部，说："这沙发要换！"随后，又指着沙发前老张家那张吃饭桌子，说："这桌子也要搬掉！"言外之意，沙发跟前只能摆放茶几，哪能再摆张不合时宜的吃饭桌子呢？

这一来，乡里的干部着了忙！当即决定把乡政府会议室的沙发、茶几，还有鲜花什么的，一一搬到老张家，并按照上面的要求，对张中富的家人进行问答式培训。比如，首长问到老张家当年的收成时如何回答，儿女的工作怎么讲，家里人的身体状况如何说，等等。

一切准备就绪，首长如期而至。

但是，按照事先约定，张中富不能主动迎候。他要静守家中，装作无事人一样，等乡里、村里的干部敲他家大门，问他老张在不在家时，他再猛然知道有人到他家来了！

其间，首长果然像事先预料的那样，热情洋溢地握过张中富一双粗拉拉的大手，语重心长地问道："老张呀，家里几口人？"

老张撇个大嘴，傻傻地笑着说："六口人。"老张还想补充一下，说明他家中有儿子、儿媳、小孙子、老伴和他，还有一个小闺女。但首长好像不太关心那些，话题一转，又问："家里种了几亩地？"

老张说："九亩。"

这个数字，是乡里领导让他那样说的。其实，老张家早就没有地了。他家的地，被浙江来的开发商给建了高档的住宅小区。眼下，老张一家，全靠儿子开拖拉机跑运输。

首长随之又问："家中的粮食够不够吃？"

老张说："够吃，够吃！"

"孩子呢，都工作了吧？"

老张说："儿子从部队复员回来，买了辆拖拉机跑运输，小闺女大学毕业……"说到这里，老张的言语有些打结，原因是他家的小闺女省农大毕业以后，一直没有找到合适的工作，眼下，正跟着哥哥的拖拉机跑货场。一旁的乡长了解老张家的情况，怕他把实话说出来让首长尴尬，当即打圆场说："老张的小闺女大学毕业后，在我们乡里做村官。"

老张随之附和说："对，对对对，小闺女大学毕业以后，就被乡里招去当村官了！"

乡长补充一句，说："是考上的？"

老张说："对，是考上的！"

首长对村官这个话题，好像很有兴趣，大加赞赏地说："大学生做村官好呀，这是我们国家发现、利用人才的一条很好的途径。"

老张连连点头说："是是是！"

问题是，首长离去后，后续工作给老张带来不少烦恼！先是乡政府派人来拉沙发时，弄得老张心里很不是个滋味！老张家原来那套沙发，旧是旧了点，但还是可以坐的，被乡里来人给搬弄到南场院一折腾，沙发腿断了两条，里面的海绵也被顽皮的小孩给扯出来了，不好再用了。老张的意思是，想让乡里赔他一套沙发。

乡长、书记了解到这个情况，当即表态："算了，那套沙发就送给老张。"但有个条件，要让他好好爱护，上面再有领导来视察就方便了。

这下，老张本该高兴了吧？没。老张得了一套沙发后，新的问题又摆出来了，乡长在首长面前，谎称他家小闺女做村官了，这是子虚乌有的事。可如今，通过新闻媒体传开以后，满世界的人都知道他张中富家的小闺女做村官了。弄得老张的小闺女都没法外出见人了！

为此，老张找到乡里讨个说法。

刚开始，乡里领导有些为难。因为，大学生村官也不是谁想当就当的，严格地讲，也有一套笔试、面试的选用程序。后来，屈于媒体的压力和老张不依不饶的追究，乡里干部往县里跑了两趟，果然把老张家的小闺女安排去做村官了。

　　事后，老张一家在一起吃饭时，提起此事，都乐！老张喝点小酒，还自我调侃："早知道这样，当初跟首长说俺家小闺女当乡长、当县长就好了！那样，没准俺老张家还真能出个大干部。"

元 凶

欧阳明

见到死者的那一刻，刑警大队王队大吃一惊，死者竟是尤三妹。

尤三妹是县城郊区人。初中毕业后，父母说女生是外向，就没让她上学了。十八岁那年，父母给尤三妹找了一个对象，城镇户口的，还是集体砖厂的工人。大家都说找了个城里人，是门好亲事。可尤三妹却死活不答应。父母就骂："不愿意就滚出家去！"

尤三妹心里已经有人。那个人是她初中同学，叫小七。在学校，小七像大哥哥一样，处处都护着她。她辍学后，小七还专门约她看过一场电影。从那以后，她就把自己当成小七的人了，憧憬着有一天，小七会找人来上门提亲。可从那之后，小七竟一直没来。一年，两年，父母的骂持续不断，她开始绝望了，最终只好随了父母。

在案发现场，王队第一次见到了尤三妹的男人。那男人很瘦，皮包骨头的样子，像从没吃过饱饭似的。还很丑，尖嘴猴腮的。男人瘫坐在尤三妹的尸体旁，泣不成声，一副悲痛欲绝的样子。

这种人，也配得上尤三妹？！王队在为尤三妹心痛的同时，也对男人有了一些厌恶。

在安排人对现场进行了详细勘察，并把尤三妹的尸体送去尸检中心后，王队开始调查了解情况。他第一个问的，是尤三妹的男人。

"当时我在面馆收拾东西，孩子还在学校，家里就她一人。"男人边说边流泪。还说面馆是他七年前下岗后才开的。

"你早晨出门的时候，她有什么异样反应吗？"

"没有，和平常一样，很正常，还说过两天一起回娘家看看。"男人说。

王队停顿了一会儿，问："平常除了家人，她还和什么人来往？尤其是男人。"

男人闻言突然激动起来，鼓起眼睛瞪着王队说："你什么意思？我老婆不是那种人！"

"别激动，我只是按惯例问。"王队也觉得不该这样说尤三妹，急忙递给男人一支烟。

男人走后，王队安排人对他说的进行了核实，的确有不在现场的证据。

现场勘察的结果也很快出来了，在尤三妹家里，没发现有任何外人进入过的痕迹。

所有证据都表明，尤三妹是跳楼自杀的。王队把结论告诉了尤三妹的男人。男人死活不信，说："不可能！她手术很成功，她说过，等病好了，我们一起努力挣钱，把看病借的钱还上，好好供儿子读书。她要看到儿子考上大学，找到工作，娶上媳妇，生下孙子。"

但没过几天，男人信了。他无意间在家里发现了一份尤三妹的遗书。遗书上说："我的病，手术就欠下七万多块钱，拿什么还呀？还有，我了解过，癌症就算医好了也会复发，不管花多少钱，早晚都得死。我不想一个人就把家里拖垮了，害得儿子没书读。我走后，不管怎样，你一定要供儿子上学。"

男人看完遗书，痛不欲生。

案子结了，可王队却有些迷惑不解。尸检报告写得清清楚楚，尤三妹没患癌症。于是，他来到医院。

"最初我们认定是癌症，开腔后发现只是炎症，就缝合了。医生也不是神，什么病都看得准。"医生语气平淡如水。

"为啥不告诉病人实情？！还开那么多药？！"王队满腔怒火。

"现在没癌不能说以后就没有，预防性治疗，这也是为病人着想啊。"医生说。

"哼！我看你们是别有用心吧！"王队怒不可遏，大声吼道。

"小声点！这是医院！一个警察，注意点素质，说话时要负责任的！别血口喷人！"医生白了王队一眼。

很快，过道上就聚集了很多人。"就是啊，有话心平气和地说嘛！"大家议论纷纷。

王队担心被围观者继续误解，只好愤愤地离开。走时，丢下一句话："我还会找你们的！"

身后传来医生的嘲笑："我们又不是杀人犯，怕你吗？到医院无理取闹的人多了，你算老几？！"

王队恨不得回头，把医生丢下楼去。走出医院大门，他无意间发现，医院门厅上"××医院"的"院"字，竟只剩下半边，成了"医完"。他把牙咬得咯咯作响。

王队算老几？他就是尤三妹的同学小七。当年，若不是因为尤三妹是农村户口，她早就是他的人了。

在王队的记忆里，尤三妹有着一张鹅蛋形的脸，一对好看的小酒窝，一双明亮的大眼睛，一副灿烂如花的笑容，美若天仙。

我真是老师

袁省梅

张兴要上班时，刘总打电话说在楼下等他。不等张兴说"好"，电话已经挂了。张兴心里就有些不乐，磨磨蹭蹭地穿鞋，慢慢悠悠地下楼，看见刘总的车，脸上倏地浮出一层笑，脚下呢，也一步赶一步地紧促。

张兴上了车，伏在前面椅背上，问："刘总去哪儿？"

"羊凹岭学校。"

"金秋助学？"

刘总点头。

金秋助学，是去年刘总去羊凹岭学校捐助时，张兴在写的发言稿里第一次提到的。张兴说："秋天，是收获的季节，也是学生升学的时节，您就叫个金秋，金秋助学，意思好，也响亮。"张兴是金秋公司办公室主任，迎来送往、陪客人喝酒是他，给刘总写发言稿也是他。

张兴说："我能不能不去？"

"有事？"

"也没啥事。"

"去年你没去，今年你还不去，你是办公室主任，你不去哪个去？"

"那电视台录像时不要录我。"

"怕成明星还是怕美女追？"

张兴笑笑。

到了羊凹岭学校，校门口站了好多人，大门两边摆了两块黑板，大红的粉笔字硕大、肥壮，很有气势的样子。一块写着：欢迎金秋，感谢金秋。一块写着：学子梦想，金秋来圆。等进了校园，张兴看见学生娃娃手里拿着塑料花玩闹。有个人在前面小跑着，手一扬一扬的，高声训斥着叫他们赶紧站好，喊口号。学生们倏地站在过道两边，向日葵般看着大门口，伸长脖子大声喊："欢迎金秋，感谢金秋……"金秋集团捐助的体育器械、教学用品都系了大红的绸子花，堆在操场临时搭建的台子上。

等到摄像机、相机围着刘金秋采访时，张兴悄悄挤出人群，找了个没人的地方抽烟去了。摸出烟盒，是雪茄，抽出一支，把烟放鼻下嗅。张兴喜欢抽雪茄，而且是洗完澡，刷了牙，点上，慢慢品。张兴觉得雪茄的味道像红酒，得品，吸一口咂摸在嘴里心里，人就超然物外了，什么名呀利呀，都觉得没有一点意思，到头来还不是两手空空地走了吗？他有点微醉地叨叨着。他说，天下再没有比雪茄好的东西了。老婆骂他穷酸还摆谱，他说，谱也得分人，有的人摆给自己看，有人却是摆给他人看。给他人看，有啥意思呢？一点意思也没有，还累。张兴觉得金秋助学本是好事，却弄了这么大个场面，唯恐天下人不知道，这谱就摆得没意思了，善欲人知不是真善啊。张兴嗅闻了一会儿，小心地把雪茄装进烟盒，去校园转悠了。

路过图书室，他要进去，管理员拦住了他，说是一会儿刘总和电视台的人要来。张兴探头看了一下："金秋集团去年赠的书？"管理员点头。张兴说："你这管理员真负责，书还崭新。"管理员撇着嘴角说："只有检查的来了才对学生开放，书不新才怪。"张兴笑笑。

张兴路过一个教室门前时，老师正在讲课。讲台上的老师个子小小的，圆脸，圆眼睛，鼻头也是圆圆的，一张嘴说话，嘴也是圆圆的。扭头看见了张兴，问他干啥。张兴说："看看。"小老师说："上课哩。"张兴突然想上去讲课，他已经一年多没有站在讲台上讲课了，他向校长请病假，说要出去看病去。校长说："是挣钱去吧？"张兴嘿嘿笑，说："工资太少，管了老人管不了孩子。"校长说："好好再干两年你就该评职称了。"他说："评上高级也多不了几个钱。"校长说："不管在哪儿干，不要让人知道。"他说："行。"校长说："让上头或者是哪个老师知道了告一状，后果我不说你也知道。"张兴说："我保证不在人前露脸。"可是，现在，当他看见了黑板、讲台，看到教室里一张张稚嫩的脸，他就想上一节课。他对老师说："我来上一节好不？"他央求小老师，就上十来分钟。

小老师白他一眼，嘟着嘴说："课能随便让人上？又不是耍把戏。"小老师的话不轻不重的，像是开玩笑，一个字一个字却像刺针扎在张兴脸上。

张兴的脸发烫，狠狠心，说："我也是老师。"

小老师扑哧笑了："你是老师我还是校长局长呢。"

"我真是老师。"

"教啥？"

"语文。"

"那为啥不教了？"

张兴的脸烧烫，嚅嚅唇，不知说什么好。

"讲几分钟吧，作文课'我的梦想'。"

张兴的心悸了一下，说："好题材。"就在张兴讲得兴奋时，电视台的记者扛着摄像机进来了。张兴像是没有看见，或许，他是真的没有看见，也早已忘了校长的叮嘱。他讲得专注、从容、有条有理。他说："每个人都有梦想，当年，我像你们这样大时，就想以后当个老师……"后来，想起那堂课，他说："没想到站在讲台上，看着满教室的学生认真地听你讲，那种感觉怎么说呢？就像是抽大雪茄一样过瘾。"

不欢的筵席

刘 公

男人先到，坐在靠窗的圆桌上，一副官范儿。

"先生，点菜不？"我问。

"稍等。"

女人来了，坐在男人的对面。

"服务员，把菜谱给她。"男人对我说。

女人接过菜谱，连续点了六凉六热，价格都是偏高点的。我以为还有另外的客人，凉菜上齐了，二人拿起了筷子。

"请你来坐坐，谈谈我们和好的事情。"男人说。

"你是个啥东西？虽说你给了我一套房，价值六十万，存款有八十万，但我并不领你的情。"女人有些愤怒。

"你请电脑高手破译我的QQ密码，查看我的聊天记录，本身就不对。QQ聊天，那是很随意的，不能太当真。"

"那个骚货答应把身体都给你，看样子你们的关系不一般啊！"

"有句老话说，婚姻就像沙子，捏紧了捏松了，都捏不住。只有不紧不松，才恰到好处。"

"我就是要捏紧，把你捏死。"女人一字一顿，语气有点瘆人。

"嘀嘀"，二人正说着，男人的手机响了，女人一把抢过手机，男人很生气，倏地站了起来，眼睛里有火苗在燃烧，女人稳坐着，箭一般的眼神狠狠射了过去，男人翕动着嘴唇，欲言又止住，焉巴巴地矮了下去，女人的食指快速地在手机屏上跳舞，随即，牙缝里蹦出几句刺耳的话："看，又有骚货在跟你调情，都不是好玩意儿。苍蝇不叮无缝的蛋，臭蛋自然会招惹苍蝇。再说，母狗不摆尾，公狗不会跷腿……"

"这是一虾两吃。"我把菜端到桌子上，退到一边。

"你把手机还给我，我是请你吃饭的，不是请你来骂人的。"

"你个嫖客，离了那些野鸡，你都活不下去吗？"

"我嫖谁了？"

"嫖了谁？你自己心里清楚。"

男人不再搭理女人，闷着头喝酒吃菜，女人的嘴像上满发条的钟，嘀嘀嗒嗒地喋喋不休："你连一条公狗都不如，公狗找母狗还闻闻母狗的屁股，选择一下是不是适合自己，你是老的少的，美的丑的，能上就上，说得我就恶心。"

"嘀嘀"，男人的手机又响了。

"看看，说着说着，母狗又来摆尾了。"女人的手指又在男人的手机屏上翻跶，"这又是个臭婊子，问你啥时候有时间，在老地方聚聚。"

男人一声不吭，自顾自地呷了口茶水，从手包里取出一支烟，漫不经心地点燃，悠闲地吸了起来。

"你们男人，没有一个好东西，不是吃喝，就是嫖赌。"

男人这次没有沉默，在烟灰缸里杵灭烟头，陌生的目光盯了女人好久，才说："你搞没搞清楚？你爸、你弟，他们也是男人！"男人开始反驳。

"他们和你们不一样，他们是好男人。咋？戳到你的痛处了？"

"唉，你啥时候能学得像个女人？"

"我还不够女人吗？帮你把儿子养到上大学，一门心思为了这个家。我有错吗？你个嫖客！"

"请你尊重人，你搞清楚，我现在已经不是你的丈夫！"

"正因为你不是我的丈夫，我才骂你！"

"好了，打住！希望你做人善良一点，目光看远一点，不要把猜忌当作事实，弄得自己心里不愉快，也让别人跟着闹心。来，服务员，结账！"

我把账单递过去，说："先生，一共798块。"

男人从钱包里抽出8张百元钞票递给我，说："不用找了。"起身拿走自己的手机，头也不回地走了。

女人愣怔了一下，趴在饭桌上"呜呜"号了起来。我不知道怎么规劝女人，把800元钱交给吧台收账员，回来悄悄地用一次性饭盒把十多个菜一一打包好，站在一旁静静等候着。

眼看晚上9点30分了，餐厅的客人基本都走了，我看着肩膀还在一耸一耸的女人，怯怯地在她耳畔说："大姐，我们该下班了。"

女人站起来，红肿着眼睛说："对不起。"就往外走。

我拎着菜追上去，说："大姐，你们好多菜没有动，把这菜拎回去吧。"

女人摆摆手说："菜变味了，不要了。"

我把菜往起提了提，心想这刚刚做的菜，咋会变味呢？

雪地开花

刘国星

坡上坡下、岭岭洼洼的小兽们全知道，我爷爷不好惹！我爷爷精神矍铄，银须飘飘。在草原放牧生活了大半辈子。成精了。他眼睛毒、耳朵灵、鼻子尖。大灰狼借夜色叼走了小羊，以为神不知鬼不觉，我爷爷硬是码着蹄印，找到狼窝，打断了它的腿。百灵子飞在天空叽叽喳喳，不时撞在我爷爷的脑袋上。涨包嚣张得不行。我爷爷不为所动，径直在土坎上寻到它的窝，捧回五个热乎乎的鸟蛋……狼有狼道，蛇有蛇踪。我爷爷心明眼亮。所以呢！我爷爷从蒙古包里一出来，咳嗽一声，狼呀、兔呀、獾呀、百灵子呀，齐齐竖起耳朵，提拎着心，否则是不行的。是会丢掉小命的。

这当然要提到我爸。我爸刚生下来，奶奶就没了。我爷爷既当爹，又当妈。媒人给他提亲，却被拒绝。我爷爷说，有后妈就有后爹，怕娃受气哩！我爷爷先让我爸向母羊认了"干妈"，羊奶性温，营养丰富。我爷爷像个细心婆娘，挤奶，烧沸，再晾个温凉不窄儿，灌进奶瓶，平抱起孩子，喂奶。我爸吃得可欢了，嘴角都嘟噜出雪白雪白的奶浆子……多年以后，我爸给我讲述时，我见他满脸喜色，我想当时他要是生条小羊的尾巴，也肯定会晃个不停。可我爸没高兴多久，牧区成"社"，有数的牛马羊驼都归进社里。拉走母羊那天，我爷爷顾不及挤奶，直接把我爸按在母羊的奶头上，让他吸个干净……我爸的食物成了头等大事，他的食谱庞杂而又出人意料。我爸讲最好吃的当属黄豆。炒熟嚼碎，豆香弥漫，喂过来，味道好极啦！我爸讲述时，像个满腹经纶的秀才。"鸟蛋拿回来，太阳会告诉你咋吃！孵化的嘛，要烧熟。没孵化的，生喝亦可煮熟。"那次夹住个獾，肉香啊！一吃满嘴流油。可我终因好久没吃肉，竟吃坏了肚子。吃饱了，我爸会在床上玩耍，腻在我爷爷身上。揪揪胡子，挠挠痒，有时吧唧亲一口。我爷爷眯眯着眼睛，神思迷离，一脸的"蜜"。

那年眼看过年了，我爷爷神秘地附在我爸耳边，说："年夜饭吃兔子肉。"我爸不解。我爷爷拿被蒙住头，压低嗓音说："南山坡住窝兔子，我盯好久了。那只老兔子，精哩！只要我一出门，它就坐在山头，盯住我看。我该做啥做啥，假装没看见它。一年都没惹它，现在是时候啦！"

我爸按照吩咐，出包拖回捕兽夹。他偷偷向南山坡一瞥，果真有只兔子，一竖一竖地向这边瞭望，见是我爸，才放下身子，啃草去了。我爷爷把捕兽夹放进开水煮，又用雪反复地搓，说是去锈味。后来，我爷爷让我爸出去耍闹，吸引住那只老兔子。他穿上我奶奶的蒙古袍，还扎上头巾，一瘸一拐地出了门。我爸喊叫、蹦高、敲铁盆子，惊得那兔子不知所措……转跑出好远，又跑回来。我爸一刻不停，直到我爷爷转回包里喊他，他才瘫软在地。我爷爷却挥挥拳头，好似一位凯旋的将军。

那晚下层雪，我爷爷装扮好，猫在下风头的土坑里，头顶还盖块冻牛粪。当然，他的鼻孔里弥漫着的是肉香！夜是小兽们的。月亮升起，草原像蘸在牛乳里。兔子窝里一股脑地涌出五只兔子。一大四小。你撞我挤，嬉闹着向坡顶的草丛蹿动。兔子有道，小兔子们早已走熟。即使有雪，也会按照老路走的。大兔子耸立起耳朵，走、看、听、嗅，像个侦察兵。渐渐走近积雪下面的捕兽夹了，我爷爷又喜又忧。他以前尚未发现这窝崽，看来今天必有收获！谁知，走在前面的老兔子，突然停住脚，嗅嗅，又退回来。我爷爷的心凉了，知道捕兽夹已然暴露。可幸运的是小兔子们却没在乎，还在你拥我挤地往前冲。老兔子挡这个，那个就从它的身边溜过去，堵来堵去，眼见得是堵不住了……老兔子急得嘶叫一声，立起身子，小兔子们终于停步。老兔子一下子成了整个草原的中心，月光照着它，雪光衬着它，我爷爷和小兔子们不错眼珠地盯着它。天地大静。远远地，有长调百转千回地从风里折过来……我爷爷就在那刻惊呆了——在长调声中，只见那兔子上肢直立，踮起后肢，像白天鹅般优雅地翩翩舞起来……月光下，雪光中，舞蹈的兔子通体发光，像个精灵。晶莹剔透，忧伤又深情。它像是陷在寒冷刺骨的冰河，倒卧无助，每一次蹬跳是那样地痛苦不堪，令人心碎。它又像是在用力地发光发热，想变成一颗太阳，融冰化雪，幻想让小兔们能在春日的绿草地上哆嗦地进食，身边是热气腾腾的土地和潺潺喧闹的河水。它似热恋缠绵又似毅然决绝，它开始了和四只小兔子的碰撞和亲吻……突然，在长调的高音里，它高高跃起，撞向雪花掩盖的捕兽夹……"啪"地钝响，雪地盛开一朵黑色的花。小兔们四散逃窜。

年三十晚上，我爷爷给我爸炖好兔肉，却一筷未动。我爷爷叹了一口气："唉！小兔子没了妈妈，会在冰雪地里冻死饿死啊！"我爸每每讲到这，眼里就会泛层雾。

陈　案

万　芊

陆魁，陈墩镇人，早年曾当过几年兵，会几套拳脚，退役后，在桐城县衙当差。

县太爷姓董，早年曾留洋，是个知书达理的斯文人。

一日，县太爷很随意地跟陆魁说："听说你是陈墩镇人，那镇民风淳朴，女子都挺勤快的，你有合适的，帮我家里物色一人，料理料理家务，最好年纪轻一点、人干净一点、手脚麻利一点。"

陆魁有个亲妹妹，芳龄十八，爱干净，手脚也挺麻利。县太爷一说，陆魁便想到了自己的亲妹妹。家里穷，爹娘也常常跟陆魁唠叨，说："你在县衙门当差，自己有吃有穿，不要忘了帮衬帮衬自己的妹妹。"

陆魁跟爹娘说了，爹娘说："你妹妹在你身边，有你照应着，爹娘放心。"陆魁跟县太爷说了，县太爷说："你先把你妹妹带来试用三天。"

陆魁妹子叫陆小兰，大手大脚，满头乌发，白皙的脸蛋水灵水灵的。试了三天，陆小兰把县太爷家里收拾得干干净净。县太爷就让陆小兰留下了。

陆小兰留在县太爷家里当小保姆。虽说跟哥在一个县衙里，但其实也很少与陆魁照面。毕竟陆魁是衙差，在外打杂的事多，而陆小兰一直在后院，很少到前面衙门走动。陆魁难得碰见妹妹，总是问一声："在里面好不？"妹妹话也不多，只说："好的。"

如此一年有余，突然有一天，爹娘捎口信让陆魁回一趟家。陆魁也不知爹娘有啥事，择个空当，回了趟家。

陆魁一回家，娘便哭诉起来，说家里天塌下来了。陆魁蒙了。娘一边哭一边说："县太爷那禽兽把你妹妹个黄花闺女给糟蹋了。不只糟蹋了，县太爷的老婆还把你妹妹打了一顿，骂她是狐狸精勾引县太爷，把你妹妹赶了出来。现在你妹妹怀有身孕，你叫一个未出嫁的女子以后带着个孩子还有啥脸面活下去？！"

陆魁去推妹妹的房门。门从里面闩严实了，推不开。只听得里面嘤嘤的抽泣声。

陆魁跪在爹娘面前，不停地扇着自己的脸。陆魁是个烈性汉子，咽不下这口气。当日，陆魁紧赶慢赶赶回县衙，骗过当班的哥们，操了两把快刀，翻墙进了后院，躲过后院值更的，靠近后窗，用刀尖悄悄拨开后窗，闪身翻入县太爷的寝室。县太爷和老婆已经睡了，微弱的月光下，两人双双躺在红木雕花大床上。

陆魁轻手轻脚靠近大床，挑开被子，两把寒光闪闪的快刀顶住两人喉咙。

陆魁一把刀用了一下劲，问县太爷："你糟蹋了我妹妹，知罪不？！"刀尖之下，县太爷吓瘫了，嘴里含糊着："知、知。"

陆魁另一把刀用了一下劲，问县太爷老婆："你诬陷了我妹妹，知罪不？！"刀尖之下，县太爷老婆吓傻了，人颤抖得厉害，嘴里也含糊着："知、知。"

陆魁飞刀几十下，红木雕花大床之上，血肉横飞，陆魁顿时便被飞溅的浊血染成血人。陆魁复了仇大大咧咧地拉开房门，撑着两把快刀，坐在房前的石阶上。陆魁万念俱灰，他不想再回陈墩镇，不想以后每天看着爹娘妹妹伤心的泪水，更不想看见全镇人嘲笑的眼光。

陆魁昔日的哥们把陆魁围住。陆魁神情呆滞，一直默默地坐着，直到太阳露出血红色。后来，陆魁怎么进的大牢、怎么被判的刑、怎么被砍的头，他全都木然以对。他往日要好的哥们，在给他送牢饭时，总送上一壶烈酒。陆魁自犯了大事以后，每天都醉醺醺的。

陆魁被砍头的日子，几乎全桐城的人都赶去看了。那阵势比正月里闹元宵还热闹。毕竟罪犯杀的是本县的县太爷夫妻。一个衙差杀了县太爷，自然是大家好奇的事。有人说杀人犯是个英俊小伙，有三头六臂，这更让大家好奇。只可惜，所有的知情人都闭口不说，好像被洗过脑一样。大家打听着，似乎有好多版本，但都吊不起大家的胃口。官府的判决说，陆魁好逸恶劳，赌博成性，眼馋县太爷家里好多从异域带回的珍奇又值钱的宝贝，入室偷窃，被县太爷发觉斥责。最后宝贝没偷着，竟把县太爷夫妻俩给杀害了。

陆魁被砍头的第二天，桐城县报出了一个号外。文章不长，把董县太爷的生平事迹大大宣扬了一番，至于那杀人案，只有很简短的几句话，也说罪犯入室偷窃不成谋财害命。所有人读了，都说没劲。

过了一段时间，县衙门口立起了一个铜像，人很斯文，老远一看就知道是被害的县太爷。

十几年过去，突然有一天，县衙门口铜像边来了个小傻子，呆呆的，有人没人都指着县太爷的铜像说："县太爷是强奸犯，陆魁是大英雄。"反反复复就那么几句话。衙门里当差的眼开眼闭，只当没看见。小傻子每天来，吃喝拉撒在县太爷的铜像边，弄得县衙前众人都捂着鼻子绕着走。

后来，有知情人说，那小傻子就是县太爷强奸人家黄花闺女后生出来的儿子。没人说的时候，众人没在意，现在有人这么说了，大家都说，那小傻子跟那铜像真像。这事一传，看的人突然多了。有些人听说后，甚至专门赶十里八里的路过来，看热闹。

都是纳米惹的祸

金　波

　　周末，凯丽去科学家詹姆士的电子模拟室参观，发现墙壁上的电子演示屏上，正缓缓滚动着一片密植的绿色植物，虽然密不透风，但非常苗壮，长势喜人。

　　凯丽的脑子飞快地转着，极力搜索着深藏于大脑里的信息：玉米秧、高粱秣、麦苗……

　　"凯丽，它们就是野地里生长的那种青草！"詹姆士指着屏幕说。

　　"青草？哪里有这么高大的青草？"凯丽摇了摇头。

　　"可那确实是青草！"詹姆士哈哈大笑，"它们之所以长得这么高大，完全归功于我发明的纳米机器人。"

　　原来，詹姆士在青草内注射了大量纳米机器人后，它们在叶片里的作用相当于叶绿素，吸收和转化太阳能，变成养料贮藏起来；而在青草的根部，纳米机器人又促进了肥料的快速吸收。这样，纳米机器人就成了营养加工厂。青草营养过剩，不长得跟玉米苗一样健壮才怪呢！

　　"哦，原来是这样。"凯丽不由得赞叹道，"可是，我不明白，您培育这么多青草干什么呢？"

"别着急，请接着往下看。"

屏幕上又出了这样的画面：大批青草被收割起来，打包送到车间加工；而在另一个车间里，一块块面团被源源不断地送了出来，被整齐地码好。

"这是什么？"凯丽惊奇地问，"难道它们是我们吃的面包吗？"

"完全正确，凯丽。"詹姆士说，"青草被送到加工车间后，无数纳米机器人就开始工作，改变了青草的分子结构，将粗纤维转化为淀粉和蛋白质。经过它们的改造，一捆青草就变成了一块大面包，营养物质跟面粉生产的面包完全一样！"

"太神奇啦！"凯丽拍起巴掌，简直难以相信，"照这样发展下去，我们完全可以通过纳米机器人制造任何想要的东西。譬如，通过对分子的重新排列组合，把一堆木炭变成一颗亮晶晶的钻石，把一块石头变成一堆黄金……"

"哈哈，你很有想象力！不过，几十年前人类就曾有过这样的幻想，现在已经基本实现了。"詹姆士收起笑容，走出了模拟室，"我要去基地看看了，那里正在实现你刚才的梦想。"

"詹姆士爷爷，我可以跟您一起去吗？"凯丽追了出去。

"好吧，凯丽，我乐意带你去体验一下。"

詹姆士驾驶着小型直升机，载着凯丽到达他的基地。这是一座小岛，上面长满了茂密而大株的芳草，刚才电子显示屏上的镜头就源自这里。当他们走出舷梯、踏上地面时，忽然发现基地负责人维特正趴在办公室门口一动不动。

"维特！维特！"詹姆士奔了过去。

"发生了什么事？"凯丽也跟了过去。当詹姆士蹲下身子，想翻开维特的身体时，他吓了一跳：维特的衣服和肌肉已经粉末化，轻轻一碰，就四散开了，就像一堆面包屑。

"不好，"詹姆士大惊失色，"一定是纳米机器人发生了程序错误，进入了维特的身体。"

"是不是有人故意将纳米机器人注入他的身体？"凯丽也吓得心脏突突直

跳。

"应该是纳米机器人在缺少控制的情况下，加快了自我复制，正以难以统计的量变向四处蔓延，维特不小心中'毒'了。他的身体细胞被纳米机器人改变了，变成了植物细胞。"詹姆士脸色苍白，呼吸急促起来。

"纳米机器人会不加约束地自我复制，并四处扩散吗？"凯丽紧张地问。

"是的！"詹姆士站了起来，把目光投向四周。他吃惊地发现，门前的合欢树也被纳米机器人侵占了，正在死亡。他扑过去，轻轻地一摇，整棵树便倒了下来，落下一地面包屑。

詹姆士跑出几步，又发现眼前那片青草也正在改变颜色，开始粉末化，而且这个趋势正不可抗拒地向四周扩张。

"詹姆士爷爷，我们脚下的土地变硬啦。"这时，凯丽也发现了新情况。

詹姆士低头一看，没错，地下的土壤正在硬化，肆虐的变种纳米机器人，不仅侵占了植物的细胞，也在吞噬着土地的分子结构，改变了泥土的性质，使它向金属转变。

"快走！"詹姆士低吼一声，一把拉起凯丽，朝直升机奔走。路过人工小湖时，他们听到了从水面上传出的嗞嗞声，一股股烟气正从湖面散开。

"天啦，连水都遭到了纳米机器人的侵吞，正在被分解成氧气和氢气，慢慢消失掉！"詹姆士紧张得满头大汗。

"很严重吗，詹姆士爷爷？"凯丽从詹姆士的眼神里读到了恐惧。

"非常严重，凯丽！照这样下去，纳米机器人会以疯狂的速度自我复制，并迅速吞占整个地球。它们会把地球上的所有生物都变成面包屑，把地球变成一颗光秃秃的金球。那不仅是整个地球的灾难，也是宇宙的灾难！"

詹姆士拉着凯丽爬上直升机。刚一起飞，詹姆士就向他的助手戴安发出命令，声音因为紧张而变得结结巴巴："戴安，快！快！"

"什么事，詹姆士先生？"耳机里传来戴安吃惊的声音，"您怎么啦？"

"赶紧打开程序控制装置，向基地所有纳米机器人发出指令，让它们自行毁灭！自行毁灭！"

"是，詹姆士先生！"戴安回答道。

"原来，纳米机器人是可以人工控制的吗？"凯丽插了一句。

"是的，这是我发明的最新款纳米机器人，幸亏里面安装了磁片，可以接受计算机的指令。否则……"詹姆士擦了擦脸上的汗水。

话音刚落，就听小岛上传来密集的爆炸声，无数细小的、听不到的爆炸声瞬间汇集在一起，合奏成一声巨响。顷刻间，地面上火光冲天、尘土飞扬，整个小岛淹没在火海和烟雾里。

老哥仨儿

刘向阳

老大在老家洮南，老二在大连，老三在深圳，平时难得一聚，只有过年了，老二和老三回家祭祖，老哥仨才能见上一面。

老哥仨很珍惜这一年一次的机会，总要就着白肉血肠烩酸菜、小鸡扣蘑菇、鳌花炖粉条和东北大拉皮这咋也吃不够的家乡菜，喝着家乡的老白干，把攒了一肚子的话全倒出来。

老大说："我属牛的，过了年，虚岁就69了。这日子过得真快呀！一晃，老二也67了，老三最小，也是65岁的人了。再一晃，我们可就要往土里钻了。"

老二说："哥，咱不说这话，咱哥仨身子骨都这么结实，差啥不往百岁上奔呢！"

老三说："还是二哥说得对，咱苦里爬难里滚，终于赶上这好岁月，差啥不好好享享福呢！"说着端起酒杯，招呼着，"来来来，为咱老来得福干一杯。"

老三的话勾起了老大对过往的心酸，感叹着："是呀，倒退五十年，打死都不敢想，就咱这穷得叮当响的人家，能过上想吃啥就吃啥，想穿啥就穿啥，干打垒的土平房换成了楼房，老二家住上了洋房不说，老三家居然住上了别墅。家家的小汽车都由夏利、捷达，换成了奥迪、大奔。再想想咱们小时候，要不是咱们命大，能有今天！"

老二唏嘘着说："要说命大，就属我了。记得我六岁那年，腊月二十八那天，舅舅来咱家串门，拎来一兜子冻秋梨。那时候过年，哪家能吃得起苹果、香蕉和鸭梨呀！能见到冻秋梨，就赶上苍蝇见着血了。我趁大人不注意，偷了一个，啃了一口，那个甜哪！我忍着牙被冰得生疼的滋味，几口就把一个拳头大的冻梨蛋子吃进了肚。偷偷看着那兜冻秋梨，馋得我忍不住又拿了一个吃了。还是不解馋，我又拿了一个，不知不觉，一兜梨快被我吃光了。这时，我感觉肚子凉哇地疼。我咬牙挺着。可是越疼越厉害，疼得我浑身嘚瑟。实在忍不住了，趴到炕上疼得哭着喊咱妈。咱妈一摸我的肚子，立马吓坏了。我的肚子冰得咱妈直扎手。咱爸常年在松花湖渔场上班，总也不回家。那时候，又没处打电话，怀着身孕的咱妈，背着我跟跟跄跄地去了县医院。医院大夫说我严重低于正常人体体温值，幸亏来得及时，再晚了，很可能会死亡。"

于是，老哥仨为老二大难不死，干了一杯。

放下酒杯，老大抹了一下眼睛，叹了口气，说："我也算福大命大造化大呀！也是那年的大年初一，咱妈给我换上了用家织布染黑了做的新棉袄。一再叮嘱我要小心穿，来年还要给老二，后年还要给老三穿。我高高兴兴地答应着，与咱家隔壁的宝贵去街上看秧歌。那时候，尽管家家都不富裕，也都拿出点钱给自家的孩子买几挂爆竹。哪像咱家，穷得连一个二踢脚都买不起。买不起，还想放，咋办？我就学着同样买不起爆竹的人家的孩子，抢爆竹。咋抢？就趁着街上的商家给过往的秧歌队放鞭炮时，冒着震耳欲聋的炸响，去抢没响的哑炮。由于我胆子大，不一会工夫，我的衣袋就满了。摸着胀鼓鼓的衣袋，我那个高兴啊，我也可以痛痛快快地过把放炮的瘾了。可是，咚的一声响，不仅把我的美梦炸飞了，崭新的棉袄炸出了个大窟窿。过后，听大人说，亏得只响一个爆竹，要是衣兜里的爆竹都响了，我的肠子肚子肯定炸烂了，命也就没了。"

于是，老哥仨又为大哥死里逃生，干了一杯。

老三抬起汪着泪的眼睛，有些哽咽地说："要说命大最数我了。你们谁也不会忘记，咱妈就是那年正月初六死的。咱妈死的头一天，就下起了冒烟雪，到了第二天，雪都没了膝盖。那天，咱妈知道要临产了，提前把你俩托付到了邻居家。我小，才三岁，咱妈不放心，把我留到了家里。接生婆也是咱妈自己请来的。按照接生婆的吩咐，咱妈卷起了炕席，将柴火灰铺到土炕上，然后，躺在了上面。接着，我看到咱妈大声哭号起来，血从咱妈的两腿间流水一样地淌着。接生婆战兢兢地喊着，'不好，是葡萄胎！'逃也似的跑了。我哭着喊着叫妈妈，可妈妈就是不应声。我想起了住在南胡同的爷爷奶奶。于是，我冒着鹅毛大雪奔向南胡同。咱家离南胡同爷爷奶奶家也就半里地，可我怎么努力也走不到。后来，我倒在了雪地上。不知过了多久，我醒了。守在炕沿跟前的奶奶说，'孙子，你真命大呀！'我问奶奶，'我妈咋样了？'奶奶哭了。"

老哥仨搂到一起，老泪哗哗地流着，喝一杯酒，流一阵泪，喝一杯酒，流一阵泪……

拿手活儿

许心龙

杀猪是四叔的拿手活儿，只可惜四叔的拿手活儿现在没有了用场。

我就是吃四叔杀的猪肉长大的。俊俏的四婶也是奔着四叔的这手杀猪好活儿嫁过来的。

然而，机会还是来了。

县屠宰场的聂总要到村里来杀猪，说是寻找年味儿。他打小就喜欢过年，喜欢过年飘着雪花，喜欢过年放鞭炮，喜欢看杀猪。我与聂总的关系，是因为我每年都养百十头猪，我养他杀，日久就好了起来。

这时，我就想起了四叔，想起了四叔的杀猪锅灶。四叔还健在，可那经年的血腥气的杀猪锅灶还安在吗？我说："我回去找找看吧。"

"去吧，你小子！"

于是，我就屁颠屁颠地穿行在村里腊月二十七春天般的阳光里。

曲里拐弯穿越便道绕到四叔家门口。我不由长出了一口气，掏出手机就喊："聂总，杀猪锅台还在，还在呀，你真有福！"我喘着气站在了那里。我一眼就发现了厚厚的秫秸掩盖着的杀猪锅灶。那真是四叔的最爱，换了别人就不会保留了，占地方还碍事。霎时，我仿佛看到袅袅蒸气中四叔肩披毛巾正在哧啦哧啦地奋力刮猪毛，随着湿漉漉的猪毛横七竖八地打着卷儿煺下，刺眼的白猪皮的面积也在不断扩大。

聂总激动地说："先准备好，我吃了午饭就赶过去。"

这个聂总，有五十岁了吧，还小孩子一样这么喜欢过年。我窃笑着走进四叔的家。

听到"杀猪"俩字，四叔脸上的皱褶里顿时迸出了鲜活的神经。

可是很快，四叔又松劲儿了，说："那几把杀猪刀好多年没用了，恐怕早生锈了，再说我这体力也差多了。"

我笑笑说："有磨刀石，还怕刀不锋利吗？体力嘛，多找几个人不就行了，反正聂总不差钱的。"

四叔还是犹豫不决。

"四叔的杀猪好活儿，远近闻名，谁不佩服！"说着，我来了个朝猪脖子猛捅一刀的动作。

四叔笑了，露出了两个可爱的豁牙。

正当四叔霍霍磨刀、四婶翻找捆猪绳，还有几个帮忙的人刷锅找劈柴时，聂总的黑色大别克开进了村里。

聂总拿出一条烟，一人一包。众人乐了："聂总真大方！"

一头大黑猪被赶来了。大黑猪嘴里不停地哼哼着，似乎很不满，或许它不懂自己长大了就要被杀的宿命。一条后腿被捆住后，黑猪发疯般地乱扯乱窜。

"又回到我小时候了！"聂总边感叹边打开车的后备厢，搬出来一盘簸箕般大的红鞭炮。

"先点炮，再杀猪！"聂总兴奋地喊。

燃着的鞭炮噼噼啪啪欢快地炸出了一地红纸屑，像铺了一地红花，吉祥喜庆。淡蓝色的硝烟穿透阳光升腾散去。聂总一边拿手机拍照，一边不住地喊道："这才是过年，这才是过年呀！四叔，开始杀猪吧！"

四叔早攥紧一根粗杠子，吼一声，不偏不倚打在黑猪的脑干上。

聂总抿嘴竖起了大拇指。

七八个人把晕倒的黑猪抬放到一块楼板上。

哧啦！——

一眨眼，四叔的尖刀从猪脖子里拔了出来。

咕嘟咕嘟，殷红的冒着热气的鲜猪血有节奏地流到了四婶端着的铝盆里。

"乖乖，满满一大盆！"聂总激动地说，"猪血是好东西，是胃肠的'清道夫'。"

聂总抬头望望偏西的太阳，一脸的灿烂和享受。

"注意灶火，五十度左右！"四叔命令烧锅的四婶。

"水温高了低了都不好煺毛的。"四叔望着聂总卖弄。

四叔又说："猪毛就数黑猪的最难煺了。"

锅下冒蓝烟。锅上冒水汽。四叔头上冒热汗。

"呵呵，聂总真好玩，放着屠宰场不用，受着罪大老远跑到村里来杀猪。"

"屠宰场杀猪是屠杀，我们在这儿是宰杀。屠杀无情呀，宰杀才有味道哩。"聂总笑着说。

随着众人一声"嘿！"，猪被头朝上悬挂了起来。白花花的猪身子，咋看像个一丝不挂的女模特。

四叔双手握刀，凝神静气，气运丹田，喊一声："开！"接着刀光一闪，哧啦一声，长长的猪身被剖膛开肚。

聂总鼓起了掌，叹道："好利索的刀法！"

四叔说："猪头沟沟壑壑的，最难清理，由我来吧。你们抓紧清洗猪下水。"

偏西的太阳发黄发软时，卸开的猪肉用食品袋都装进了后备厢里。

最后，四叔喘着气提着还滴着水的猪头赶来。

"不了，这猪头就送给四叔。"聂总突然说，"那猪下水也送你们，当下酒菜吧。"

四叔一愣，喘着气说："那咋好意思呢？"

我知道聂总一向大方，就说："四叔，收下吧，聂总今儿个高兴。"

聂总给了我猪肉钱，又给了四叔他们杀猪的辛苦钱，就告辞了。

四婶拿着杀猪挣来的钱笑了，嘴里絮叨："这聂总就是有钱。"原来聂总每人多给了五十元。

我捏着一沓钞票，望着轿车扬起的飞尘，心想今天四叔收获最大了。

这时，我的手机叫了起来，是聂总打来的。聂总说："老弟，那个猪头只能送给四叔了。"

我一惊："为啥？"

"那猪舌头早被你四叔割下来了。"

"啊？！"

"其实我早想好了，要送给他老人家几斤肉的。"聂总说，"今天杀的猪肉，回去也是给几个哥们儿分了。过年嘛，图的就是热闹！"聂总又说，"算了，大过年的，别再提这档子事儿了。"

我叹一声，忙说："聂总，真对不住呀！"

"杀猪有年味儿，明年我还会来杀的。"聂总笑着说，"哎，你听这是啥声音？"

我分明听到手机里传来噼噼啪啪的声音。"这哪来的鞭炮声呀？"我很吃惊。

"手机录的今天放的鞭炮声。城里不让燃放了，听听录音总可以吧！"聂总哈哈大笑了起来。

这个聂总！

吃晚饭时，我把四叔偷割猪舌头的事告诉了我娘。

一提起四叔这不规矩的手我娘就来气，说："我真稀罕了，大半辈子了毛病还没改，他年轻时连别人结婚陪送的一盒茶具也往家里拿，何况是猪舌头！

嘿嘿，这倒成了他的'拿手活儿'！"

　　大年初一给四叔拜年时，我对他说："明年聂总还会来找年味儿，还要杀猪的。"

　　就听四叔说："聂总这人好啊，我等着！"

聚 会

乔正芳

　　淅淅沥沥，雨轻轻地下，远处的海、松林，近处的酒楼和行人都裹在了雨雾里。

　　结婚一年多，浩和杰两家又相聚了。

　　老同学见面，浩和杰抡起拳头互相捶着对方的肩膀，笑骂着："好小子，忙着高升呀？连个电话也不打！"

　　"你这家伙，发大财了吧？连个影儿也看不见。"

　　两个女人对面坐着笑吟吟的，从服装到腰身，从发型到肤色一路观察下来，不停夸着对方，直夸得两双眼睛亮亮的，脸上放着光。

　　四个人落座，酒菜很快就上桌了。

　　第一道菜是八爪鱼炒蒜薹。用急火煨熟的酱香八爪鱼配着鲜嫩嫩脆生生的蒜薹，滋味很是诱人。杰拿起筷子，毫不犹豫地夹给老婆丁香。

　　浩愣了愣，也跟着拿起筷子，给丁香夹了过去。同窗四年，这是习惯，只要杰的行为不很过分，浩就总是随着他。

　　浩的老婆玫瑰拿筷子的手在空中略停了停，嘴角漾起一弯笑，也夹了一筷子放到丁香盘子里。

丁香嘴里含着菜，笨拙地说着"谢谢"，应接不暇的样子。玫瑰嘴角的笑意更浓了。

两个男人碰杯、吃菜，神聊着，第二道菜很快又上来了。一条足有斤多重的清炖鲈鱼散发着缕缕的香气。

杰坐在主宾位置上，近水楼台，他拿起筷子，朝着鱼背部最厚实的地方戳下去，夹起一块放到老婆的盘子里。

浩看了他一眼，没有动。

玫瑰看看杰，又看看浩，笑着站起来，俯下身，将整条鲈鱼从中间划断，夹起大大的一段送到丁香的盘子里。丁香的盘子瞬间堆起了一座小山。

玫瑰笑盈盈地说："丁香，好好吃，多吃点。"

丁香边吃边"嗯嗯"地点着头。

于是玫瑰的嘴角更弯了。

杰似乎感觉到了不对劲，忙用筷子指着剩下的那半条鲈鱼对玫瑰说："玫瑰，你吃，你吃呀！"

玫瑰嘴角依然挂着浓浓的笑，不紧不慢地说："我老爸在渔政系统工作，别的光没沾着，我们姊妹就是从小跟着吃鱼多，不馋的。"

杰尴尬地咧咧嘴，手里的筷子便沉沉的有了重量。

两个男人继续喝酒聊天，从国际形势到国内市场，从政治到军事，从炒股到楼市，从茅台到苏烟，嘴巴虽然叨叨着不停，可脑子却都像漏了电，时不时出现片刻的短路。

一阵风吹过来，雨点敲着玻璃窗子啪啪的有了响声，淡淡的寒意悄悄弥漫了屋子。

玫瑰几次站起身，立在窗前去看外面的雨。

浩说："咱们今天就到此为止吧，天气也不好。"

杰跟着站起来，争着去埋单，浩大方地拍拍杰的肩膀："哥们，算我的！"浩心里明白，这一顿饭，将同窗四年结下的友谊，已经吃得差不多了。

出了酒店门，玫瑰脚步匆匆跑进了雨中，也不等后面的浩。

浩忙打开伞追上去，挡住玫瑰满头纷纷扬扬的雨。

玫瑰忽地一下推开伞，骂道："什么好同学好兄弟！你什么眼光？菜品如人品，这样的人，亏得你能和他称兄道弟相处了四年！"

浩摇摇头，苦笑着说："他以前好像不是这样的。"

玫瑰忽然嘿嘿笑起来，声音里透着难以掩饰的鄙夷："那么说就是娶了这个宝贝媳妇才变得这样喽？那我可真羡慕死这个女人了！真没看出来，她还有这么大的魅力！"

浩不说话，只将手中的雨伞再往玫瑰的头顶撑过去。

玫瑰瞪了他一眼，狠狠地说："以后好好跟人家学着怎么对待自己的老婆！"

杰走在雨里，脸阴得比天都黑。

丁香小心地追上去，踮着脚试图将手里的伞举过他头顶。

"丢人，真丢人！"杰气哼哼地一把推开身边的妻子。丁香无辜地看着他，不知又错在了哪里。

"她爸爸只是渔政系统的小科长，你看把她嘚瑟成这样！"杰气咻咻地说。

"那我爸爸去年还是住建局的处长呢。"丁香小声嘟哝着。

"姑奶奶，求求你，以后千万别再说这话了！"此一时彼一时，一提起这事，杰就一肚子火没处发。

"可是……可是我们说好了的，"丁香的泪水涌上来，"你在外面还要和以前一样对我好的。"

杰沉默着，不再说话，脚下的步子却更加快了。

丁香举着伞，跟在后面，气喘吁吁一路小跑着，试图将手中的雨伞再一次撑到杰的头顶上……

雨淅淅沥沥地下着，远处的海、松林，近处的车辆、楼房和行人，全都隐藏到雨中了。

孝

张先军

他是某局的局长。最近组织上正在找他谈话。

前不久，生活在乡下老家的母亲去世了。他办完丧事，急急地要赶回单位。

临别时，他对父亲说："过几天就回来看您。"他迅速开了车门，上了车，他怕父亲看见，在眼眶里打转的泪水掉下来。

他明白，留在乡下的父亲，将度过漫长、孤独、寂寞的日子。

祭日"五七"到了，恰逢星期六。他带上妻子和儿子，早早地赶回了乡下老家。

给母亲烧了香纸，放了鞭炮，他没流泪。回到老家，看到父亲憔悴的面容，他悄悄地哭了。

只个把月，父亲苍老了许多。头发白了，脸小了，凸起的肚子平了，后背也明显地驼了。父亲表面上和孙子亲热，从眼神中却能看出忧伤的影子。

他每次回家，总爱吃母亲做的两掺酸菜面。他吩咐妻子做饭，可是那案板上、锅台上的卫生不堪入目。两掺面像是受了潮，一疙瘩一疙瘩的，仔细一看，面里有好多虫絮。他找来母亲留下的面箩，叫妻子把两掺面重新箩筛了一遍。那些留在箩里的幼虫，裹在面团里，不停地蠕动。他揭开浆水缸时，一股酸臭味冲得眼睛直流水，缸面上漂着白白的一层沫，缸沿上已长满了一堆一堆的幼蛆。

他把屋内屋外齐齐地看了个遍。眉毛皱成一疙瘩，一言不发。

一群鸡欢蹦乱跳，父亲是勤快人，牲口饿不了。一只山羊倒也喂得膘肥体壮，很乖，在坎边啃青草。那只花猫和父亲形影不离，前跟后撵。

门前的几分菜园子被父亲摆弄得郁郁葱葱，畦垄整齐，沟渠分明，豇豆一绺，茄子几行。他知道，父亲是庄稼把式，这不稀奇。

他目睹这些绿色，久久沉思，咋都高兴不起来。眼前总是晃着父亲那孤独、劳碌的身影。

他鼻子一酸，泪水像决堤的湖，唰唰地涌。他心里明白，父亲整天就是跟牲口和土地打交道，几天说不上一句话，唯独能打发时间的就是电视。

回到城里，父亲的生活起居，成了他的心病。父亲是闲不住的人，接到城里肯定待不住。前年接二老进过城，三天没黑，父亲就偷偷地跑回了老家。父亲说："没活干，急得慌。"

没几天，他给父亲打了个电话，叫父亲把老家的牲口处理掉，在局里给他找了份工作，月工资800元。老父亲听了，很高兴。只要有活干，还能挣钱养活自己，又能和孩子们在一起，是好事情。

他给父亲安排的工作很简单，就是每天打扫机关院子里的卫生，修剪绿化带里的花草和树木。

他把父亲平时舍不得穿的衣服翻出来，他风趣地说，在局里别给儿子丢脸。父亲是明白人，在机关里，不比乡下那么随便，举止都要文明，穿戴虽不过于讲究，却要整洁。

他知道父亲有轻度哮喘，他硬让他把烟给戒了，父亲再也不咳嗽，也不吐痰了。不几天，父亲年轻了许多，腹部微微凸起，走起路来，直直地精神。有人说他们像兄弟俩。

他知道父亲是敬业的人，不用使唤，每天早晨八点前就把院子打扫得干干净净，下午五点后再扫一遍，每次约个把小时就搞定了。中午给绿化带拔草，松土，浇水，这些活，都是父亲拿手的。有些技术不大懂，他帮忙找材料，查百度，还亲自和父亲一起，边学习，边实践。

他看见父亲把机关院子整理得整齐清洁，总能给人以清新的感觉。那冬青被剪得有棱有角，就像理发店里刚刚理过的平头。父亲时不时地还哼上几句花鼓。他望着父亲的背影，也偷偷地乐。

星期六，儿子回来了，他让父亲给孙子讲老家的故事，爷孙俩其乐融融。

一个月过去了，他对父亲说："你的工资我给你代领了。"父亲有些激动，手有些颤抖。父亲接过工资，对他说："我只拿400元，其余你给保管着，这些足够用了。"

然而，世上就没有一帆风顺的事。有人举报，说他用手中权力随便扩招编外人员，把六十多岁的老父亲安排在局里搞环卫。

他对组织上派来的同志说，这个事情千万要保密，不能让父亲知道了，否则，老大人又要跑回老家了。

经核实，财务上果然没有这笔支出。

捉 鱼

赵海华

米耳买了一根四米五的手竿，花了一千二，还配了钓箱、鱼护、抄网、一整套的渔线渔钩，准备大干一场。

米耳以前从没钓过鱼。

米耳选了一个阳光明媚的秋日，准备开竿。米耳从一个钓场转到另一个钓场，并没有下竿，直到近中午，才在亨通钓场一个微胖的穿着蓝色钓服的中年人旁边坐下。那中年人正专心钓鱼，米耳没说话，只轻轻地支好装备，开钓。

"小米？"米耳正盯着浮漂，旁边的中年人站起来伸懒腰时喊了一声。

米耳回头，一脸诧异："林局！是你啊！穿上钓服我都没认出来。"

"你也喜欢钓鱼？"林局淡淡一笑。

"从小就喜欢，好久没钓了，这不又手痒了嘛。"

"好，正好，你帮我看着点儿，我出去一会儿。"

"好。"

第二天上班，林局看见正在整理文件的米耳，淡淡一笑，点点头。

米耳用了一个月的时间，和林局"偶遇"五次。在办公室，米耳只字未提和林局钓鱼的事。一个月后，米耳和林局熟了，林局钓鱼就叫上米耳，聊天也多些，米耳从来不聊工作，只聊捉鱼的事。

米耳说："我老家有条河叫团河，十几米宽，发起洪水来佛挡杀佛，人挡杀人。不发洪水也就是个弱女子，河水清得很，河底的石头都跟裸体一样，光溜得很。我进城上大学以前，没事儿就在团河里捉鱼。受老一辈人影响，我又时常琢磨如何捉鱼，形成了我独有的捉鱼十法。"

米耳说："最简单的是晚上用手电筒照鱼，强光照着鱼，那鱼一动不动，你随便捞。那时候，我和我舅，一晚上捞好几盆。"

米耳说："最有成就感的是在湍急的水流中摸鱼。我摸住的第一条鱼，你知道咋弄上来的吗？连河底的石头一块抱上岸，鱼一扎来长，细白条。那时候十几岁吧，当时就地来了一个前空翻。"

米耳说："最辛苦的当属截流。团河底是石头沙子，很难截，想要把整个河截住，根本不可能。要找有心滩的地方，心滩把水流一分为二，截水流小的一边。我们先在上水口扎一排树枝篱笆，然后将石头和稻草一起堆在篱笆前，再用沙子灌缝，灌完，一道简易堤坝就形成。吃顿饭回来，下游一里多的水很少了，可以开始捞鱼。那感觉，征服大自然的感觉。"

米耳说："引鱼是最有智慧的，是利用鱼性的一种捉鱼方法。找一处你认为有鱼的水潭，离水潭边两三米的岸上挖个半米来深的坑，在坑与水潭间挖一条浅水道，水能没过鱼就行。这水道把水引到坑边，但不能流入坑里，挡水坝比水面略高一点即可。水道挖好，用泥巴把水道抹滑溜，然后在水道两旁插上绿油油的树枝，再盖上些青草，就可以了。第二天，就等着在坑里捡鱼吧。想想就很神奇。"

米耳每次说完，林局都只是淡淡一笑。

又一天上午，米耳小心翼翼地说："捉鱼十法那样都比这样干坐着钓鱼要好玩很多……"

林局猛地一抬竿，还是没鱼，遂问道："你老家哪里？"

米耳笑了，"不远，由此往北一百二十公里，进了伏牛山就是。"

林局抛下竿，说："你准备一下，下个周末去你老家调研两天，就我和你，住你老家。"

米耳笑了："谢谢林局！我这就准备。"

林局用毛巾擦了擦手上残余的鱼食，望着远方，说："我也有三十八年没摸过鱼了。"

林局的脸都绿了，当米耳和林局站到团河边时。哪里还有河？只是一米来宽的臭水沟。米耳尴尬笑笑："对不起啊，林局。"林局双手背着，一声不吭地沿着河走，忽然，米耳喊道："这儿有鱼。"林局走过去，看看，那鱼喝醉了，在水里摇摇晃晃。林局伸手去捉，那鱼也不跑，任凭林局把它捉起放下，又捉起放下。米耳脸红到脖子。

一行无语，林局当天就回去了。

周末过后，米耳去上班。米耳把一份厚厚的报告放到林局面前，米耳说："这次的调研报告，请林局过目。"林局看那题目：团河污染原因调查及治理方案建议。

林局是环保局长。

一个月后，米耳因一次工作小失误被调到一个偏远岗位。

米耳又回老家，在团河边抽起烟，烟雾缭绕中米耳盯着远处的大山，叹道："难捉啊。"

都是为了孩子

苏丽梅

林浩和芊芊即将步入婚姻殿堂。经过商量，他们决定买套二手房当婚房。

中介带他们来到一个小区，小区生活设施齐全，环境优雅，这里有套房子急于出售。林浩和芊芊看了周围的环境后，心下喜欢。他们跟房东取得联系后，决定去看看房子。

房东是个三十多岁的男人，姓徐，他很坦诚地跟林浩说："我很喜欢这里的环境。可是没办法啊，孩子马上上一年级了，为了给孩子好的教育环境，我只有换房子。名校周围的房子很旧，但价格却很贵。因为时间紧迫，这套房子我也便宜点卖出去。你们如果觉得满意，就定下来吧。"

林浩和芊芊商量后，表示满意。在经过一番讨价还价后，他们当场付了定金。

房子保养得很好，不必做太多装修，他们叫装修师傅稍微粉刷后，就在新房举行了婚礼。

十个月后，他们的孩子出生了，三年后，他们的孩子上了幼儿园。

孩子在幼儿园上中班的时候，林浩和芊芊开始坐立不安了。他们知道，本小区的小学不是很好，中学就更不用说了。而在这里上小学就意味着以后要在这里上中学，这是很多家长无法接受的。以前他们没有孩子无法体会到这点，到了现在才体会到，房子的原主人徐先生肯放弃这里的生活环境，原来都是为了孩子有一个好的学校。

特别是孩子上了中班后，几个原本玩得很好的伙伴都搬走了，他们的父母把房子买在好的学校附近。

经过一段时间的思考，林浩和芊芊决定把这里的房子卖出去，在名校附近买房子。于是，他们又开始了找房子之旅。

这天，林浩接到房产中介打来的电话，说名校附近有套房子要出售，叫他们过去看看。

中介拿出钥匙开了门，林浩跟着中介走进屋里，看到已经有三个人在看房子了，一问，才知道都是为了孩子上学。几个人看了后，在沙发上坐下来，等房东过来。说实话，林浩对这房子很不满意，房子太旧了，又贵，一平方要好几万。林浩正要离开，中介对他说："名校周围都是旧房子，而且房源少，过了这个村就没这个店了。"林浩知道不是中介故意危言耸听，看了一段时间的房子，他对市场多少也有所了解。

芊芊也体会到了找房子之苦，她决定要跟房东谈谈。不一会，门开了，房东走了进来，林浩和芊芊见了后，不禁啊的一声大叫起来，原来，房东就是那个徐先生。徐先生看到他们，也哈哈笑了起来，说："这世界真小啊，我们又碰面了。"打过招呼以后，大家坐下来谈价格，在场的几个人，有一个也表示要买这套房子，并愿意加一万元给房东。林浩听了，在心里大叫不好，碰到这样的主儿，真是没招。

徐先生听了对方的话以后，笑呵呵地对那个人说："这位朋友真是对不起，林先生和我有缘，我原先的房子也是他买的，我决定把房子卖给林先生。也是凑巧，今年我儿子要上初中，他考到了别的学校，为了孩子免受奔波之苦，我决定到学校附近买房子，把这套房子卖出去。这样吧，我愿意便宜一万元卖给林先生，林先生，您觉得怎样？"

"真是太谢谢了。"林浩听了，觉得很意外，高兴地答应了下来。

付了定金以后，他们走了出来。下楼梯的时候，他们看到又有几个人来看房子。中介很神气地向他们摆摆手，说："不用看了，房子已经卖掉了。"

黄金寨

李晓东

那天傍晚，霞光满天，我在汝水公园里意外地看见皮皮。皮皮坐在一棵老槐树下的木椅上，悠闲地欣赏着花草树木。

皮皮是汝城出了名的暴发户，不是好多年前到黄金寨招亲去了吗？黄金寨盛产黄金，也出钻石，但更出美女。皮皮离开繁华的汝城，来偏僻的黄金寨招亲，看重那里的黄金钻石，但更看重那里的美女。当时皮皮不可救药地爱上了黄金寨寨主的女儿芳子。芳子身材高挑，瓜子脸，长发飘飘，两只大眼睛澄澈如秋水，活脱脱就像传说中的白娘子重生。为了芳子，皮皮走进了黄金寨。

我仔细打量着皮皮。皮皮见我走近，赶忙打着招呼，跟我闲聊起来。我笑着问："皮皮，你怎么放着黄金寨的驸马爷不做，偷偷溜回汝城来呢？"

皮皮苦笑道："甭提了，一言难尽呀！"

原来，去黄金寨并非想象中那么简单和浪漫。

进黄金寨，首先要"谈婚"。"谈婚"，就是谈恋爱。皮皮同芳子马拉松式地谈着恋爱，每天陪着芳子转悠，说着没完没了的情话，但只能开口说说而已，却不可以接吻，更不能伸手乱摸，否则他就会被逐出黄金寨。皮皮守着貌若天仙的芳子，而他又不是太监，难免欲火焚身，但他只能克制，再克制。谈婚的日子简直就是被投进炼狱的日子，太难熬了。皮皮坚持了444天，才勉强过关了。

过了谈婚关，就得订婚了。订婚时，男方要付给女方父母天价礼金，还得给女方买一对金乌龟和两只玉麒麟。而最让皮皮心烦的，是他还得邀请芳子的所有亲友和黄金寨的全体居民前来赴宴。为此，他摆了300桌酒席，每天摆10桌，足足摆了一个月。皮皮每天忙于敬酒应付，差点没醉死在酒桌上。

订完婚后，别以为就万事大吉了，接下来还得试婚。试婚期间，皮皮得满足芳子的种种欲望，变着各种花样去驾驭和征服芳子。最关键的是，皮皮务必让芳子在两个月内怀孕，以证明自己无性功能障碍。为了赢得芳子的芳心，皮皮随时都得保持性亢奋，简直活得比公狗还累。

我好奇地打量着皮皮。皮皮摇了摇头，叹息道："试婚过后，还得验婚。芳子家的亲友和黄金寨德高望重的长辈成立了一个验婚考核小组，对我试婚期间的种种表现进行评估验收。说得难听点，我就像进庙烧香礼佛的香客，对哪一尊菩萨罗汉都得毕恭毕敬，谁也不敢得罪。"

我不禁对皮皮肃然起敬，说："皮兄，你太有诚心和耐心了，真是有志者事竟成，佩服佩服！"

皮皮连忙摆手，说："哪里哪里，验婚过后，我心力交瘁，再也没有兴致留在黄金寨了。可不，还没结婚，我就跟芳子离婚了！事实上，很多男子来黄金寨招亲，都没有闯过验婚关。"

我不无惋惜地说："可惜了，功亏一篑呀！"

皮皮长吐了一口气，说："我丝毫不后悔。听说结婚后还要过哭婚、闹婚、换婚等关，名堂太多了。幸亏我及时逃出了黄金寨，不然，我真的会累成一具骷髅！"

我不解地望着皮皮。

皮皮站起身来，边走边说："前些日子，我在汝城找了个年轻漂亮的寡妇草草成亲了，没有搞任何结婚仪式，这样简单！"

修鞋摊

左 岸

五十二岁的于守桥临近下班的时候，手机铃声响了。是小枣来的电话，说有急事找他。

小枣是来自乡下的小姑娘，长得像一瓶未开封的纯净水，表情简单，语言金贵，在这个城市的城乡接合部的一个角落，摆了一个三平米大小的修鞋摊。

老于天生八字步，两只脚后跟外侧先着地，时间长了鞋就容易磨偏，偏大了，老于就去找小枣修鞋，一来二去就和小枣熟了。

老于是个施善好乐的人。他了解到小枣上面有三个哥姐出生不久都先后夭折，她娘怀她的时候，爹又患病离世；剩下孤儿寡母，家境越加贫寒，促使年纪轻轻的小枣一狠心撇下娘，一跺脚来了很远的这里。了解了小枣的不幸遭遇，老于义不容辞，经常帮助小枣这个那个的就成了他业余爱好的一部分，小枣感激不尽，但嘴笨，只会说："大叔歇歇，喝口水咧。"

别瞧小枣一个女娃家，能吃苦耐劳，鞋修得好，远近闻名，男女老少公认，小枣服务态度绝对够上四星级标准，甚至有的老客户搬走后还特意坐公交来她这里修鞋。

孩子出啥事了？于守桥一边寻思一边急匆匆往小枣的鞋摊赶。到了跟前一看小枣独自坐在修鞋用的马扎子上，泥胎似的，低头愣愣地发呆。

"小枣，谁惹你生气啦？"老于迫不及待地问。小枣抬头，见老于像遇到救星，止不住豆大的泪珠往下掉。"快说，你急死人了。"老于越加狐疑。"俺娘病重了，爬不起炕。""家里再没别的亲戚了吗？""没。俺只有回家。"小枣狠狠咬了一下自己的嘴唇。

"那，你走后，这个鞋摊怎么办？"

"我就为这个，找你来出个主意。"

老于明白，这个不起眼儿的小摊摊一个月的收入起码两千多元，对底层的人来说，这块宝地，谁见谁眼红。她一走，铁定就有人占。

"大叔，俺想好了，你帮俺看个把月的，等俺娘病见强了，俺还会回来。"

说着小枣冲老于扑通一声跪下。

老于见此景一把将小枣扶起："别上火，这事包在我身上，赶紧收拾收拾走吧。事发突然，我也没准备，呐，这是随身带的三百元钱，你拿去急用吧"

事不宜迟，小枣收下老于的钱，擦巴擦巴眼泪，千恩万谢，一步一回头地从老于的视线里消失了。

回家路上老于心里犯起嘀咕，话好说，事难办。这难有二：一是他有份在事业单位的工作；二是他对修鞋一窍不通。思来想去，直琢磨得脑袋昏沉沉的，也没想出个子丑寅卯来。

第二天一大早，他向单位领导申请了半个月的休假顺当地批下来，足见老于在单位表现不二乎眼。

老于来到修鞋摊开始上班了。他脱下西装，扎上蓝布围裙，换上胶鞋，支开小马扎，打开一人高的铁制工具箱，各种器具一应俱全，什么手摇补鞋机、砂轮机、鞋匠锤、拔钉钳、胡桃钳、高跟鞋钉跟钳、铜制手锥、强力胶、铁钉、剪刀、刷子、钩针、胶皮割刀、磨刀石等几十种家把什，他挨个摩挲着、熟悉着，心想，老伙计们，多关照。

修鞋是个又脏又累的手艺活，他老于虽说钳工出身，可毕竟隔行如隔山，最初的艰难可想而知，给人家修坏了不少鞋，有时一天下来，累得头痛眼花，不但没挣到钱，反而还得包赔损失。今天手指磨破了，明天手掌叫改锥扎了。还有一个让他头痛的问题，由于不会修鞋，来的顾客一天比一天少了，照这样下去，小枣回来他怎么交代呢。俗语说"急中生智"，他把小枣的遭遇和临时看摊的缘由以及在小枣没来期间他免费修鞋的事用毛笔字写下，挂起来，这一招果然灵验。顾客非常理解老于，都向他伸出大拇指。

这期间老于间或跟小枣打过电话，告诉小枣鞋摊一切都好，叫她放心，还问了小枣娘病情。

一个月眨眼过去了，小枣来电话告诉老于说她娘的病越发加重，回不来，叫他再替她看着摊。

时光荏苒，转眼三个月过去了。小枣仍然没回来。老于再也没有向单位请假的借口了，他辞掉了工作。老于老伴和刚参加工作的儿子，前者发现老于脸晒得黢黑黢黑，后者瞅着老于的手粗糙不堪，禁不住问老于怎么搞的，老于支支吾吾说最近单位搞土建整的，没事。

事情早晚是要露马脚的。一天，单位的科长给老于家里打电话，老于老伴接的电话，叫老于抽空到单位领取辞职后的相关补助费。老婆听罢顿时炸了锅，立即给老于打了电话，叫他立马回家，说个清楚。

老于是个老实巴交的人，面对老婆把自己如何认识小枣，帮助小枣看摊修鞋辞职的事情一五一十交代出来。老婆听完立即气得背了气，老于见状又是掐人中又是捶背，老半天，老婆缓过神来，骂他老不要脸的准是叫那只小狐狸精给迷住了，转而一把鼻涕一把泪，说老于得精神病了，正常人哪有无故砸了自己的金饭碗呢。

一星期后，老婆与老于办理了离婚手续。

打那以后，老于更加专注这个鞋摊。尽管这期间，已老长时间打不通小枣的电话，他认为小枣的手机停机是因为没钱续了，他甚至后悔当初怎么就没有留下小枣家的地址，好给她寄些钱去。

不知不觉，三年时光在老于叮叮当当的鞋锤声里溜掉了。小枣的身影始终没有出现。老于对于这个，似乎习以为常。有些迟钝的他，常常把烟卷燃火的那头误放到自己的嘴里，烫得他傻笑不已。

一天，一辆银灰色的桑塔纳轿车在老于鞋摊不远处停下，从后车座里走出一位着装时尚的少妇，嘴里咬着一根女士香烟。

"维娜，那双鞋有必要修理吗？我再给你买一双不就得了。你也不怕麻烦。"

老公显然对少妇的举动有奉承的成分。

叫维娜的少妇没有理会，扭着腰肢朝鞋摊走来，把一只高跟鞋递给了正在埋头钉鞋的老于。

老于仰起脸，用他那粗大的手指使劲地揉着眼睛，打眼细瞅，不由惊呆了："你是小枣？"

劳 模

张殿权

郑长平是市公交公司的一名驾驶员。参加工作十几年来，他任劳任怨，兢兢业业，年年都被评为公司的先进工作者。八年前，他还被评为了市劳模；五年前，他又被评为了省劳模；去年，他则幸运地被评为了全国劳模。作为一名普通的劳动者，他觉得自己只是尽了自己的本分而已，从来没想过能获得如此高的荣誉，因此，获得全国劳模这一光荣称号，他感到又幸运又忐忑。

当然，获得这些荣誉的同时，他也的确付出了很多代价：工作上，每天都是起早贪黑；很多节假日，他不仅要加班，有时还要为同事代班；家务活、带孩子等等，都是妻子一个人操持；那年国庆节长假，母亲病重，但因为他们这条线路十分繁忙，他不敢请假，等长假结束他可以调休回老家时，母亲却已溘然长逝，这让他一辈子都不能原谅自己……

今年的五一小长假，共三天，从1号放到3号。因为这几年公司发展较快，驾驶员人数有明显增加，各项工作安排也更趋合理，加之郑长平连续半个月都没休息了，便难得地获得了这三天休假。他已经做好了计划，准备和妻子带儿子去青岛旅游，儿子十多岁了，一直嚷嚷着让爸爸妈妈带他去看大海——他还没见过真正的大海。

4月30号这天中午，郑长平正在该路公交车终点站吃午饭，突然接到了公司办公室冯主任的电话，说："郑师傅，通知你一件事：你5月1号不能休息啦。"

郑长平一愣，忙问："咋啦？"

冯主任说："刚才市电视台的记者和我们联系，说您是我市仅有的两位全国劳模之一，'五一'是劳动者的节日，我们又是窗口服务行业，要采访你'五一'这天的工作情况。陶总让我给你打电话，一定要配合完成好这个采访任务。"

郑长平问："'五一'这天采访吗？"

冯主任说："对，就是'五一'当天，跟车采访你。"

只"五一"一天，还好！2号再和妻子带儿子去青岛，还来得及。郑长平想了想，就答应了。

晚上回到家，他就和妻子说了这事。妻子虽说心里有些不痛快，但觉得影响不大，便同意了。儿子虽然很生气，但也不得不勉强答应。

"五一"这天，市电视台的记者准时在早晨5点郑长平发车时赶了过来，冯主任也一同跟车陪同采访。跟了一上午的车，中午采访才结束，冯主任陪同记者去吃饭了。郑长平这才松了一口气。

因为这天郑长平是最早发车，因此也是最早收车下班。他将车开到公司，简单地检查了一下后，正准备走，冯主任又给他打手机，喊他到陶总办公室去一趟。

郑长平以为陶总是想问问上午采访的事，也没多想，就去了。

郑长平进了陶总办公室，看见冯主任也在。陶总让他坐，还让冯主任给他发了一根好烟。

然后，郑长平问："陶总，您找我，有啥事？"

陶总喝了一口茶，说："是这样的。这三天不是'五一'小长假吗？今天市电视台的记者不是采访了你吗？"

郑长平点点头。

陶总继续说："你也知道，'五一'是劳动者的节日，更是你们劳模的节日。是吧？"

郑长平又点点头。

陶总说："作为劳模，怎么过'五一'最有意义呢？当然是在工作岗位上了。是吧？"

郑长平越听越糊涂，问："陶总，您啥意思？"

陶总说："这么说吧：今天中午吃饭前，记者又采访了我。我当然把你夸成了一朵花，说本来'五一'这三天你应该调休，因为你已经连续半个月没休息了。但是，你向公司积极表态，说要过一个有意义的'五一'，决定放弃这三天休息，都坚守在工作岗位上。今天晚上，这条新闻就会播，如果你明天就休息了，人家——包括我们公司内部对你当全国劳模有看法的人，就都该说你作假了。我的意思是，你干脆放弃这三天休息，都坚守岗位吧。加班工资该怎么算怎么算。"

郑长平急了，说："可是我已经答应妻子和儿子去青岛了，我不能又食言呀？"

陶总拍了拍他的肩膀，说："小郑同志，我非常理解你！但是呢，你应该比一般人有更高的觉悟，因为你可是全国劳模呀……"

话说到这个份上，郑长平还能说什么呢？

晚上回到家，郑长平把这个事说了，妻子十分生气，说："劳模劳模，劳模就该不是人吗？"

郑长平说："陶总说，这三天过后，他再补我三天假。"

妻子说："可那时候孩子就要上课了呀！"

"那，我就跟领导请示请示，周六周日再调休吧。那时候我再带你们娘俩去……"

这时，儿子听到了，哭着跑过来，说："你总是说话不算话，你算什么劳模？"

这时，市电视台新闻开始了，头条新闻就是采访郑长平的。陶总接受采访时说："我们将号召全体职工学习郑长平这种放弃节假日坚守岗位的精神，全心全意为人民服务……"

儿子接着又哭着冲郑长平说了一句："你有什么值得别人学习的？……"

借尸还魂

刘琛琛

黄梁柱追求胡丽英，厂里人无人不知，无人不晓。他烫着一头小卷毛，留着两撇八字胡，穿着花衬衣，裹着喇叭裤，手捧着玫瑰花，阴魂不散地围着胡丽英转悠，嘴里高唱着："你就像那冬天里的一把火！"

唱着唱着，胡丽英就被这把火给燎原了，火冒三丈的她推开黄梁柱，从人群里拉出面黄肌瘦的寇安贵，说："黄梁柱，趁早死心吧你，我已经名花有主了。"

"啥？寇安贵？"众人一片哗然，黄梁柱更是惊得玫瑰花掉在地上零落成泥碾作尘，他只听见了众人的哗然如故。

"胡丽英，你选谁也不该选他啊！瞧他那副熊样，连牛粪都不配当！"黄梁柱气急败坏了，"就算他是牛粪，也是一坨风干的，没有营养的牛粪！"

"我就喜欢他，怎么着？"胡丽英护住寇安贵。

黄梁柱不死心，结结巴巴地说："他家只有三间破瓦屋，你知道不？"

"知道。"

"他家还有吃喝拉撒躺在床上的老母亲，知道不？"

"知道。"

"他为了省下理发的钱，三个月才理一次头发，知道不？"

"知道。"

"他买不起衣服，三百六十五天都穿工作服，瞧瞧，这身工作服都洗烂了，知道不？"

"我眼睛没瞎呢，自己看得见！"胡丽英叉着腰，瞪起眼睛反问，"你送玫瑰花给我，他送紫菜花，知道不？"

"不知道。"

"你来找我，借别人自行车炫耀；他来找我，赤脚跑了几十里路，知道不？"

"好小子，不声不响来这一招啊！"众人都大笑着起哄，寇安贵更拘谨了，拘谨中分明又透露出了小得意。

黄梁柱挺直腰杆，高声说："不知道，都不知道，那又怎么样？"

胡丽英鄙夷地看了一眼黄梁柱的花衬衣，挽住寇安贵的胳膊，说："跟着油嘴滑舌的人住铁屋都得失火，跟老实巴交的人住破瓦屋心里也亮堂。"

貌不惊人，三棍子打不出一个屁的寇安贵，吃到了天鹅肉，成了厂里的一大新闻。黄梁柱当众丢了大面子，引以为傲的卷发、花衬衣、喇叭裤，成了他的耻辱，他索性离开工厂这个伤心地，跑到深圳淘金去了。

"不务正业的混子，好好的铁饭碗，说丢就丢了！"工人们一边倒地支持起胡丽英。在那年月，有一份铁饭碗工作，是多么让人引以为傲的事情啊！艰苦朴素的寇安贵，是工人阶级的代表；而新潮高调的黄梁柱，是资本主义的典型。

时间一晃再一晃，人声鼎沸的工厂冷清了，接着改制了，最后解体了。

两鬓早生华发的胡丽英，也与时俱进，同寇安贵闹起了离婚。

"离什么婚啊？楼房盖起来了，女儿长大了，再过几年，就该抱孙子了！"寇安贵觉得胡丽英无理取闹。寇安贵胖了，虚胖，早不见了当年精瘦干练的影子。

胡丽英炮筒子性格不减当年，冷笑一声说："楼房是盖起来了，但怎么盖起来的，我还不清楚？"

"你清楚？你倒是说说。"寇安贵搬个小板凳，同老伴评理。

"抠门抠出来的呗！结婚这么些年，你帮我买了几件新衣裳？人家的老婆金项链戴得哐当哐当的，你连个红头绳都没帮我扯过。"

"你倒是说说，谁的老婆？"

"黄梁柱的！"

"咦，后悔了，当年你就别嫁我，嫁他呀！"

"我瞎了眼呗！"话说到这里，就没必要再逞口舌之利，锅碗瓢盆全上了阵，噼里啪啦，好一顿夫妻混打。

日子过得不舒心，寇安贵爱上了遛鸟，以避开与胡丽英的磕磕碰碰。这天遛鸟时，碰到了当年工厂的老同事。两人絮絮叨叨地聊起了年轻时候，虽说好汉不提当年勇，可寇安贵一辈子就那点能够挂得上嘴的精彩往事，又怎么绕得过去？

偏偏老同事这次艳羡的不是寇安贵了："知道吗，黄梁柱那混子，在外面混大发了，听说最近买了套别墅，回家养老来了。"

"托社会主义的福，谁家日子现在过得不好？"寇安贵打了个哈哈，心里不以为然，纵有广厦万间，不过夜宿一床。

"女儿找对象了吗？"老同事转移了话题。

"正谈着呢！"寇安贵心不在焉。

老同事关切地问："人咋样？房子有吗？车有吗？"

寇安贵脸上现出得意之色，说："人嘛，跟我一个样，房子车子嘛，会有的。"

老同事十分郑重地补上一句："家里负担可不能有！"

"负担？什么负担？"

"老人啊，尤其是卧床不起的老人，这个一定不能有！"

"生老病死，人之常情啊，你怎么跟当年黄梁柱一个德行？"寇安贵感到十分陌生地看着老同事。

"一个德行怎么了？你想你女儿到时跟你家胡丽英一样……"老同事还在喋喋不休，寇安贵已经拂袖而去。

广场上，华灯初上，一对对的情侣正在上演求爱的桥段。远远地，寇安贵看见了女儿，咦，她怎么挣脱了男友的手，向一辆宝马轿车跑去？

轿车前站着一个新潮男人，捧着一大束玫瑰花，脚下是排列成心形的蜡烛，已经点燃。男人向女儿单膝下跪的场景，太似曾相识了。

望着女儿两腮被幸福燃烧的红霞，在满街的繁华喧嚣中，寇安贵忽然落了泪。

六六的红脖羽

飞 鸟

六六对这只脖颈上有撮红羽毛的鹌鹑有着特殊的感情。其他养鹌鹑的人把鹌鹑袋挂在腰间，干活时鹌鹑在黑棉布口袋里左冲右跳，一下一下撞着屁股。六六把鹌鹑挂在脖上，刷墙时蓝棉布口袋里的鹌鹑在心尖子上呢。

六六逮这只红脖羽的鹌鹑费了老劲。从凌晨两点就吊在村南那片晚收的辣椒地头，一直到太阳光咣咚砸向湿漉漉的大地，溅起的碎片子弹般击打在落叶上、血红的辣椒上、逮鹌鹑的网上、惊吓鹌鹑的吼声上，使得这一切遍体鳞伤，捕网上警示的红布条才呀呀地抖动。六六跑过去，看见鹌鹑粘在网眼上，惊惶地扑腾。

红脖羽鹌鹑让六六在这个初冬的早晨欣欣满足，他像凯旋将军般回到家。发现老婆没有煮饭，这就有点奇怪了。他心里满是红脖羽，没有生气。他用肩膀撞开虚掩的堂屋门，看见老婆侧着身子躺卧地上，左手屈指向前伸着，似乎要抓住什么珍贵的东西。六六吃了一惊，推老婆，没有反应，探身查看，气息全无。六六一屁股蹲在地上，久久没能起来。

远房表侄让六六进了他的装修公司。六六没了老婆还有个老大不小的儿子，要抓挠钱啊，要操办完儿子的婚事才敢喘口气，彩礼、买房可不是闹玩笑的。原本与老婆两个人的责任，啪叽，全压在六六一人肩头了。装修公司开的钱是一月四千八，比城里上班的儿子工资还多。六六个子不高，五十多岁了，精瘦，焦黄面皮，力气像嘴边的胡须，稀落得有些寒碜。能有这份差事全要感谢表侄，虽是拐几个弯才能搭上的亲，可一拃没有四指近，这条活路表侄还是给了他六六。

这天上午大雨，剩门头外的活了，没法干，大家都散了。六六拉下卷帘门，抱着红脖羽蜷在泡沫板上美美地睡了一觉。拉开门，哗啦，阳光像泼进来的一大盆水。"表叔，你咋没回家？哇，好肥的鹌鹑。"表侄穿着笔挺的西服，打着红领带，问六六。表侄公司做得大，装修队十来个，他很少来工地看。六六说："这鹌鹑，看，多稀罕。"他说着用右手揪揪把在左手里的鹌鹑爪子、喙，摸摸脖子里的红羽。表侄的眼珠子就黏在红脖羽身上了，喉结咕噜咕噜上下滑动，像乒乓球比赛中来回飞舞的球。"味道肯定绝佳，表叔，我出五百块钱，卖给我，我的老板最喜欢吃鹌鹑了，这种脖子上长红毛的，稀罕见呢。"表侄说。

六六哑巴了，脑门上沁出层亮光光的油汗。表侄看他木呆呆的，哼一声，掉头走，撂身后句话："表叔，给八百，明天上午来拿红毛鹌鹑。"

六六没有干活，傻呆呆地坐在地下商场把着红脖羽。天黑了，他从商场爬上来，眼睛有着兴奋的亮光。六六骑着电动车连夜回了村。他去邻居家花一百元买了个大小与红脖羽差不多的鹌鹑，把红脖羽藏在家里，带着买的鹌鹑回城了，用红颜料染了鹌鹑的脖颈子。表侄开着车来找六六。六六推开表侄递来的钱，说："你是老板，咱们又是亲戚，一个玩意，要钱，我老脸往哪儿搁？"说完这句话，六六焦黄脸皮红了，还发热发烫。表侄很高兴，硬把钱塞给六六，开车走了。六六望着表侄的车走远，心里的欢喜一波又一波，过了会儿，又觉得不好意思，难过了，怎么说，也都是骗了人呢。

六六回家，把着红脖羽，揪揪它的爪子、喙，摸摸红羽，嘴角的笑像春雨后的野草，眼瞅着呲呲往上长。他突然想到一个问题，笑就生生断了。以后不能带着红脖羽了，让表侄看见，脸面没有了，工作也没有了。六六愁闷地蹲在地上，看初秋的日头一晃一晃醉汉般奔西去，一头栽进西边河沟里。暮色飘落，浓厚得压抑万物。

六六温柔地把着红脖羽，走向旷野，走进一片晚熟的辣椒地，红颜色灼疼了眼睛。露水慢慢浸透他，湿漉漉潮乎乎寒冰冰，他如石头般不动。

第一缕阳光啪的一声掉在地上，六六的手颤抖了，于颤抖中骨节暴突，青筋蜿蜒。阳光像雨点般砸下来，满世界噼里啪啦，六六眼前红雾蒙蒙，把红脖羽的手生出疼痛的力，发出骨骼碎裂的响……

雷打冬

冯继芳

河东大柳村的张生，因为个头矮小，直到三十五岁也没娶上媳妇。

隔壁王大娘看张生一个人生活，熬糟，就托媒人把邻村的李寡妇介绍给他。没想到两人一见面，感觉都不错。

李寡妇名字叫枣花，圆脸大腚，很喜庆的模样。相亲那天，枣花低着头问张生："俺带着一男一女两个娃，你介意不？"张生挠着头笑笑说："不介意。"亲事就定下了。

结婚那天，正赶上腊八节，天空飘着雪花，正午时，滚过一阵雷声。掌灯时，雪还在下。张生躺在暖和的火炕上，和枣花说悄悄话，偶尔，一两句笑语漏出小屋，夜色就多出一些温婉。

当绿色在春风的鼓动下，蔓延了整个村庄时，枣花踩着梯子，去平房顶晾晒粮食，没想到一脚踏空，从梯子掉到院里的水泥地上。

枣花摔坏尾椎，瘫痪了。

村里人在村头闲唠："结婚那天，雷打冬……"

"这不出事了……"

"他能在那家里待长久？"

"悬啊，那两个娃又不是他亲生的。"

夜，一片寂静，屋里的灯光幽暗昏黄。

张生坐在炕边，看着两个流鼻涕的娃，还有躺在炕上的枣花，像做了一场梦。

张生觉得自己并不魁梧的身板，一下子压上了两个沉重的担子，他得用尽全身的力气支撑着，才不至于倒下。他一度有些迷茫，直到今晚，张生才生出一个念头。

张生把两个娃叫到跟前，认真又严肃地说："从今天开始，你们要改口喊我爹。"

两个娃看看张生，又瞅瞅炕上瘫痪的娘，低下头，蚊子一样喊："爹。"

声音虽小，张生却听到了，还欢愉地回应一声："哎！"

躺在炕上的枣花，泪水早已湿了脸颊。

村庄的大地，绿了又黄，黄了又绿，张生和枣花在一起度过了三个春秋。日子虽然艰难，可家里却不缺少欢声笑语。只是，张生有个心愿一直梗在心窝，三年都没能实现。

村里的王大壮，从外乡带回大棚种植蔬菜的技术，没多久，王大壮的塑料大棚就在张生的地边支起来。

秋日的阳光闪烁在塑料大棚上，像照着一汪清凉的河水。张生每次看着王大壮的塑料大棚，都会莫名地兴奋。

张生没事时，喜欢去王大壮的大棚帮忙，都是农家把式，活又好，王大壮一高兴，就对张生说："要不，你挨着我的大棚也起个棚吧。"

张生说："能行？"

"能行，你地种得比我好，只是欠缺大棚种植的技术，我们的大棚挨着，可以互相帮衬。"

张生黑瘦的脸就漾起一片波纹，乐颠颠地去准备支大棚的材料。

当冬天凛冽的寒风刮过村庄时，大棚里的蔬菜已绿油油一片，柿子椒和西红柿挂在绿叶间，像一个一个红红绿绿的小灯笼。

那天夜里，张生是被雷声惊醒的。

张生爬起来，趴在窗台向外看，天空正下着大雪，一阵阵的雷声由远而近。鹅毛大雪遮天蔽日，大地白茫茫一片。

雷打冬，十个牛栏九个空。想到这句民谚，张生有一种不祥的感觉涌上心头。

张生顶着风雪，跟头把式地跑到蔬菜大棚时，王大壮两口子已赶到。

塑料大棚的棚顶覆盖着一层厚厚的积雪，张生甚至听到大棚的支架由于不堪重负，发出吱吱嘎嘎的响声。看着快要压垮的大棚，张生的心开始往一起揪，揪得他眼都红了。容不得多想，张生迅速拿起扫把除雪。

雪一直下，风不停刮，偶尔的雷声轰隆隆滚过，暴风雪像个发脾气的男孩，根本停不下来。脸冻僵，耳冻裂，张生都没有感觉。他握着扫把，像一个发威的豹子，上下左右不停地窜动，动作敏捷又利索。

雪下一夜，张生扫一夜雪。

天微亮时，大雪终于停了。张生前前后后检查，大棚没有一个地方塌陷破损，他看着棚里的西红柿和柿子椒，都生机勃勃地挂在秧上，冻僵的脸才露出笑容。

那年春节，张生种的柿子椒和西红柿卖了最好的价钱。

天麻麻黑时，天空飘起雪花，张生把一辆崭新的轮椅推进里屋。

张生把枣花抱进轮椅，推着她在屋里转圈。

枣花笑得流下眼泪。

张生俯身问："开心吗？"

枣花抹一下眼角，仰起脸，摸着张生黑瘦的脸说："开心，只是这些年，你太辛苦了，我是哪辈子修来的福气，跟了你。"

张生不说话，只咧着嘴笑，以至于两个放学的娃站在门边看着他们偷笑，都没察觉到。

老 兵

白旭初

2007年，我应老同学许一凡的邀请到云南腾冲侨乡和顺他家住了几天。

我问许一凡："怎不见你儿子、儿媳和孙子？"

许一凡说："大儿媳带着孙子回娘家了。大儿子许可陪着小儿子许诺去中缅边境的高黎贡山看望一位老人去了。"

我问："谁家的老人？"

许一凡说："有个故事哩。"

两年前，许一凡在腾冲城里工作的小儿子许诺和同事结伴去高黎贡山搞徒步穿越，下山途中走岔了路，水也喝光了。后来看见山旮旯里有一户人家，便去讨水喝。这户人家只有叔侄俩，侄子是年已花甲的守林人。他已届耄耋之年的叔父瘦骨嶙峋的，佝偻着腰坐在竹椅上，嘴里不停地"啊啊啊哇哇哇"地叫。许诺好奇地问守林人："你叔叔嚷什么呀？"

守林人说："我叔跟你们打招呼，还说些心里话呢！"

许诺说："可我们听不懂他说的什么！"

守林人说："我叔嗓子哑了。不过，我叔说的我全都明白……"

突然，老叔父大声"啊啊啊哇哇哇"地打断侄子的话，先用右手拍着自己的左胸，后用双手的食指和大拇指做成一个圆圈贴在左胸上，又起劲地"啊啊啊哇哇哇"嚷起来。

许诺说："你叔父说的、比画的我们都不懂！"

守林人转身从屋内拿出半张报纸抖了抖，指着老叔父说："他得了单思病，就是看了报纸才有这个病的！"

这是腾冲的一张报纸。2005年抗日战争胜利60周年时，该报有一篇中国驻缅甸大使馆领事奉命到缅北密支那看望李锡全等3名中国远征军老兵，并为他们颁发抗日纪念章的新闻。

许诺从电视上和报纸上看到过报道，立即明白老人的心思了，他对守林人说："你叔父是中国远征军老兵吧？他想得到一枚纪念章？"

守林人连连点头，说："叔父1942年赴缅甸和日寇打仗，颈部中枪了也不下火线。后来在缅北大溃退中，他穿越无人区和原始森林，真是九死一生。回国后，几经辗转才找到我……"

许诺说："你跟你叔父说呀，这回纪念章只有100枚，抗战老兵众多，获得纪念章的中国远征军老兵只能是个别代表。"

守林人说："我懂，我说了。他固执得很，茶饭不思，日思夜想啊！"

回到单位后，许诺久久不能忘却守林人叔父对纪念章那迷恋、渴望的神情。他和同事合计后决定仿制一枚纪念章，满足这个垂暮老人的心愿。

他们找来刊登有抗日纪念章图片的报纸，仔细观看：金属质地的纪念章上面有5颗象征人民大团结的五角星、象征人类和平的鸽子和橄榄枝、象征革命圣地的延安宝塔以及军民合力抗战的场面。金光闪闪，十分精美。

如此精致漂亮的纪念章他们是学不来也做不出的。最后，他们找来一块硬纸板，切割打磨成圆形，细心涂上黄色底漆，等底漆干后，又用红色油漆精心描上"抗日老兵，民族英雄"8个楷体字。几天后，油漆干透了，一枚比原件大许多的纪念章就做好了。

许诺和同事又一次走进高黎贡山。

守林人的叔父仍旧佝偻着腰坐在竹椅上。许诺和同事围住老人，把纪念章和崭新的形似军装的蓝色外套亮了出来，齐声说："我们给您送纪念章和军装来了！"

老人瞪大眼睛瞅了瞅，倏地站起身来，"啊啊啊哇哇哇"叫着，脸上满是兴奋。

许诺和同事为老人穿上蓝色外套，又别上了纪念章。

老人立马挺直腰板，举起右手，食指尖贴着眉际，行了个标准的军礼。

老人用手轻抚着纪念章，嘴里"啊啊啊哇哇哇"着，突然咧开嘴笑了，干涸的眼眶湿润了。老人又一次抬头挺胸，举起右手，行起了军礼。他目光炯炯，纹丝不动，如同一座雕像。

许诺和同事再次去高黎贡山，进行另一线路的徒步穿越是在一年以后了。

那天，许诺一行在山下意外地遇到了守林人。

许诺问守林人："你叔父还好吗？"

守林人说："叔父九十了，精神不如以前了。"

许诺说："纪念章还在吧？"

守林人说："在！叔父把纪念章看得比性命还珍贵，生怕弄坏了。"

许诺说："要是是真的金属的就更好了。"

守林人说："有一天我叔发现纪念章脱了一点儿漆，他自己小心翼翼地将它改别在了内衣上。有人来了就解开外套给人看他的纪念章。"

许诺说："好！你叔父高兴就好！"

守林人说："他个性倔强，那件外套穿上身就没有脱下过，脏兮兮的像块抹布也不肯洗一洗。怎么劝他也没有用！"

许诺笑了，说："也许人老了都会这样吧。"

守林人临走时还打听蓝色外套哪里有买。

许可、许诺兄弟俩第三天才从高黎贡山回来。他们专程给守林人的叔父送去的崭新的形似军装的蓝色外套，竟意外地伴随无疾而终的老兵埋在了地下。

（据报道，2015年9月3日，在纪念中国人民抗日战争胜利70周年之际，全国又有21万多名抗战老兵包括中国远征军老兵荣获了纪念章。）

一对夫妻

安石榴

有一种人很怪，来历不清。你怎么搞也搞不清楚。每个人说起这个人来都语焉不详，可人人兴致都老高，就是说不清楚也不想放弃，一定说上几句，说不清楚也要说上几句。怪呀！说不明白这到底怎么回事，老朱就是这种人。人人对他怀抱热忱，极有兴趣，可是说不上其中缘由。

过去森工林业的人，都猫在大山深处，许多人身世复杂，不好说。有的人胡子出身，藏着掖着也有人知道底细，吵架或者怎么了，一时失口，或是故意给个下马威，对方说："我就问你，老翟是谁呀？谁姓翟呀？"——我父亲回家就讲过这么一件事，说，这个叫老翟的人马上熄火，避开了。有的人呢，挖壕沟是把好手，老早当兵时先给国民党挖，被俘之后就给共产党挖，又被俘再给国民党挖，翻来覆去自己都糊涂了，也不知道自己算哪一头的了。当了林业工人，一次冬运时住在山上的工棚里，自己没憋住，招了。从此大家时常翻出来当下酒菜笑话他。有的人出身大公馆，少爷，写日记几种外文轮番上，让人眼花缭乱的，当你面写张卖身契让你拿着送人你也不知道，但爬树采松子不行，一米多高就摔下来了，也是笑话。

老朱怎么个情况？谁也说不清。他伐木很厉害，一直伐到全国都闻名了——

先进生产者。英雄不问出处，在深山里仍然行得通。可没有老婆，岁数也不小了，老跑腿子一个，这不行呀！林场主任派自己的老婆回山东给老朱办回来一个老婆，年轻，二十岁左右的样子，白白的，胖胖的，爱笑，爱说，不该笑时她也笑，不该说时她也说。缺心眼呗，傻。老朱挺能忍的，实在受不了了才揍她一顿。揍得她哇哇哭，整个林场都听得真真儿的，跟她生孩子时一个样，整个林场都听得到她号叫，谩骂老朱。男人们仔细听她骂老朱，嘎嘎地笑；女人们听见了红着脸生气，可也没办法，总不能去堵她嘴呀。

二十世纪八十年代林区全面停伐，老朱的油锯生锈了，人也废了，中风了。他一条腿好使，另一条不行，拖着，用不上力。他就干脆不用力了，能走也不走。他有一架小推车，自己做的，硬木车身，自行车轱辘。从前做了给孩子们上山打柴火用的，现在孩子们都去大城市打工了，不回家。他让傻老婆拉着他。他像个赶车的，傻老婆就是毛驴。那架势和毛驴车没有两样。傻老婆挺高兴的，每天都乐颠颠拉着小车四处走，她本来就不爱在家待着，两口子整天在外闲逛，都成一景了。傻老婆肩上套着一根粗麻绳，站在小车两个长长的扶手之间，一手抓住一个扶手的细柄。要是上坡，她就伏低身子使劲，脖子抻老长呢。还是费力的话，她就双手触地，四肢一并使劲，她又穿一身黑色的肥大衣服，人呢那么大一坨，趴在地上真像个什么动物，不像个人呢，哪儿像个女人哪。要是下坡，可坏菜了，就惊了似的。傻老婆有一颗玩心，她驾着小车往坡下冲，因为重力加速度的缘故，小车推着她越来越快，小车一个劲儿地往前冲，要超越她似的。她跳起来两只手紧紧抓住车柄，用身体的重量压往前冲的小推车，逼迫它减速。这样有时候要连跑带跳数次之后，才能控制住小推车。脚下划出两道发白的土痕，升起一道黄色烟尘，和一串傻呵呵的笑声。傻老婆没有准头呀，纯粹冒险，旁人看着都吓出一身冷汗来，"啊啊"地叫。老朱坐在小车上瞟着老婆的一举一动，如果过分了，他就从屁股底下抽出一根一米来长的苕条，啪啪抽在傻老婆的屁股上，大声地又混沌不清地叫："刹车！刹车！"多半也好使。但有一次不好使了，老朱被甩出了小推车，傻老婆自己钻火车轱辘底下了……

　　半年之后，老朱和傻老婆又出来了。不过颠了个个儿，老朱拉车，傻老婆坐车了。小推车变成四个小轴承做轮子的平板车，走起来哗啦哗啦的。平板车上拴根麻绳，老朱套肩膀上，他拖拖拉拉地拽着小车。傻老婆腿没了，截到大腿往上。她乐呵呵的，越是人多的时候越欢实，朝老朱叫："瘸子，嘚儿，驾！驾！"

巷口的红灯笼

李忠元

漆黑的巷口突然多了一盏大红灯笼，高高地挂在树上，虽然并不怎么明亮，可有了灯笼照亮，经过巷口的夜归人，步履变得轻松了许多。他们能够看清脚下的路，轻而易举地找到家门。

行此善举的是谁呢？挂灯笼的树下，只坐着个表情漠然、抱着竹竿的盲人。难道灯笼的主人真的是这个看不见路的老人吗？

总是夜归的心理医生李闯心里感受到了一丝温暖，他开始留心起这件事，并终于找到了答案。

挂灯笼的人果然是那个盲人！每天天一擦黑，盲人就有些急切地一只手执竹竿探路，另一只手提着那盏红灯笼从那间低矮的平房里步履蹒跚地走出来，来到那个巷口，费力地将大红灯笼高高地举起，挂在树上旁逸斜出的一个丫杈上，然后就慢慢坐下来，面向前方，把自己定格成一个翘首期盼的雕像。

李闯很好奇，慢步走过去，轻轻地开口问："老伯，您每天在这里坐着，是在等什么人吗？"

老人听有人说话，先是一愣，下意识地耸耸肩膀，抱紧了那支竹竿，答道："是啊，我是在等孙子啊！他放了学就会回来了……"老人说话时，并没有回头，依旧表情漠然地"望"着远方，好像怕因自己一时疏忽，丢了什么东西一样。

老人还说他的孙子是个乖巧的孩子，很听话，在附近的盲人学校念书，成绩好得不得了，将来一定是个高才生！说这话时，老人的脸上没了冷漠，取而代之的是一脸骄傲。

李闯以为自己找到答案了，没了疑问，就撇下老人，去忙自己的事儿去了。

有一天，李闯回来得更晚，却看到了让他费解的一幕：一个三十多岁的年轻人晚归，抽出手里早已预备好的小竹竿，交到老人手里，而后被牵引着，有意深一脚浅一脚地拐进小巷，进了那间低矮的平房。

这个就是老人的孙子吗？怎么看也不像啊！李闯停下来，想一探究竟。

不一会儿，那个青年再次钻出平房。李闯很生气地质问道："你这人怎么这样，每天晚上折腾一个双目失明的老人，还有没有一点良心了？"

那人被李闯这么一问，竟像一个做了错事的孩子，起先是抽抽搭搭，继而掩饰不住地大声哭起来。

李闯不知所措，刚要说什么，那人却转身要给李闯跪下，他一边抽泣，还一边乞求李闯，说："大哥，您千万要保守秘密啊！那个老人不是别人，他是我的父亲，他的精神暂时出现了一点问题……"

李闯耐心地倾听，真的听到故事里去了。

原来，一个月前，巷子口修路，本来很宽的路面，却不知为何今年突然要瘦身了。老人的孙子在离巷子口不远的盲人学校念书，孩子虽然看不见路，可却非常自立、自强，上下学都不用人接送，一连上了五年都没出什么差错，可这次修路，却不知为何把路变窄了，青年起早贪黑忙着在外面打工养家糊口，忘了交代孩子，没想到儿子放学了，从学校到巷口四十米的距离，他还是照旧走了九十步就拐弯了，拐弯撞树上也好，可偏偏市政在那里又新修了一个马葫芦，当天马葫芦盖偏偏让人偷走了，孩子冲上马路牙子，就掉了下去，当时天黑还下着雨，马葫芦里积满了水，刚一入水孩子还将那支小竹竿举过头顶晃动，试图引起路人的注意，可巷口太黑了，没人发现晃动的竹竿，孩子挣扎了半天，终于溺水身亡……

青年说到这里，已是泣不成声。

此时，李闯的眼里也涌出了泪水，但他还是强忍着，继续听着这个让人无比痛心，又异常令人感动的故事——

孩子的爷爷接到邻居报信，当即就昏了过去，等老人醒来后，他就像变了一个人，魔怔了一样，每天天一擦黑，他就点上灯笼，吃力地摸到巷子口，把灯笼挂在树上，坐下来，慢慢等孙子放学，直到青年下班回来，悄无声息地扮演孙子角色，让他牵着回到家里，他老人家才能安心地上床睡觉……

青年最后哭着说："大哥，我爸都这把年纪了，我能装装孙子，也算是尽孝了吧！"

李闯很受感动，在他的劝说下，青年把老人搀到了他的心理工作室，经过李闯一段时间认真细致的心理疏导，老人的病终于痊愈了。

老人再也不去那个巷口守夜了，可那个没有路灯的巷口，还是每晚都挂着一盏大红灯笼，风雨不误。那是盲人老伯坚持要挂的。他说："有了这盏大红灯笼，那些走夜路的人才不会像我孙子一样迷失方向！"

破　冰

臧安民

几场大雪，群山披上了冬装。

东北的腊月，滴水成冰。就连一天到晚叽叽喳喳的麻雀也被冻得闭上了嘴巴。村委会的大喇叭突然打破了山村的宁静，老支书沙哑的声音，在这冬季的村庄上空，显得格外响亮。响声震动了树上的雪沫，碎玉似的洒下来。

"老乡们，老乡们。今天，我和大家商量个事。请大家想想，我说的对不对……"喇叭里传来老支书咳嗽的声音。男人们停下了手中的麻将，女人们停下了手里的豆包。"老乡们，现在的道路太滑了。我听说，就咱们村，今冬已经有五个人摔伤住院了。所以，我和大家打个商量。咱村是抗联老区，咱们不能丢了抗联的脸，大家一起去把路上的积雪和冻冰清理一下。让大家安安全全出行，快快乐乐过年。大家听听，是不是这么个理？同意的，一会都到村口集合。"

晴朗的天空，大喇叭的余音惊飞了几朵白云。留下了满村的闲言碎语。

"快打牌，想什么呢？九万，要不要？"三狗子没等老支书的话说完，就催促上家大毛。

大毛迟疑了一下，满屋的人就笑了："快去吧，你爷爷在叫你扫雪去呢。"

麻将继续着。老支书的话像一阵冬天里的西北风，呼呼地吹过耳边。

"这老爷子，也真是爱管闲事，吃饱了撑的吧。"二毛媳妇不屑地说。

"唉，老爷子说的是好事。省得大家出门，走在冰上，一步一滑的。"大栓媳妇读过书，倒是响应老支书的话。

"快包，快包！别耽误晚上去跳广场舞。"

吃晚饭时，大家纷纷回到自己的家，一眼就瞥见老支书一个人在寒风中挥舞着铁锹，正在吃力地铲着路上的积雪和厚厚的冰层。

晚饭时，儿媳翠花给老支书倒好了酒，小声地说："爸，你就别逞能了。路上这么滑，你要是摔着碰着，我怎么和三儿交代呀？"老支书端起酒盅，吱喽一口酒，抿了抿嘴巴："不是爸要管，你也不是不知道，这一冬，咱村上摔多少个了？个个伤筋动骨，咱这是做好事积德呢！""积德是好事，可您也知道，现在人都等着过年呢。哪有人肯出来干活呀！还没有人给工钱。"翠花还是轻言细语地劝说着。

"钱，钱，就是钱！难道没有钱就不办事了吗？自己的路，自己修，要什么钱！他们不修，我自己修，我是共产党员。"老支书火了。酒杯往桌子上一撂，转身回自己屋了。

翠花急忙收拾了桌子，给远在省城的三儿打电话说明了情况。三儿说："没事，你又不是不知道爸的牛脾气。我给姐姐打电话，让姐劝劝他。爸最听姐的话。你放心吧！"

第二天一早，太阳还没冒红。早起的人们听到道路上咔咔的铲雪声，就都一愣。愣归愣，吃过饭，男人照样聚集在麻将桌上，女人依旧在包豆包，放假的孩子们也照常玩耍着。

寒风中，咔咔的铲雪声，不绝于耳。老支书的头上脸上，呼呼地冒着热气。吹一口气，一直飘出好远。道旁杨树上的积雪扑簌簌地飘下来，落在老支书花白的头发上、胡须上。

麻将桌前，有人说："老支书的身边多了一个人，好像是支书的女婿，也跟着在铲雪。

"是吗！是吗！又一个多管闲事的！"

"是的，我看见了。就是老支书的小女婿！"

三狗子把牌一推："不玩了。没意思。"

大家就快快地散了。

第二天，大毛早早来到麻将桌前等候着。栓柱媳妇说："大毛，今儿这么早！""唉，想要玩，也得早点才行。我一年到头在外开推土机，哪有空玩呀，趁着年，多玩几天。"栓柱媳妇说："也是这个理！不过他们今天都上道铲雪去了，可没人陪你玩了。""不会吧，昨天怎么没人说呢？""还昨天，就刚才的事，他们来了，又回家拿工具去了。你还真以为你是第一个来的呀！"栓柱媳妇打趣说。

大毛闷闷不乐地回到家，媳妇说："怎么，今天没玩上呀！""没人玩，他们都上道铲雪去了。我先睡一觉。"说着把身子歪在了炕头。媳妇一把揪住大毛的衣领，嗔怪着揉了一下："你还真睡呀！人家都清雪，你不去！"

大毛一骨碌爬起来，来到院子里，发动了推土机，轰隆隆地朝着雪野中开去……

爬楼梯

陈耀宗

2017
中国
微型小说排行榜

班富强没有坐过电梯。

难怪，他家里住的是二手房而且在底层，与电梯自然挨不上边。无独有偶，单位原来也是在平房里办公，根本用不着电梯。前些日子，因开发城南新区，单位的平房被县里征用，班富强所在的单位便被置换搬迁到县政府办公大楼。

政府办公楼装修豪华气派，现代化设施一应俱全，上下班自然有电梯。第一天到政府办公大楼上班，班富强就遇到了对谁也不敢说却是最实际的问题：站在电梯面前，他束手无策，不知道如何乘坐电梯，不晓得按钮怎么按，可又不好意思问别人，怕闹笑话。他只好徒步爬楼梯。下班时，恰好有人坐电梯。他便跟着走进去。这是班富强第一次坐电梯。不知怎么回事，这位白面书生，天生就有"恐高症"。在他的记忆里，从小至今，他不敢站在山顶或高险处俯瞰，一站在山巅或高险处，他的双脚就会不由自主地颤抖。所以，当电梯启动的一刹那，他全身一抖，连脚步也感到不踏实，甚至出现一阵眩晕、心跳加快的感觉，总感到自己好像悬在半空中，又好似站在悬崖边，随时会掉下去。

回到家，他把第一次坐电梯的感受跟妻子说，妻子哈哈大笑："连电梯的按钮都不会使用，看看你呀，真是胆小鬼，连小孩都不如！"

他脸红了。在妻子面前丢面子没关系，千万别在众目睽睽之下出丑。改天上班，他特别留意别人是如何使用电梯按钮的。过后，他便依样画葫芦。没想到，他一下子就学会了：原来是这么简单！

尽管他学会坐电梯了，可他对电梯有了心理阴影，一坐电梯，他就不舒服，头就晕，生怕电梯会出意外。平时，如果不是时间特别紧，没有什么要紧的事，他宁愿走路爬楼梯，也不坐电梯。

班富强上班的楼层是五楼。

从底层上到五楼，共有86级台阶。最初，班富强爬楼梯爬得很辛苦，气喘吁吁，上气不接下气。可他依然坚持上班爬楼梯。这么爬着，他便产生了想法：反正平时忙得没时间外出打打球跑跑步，现在就把爬楼梯当作锻炼身体吧。

习惯成自然，久而久之，越爬感觉越好，他不会气喘了，气也匀了，身体越来越结实。哈，连恐高症也自然而然消失了大半！

他成了单位里唯一不坐电梯的怪人，同事摇着头不解："真是怪物，连福都不会享，甘愿活受罪，这是何苦呢？"

走自己的路，让别人去说吧。他每天依然徒步走楼梯。

班富强爬楼梯的举动让政府办公大楼里一位领导注意上了。一天，他和这位领导几乎同步踏进办公大楼底层，他一眼就认出来了：这不是县政府最高领导严县长吗？

还没等他开口问候，严县长竟然主动向他打招呼："小伙子，我留意你很久了，这幢楼就你一个人走楼梯，不错呀！我要好好向你学习，从今天开始也爬楼梯了。"

两人一前一后走着，严县长很随和，问了他的姓名和单位，他一一作了回答。

严县长问他："为何天天爬楼梯？"他笑着说："生命在于运动，爬楼梯有益于身心健康。"

严县长投去了赞许的眼光。

之后，他经常能遇见严县长，每次见到，严县长都没有出现在电梯里，而是在徒步走楼梯，或在上楼或者是在下楼，或在底层楼梯口。

好几个月后的一天，班富强又在办公大楼底层碰见严县长。一见到他，严县长便满面春风："小班，我得好好谢谢你呀！这段时间，我以你为榜样，每天爬楼梯，一下子体重减去了好几斤哪！到医院检查，血脂、血糖都下降了，各项指标都很正常。"

爬楼梯爬出了健康，这真是出乎班富强的意料。"是吗？那太好了！"他真诚地为严县长感到高兴。

自然而然，他和严县长爬楼梯，在县政府大楼成了一道独特的风景，吸引着人们的眼球。不知何时，他们身后居然跟着不少粉丝和追随者。

班富强发现这幢办公楼，竟悄然发生了变化：坐电梯的人越来越少了，上下班走楼梯的人明显地多了起来。在这栋楼上班的人纷纷加入到爬楼梯队伍行列中。榜样的力量是无穷的，县直各单位甚至各乡镇都积极行动，一时间，全县兴起了爬楼梯的热潮。县电视台专门就"爬楼梯与健康生活"这个话题连续做了两期专题节目。

这种爬楼梯的盛况持续了很长一段时间。突然某一天，这种情况再次发生了戏剧性的变化：在这幢办公楼，渐渐，坐电梯的越来越多了，爬楼梯的人屈指可数，最后只剩下班富强孤家寡人走楼梯了。这种景象发生在严县长平调交流到邻县之后。

这天，下班时，当班富强从五楼走楼梯下到底层，还没等他走出大门，就听到有人在他背后指指戳戳："都是这个马屁精作的孽，为了拍严县长的马屁，说什么爬楼梯有益于健康，害得我们那么长时间跟着爬楼梯，那真是活受罪，累得半死！可他溜须拍马有屁用，连一官半职也没有捞到！"

他不由一怔，只觉得背后阵阵发凉。

漏　洞

赵淑萍

　　桌上座机骤然响起。他吓了一大跳，好像被人突然从身后大吼一声。

　　电话那头自报家门："我是小刘，今天你在吗？"

　　仿佛他的存在终于被记起。半年前，他被雇用，守护这幢别墅。记得上岗第一天，搬进了几十张折叠桌和比桌子多一倍的椅子，似乎要进行什么活动，还安装了一部电话机。他总以为随时会有人来聚集。他每天得保持接待的状态。当然，如果聚集，预先会来电话通知，那么，他就会用电热壶烧水。可是，座机持续沉默。隔段日子，他就把桌椅上的灰尘擦拭一遍。桌椅和人都保持着沉着等候的姿态。

　　夏天，他怕热，开空调；冬天，他畏寒，也开空调。他严格按照作息时间，上班下班。他甚至认为，这是对他是否忠于职守的一种考验。有些事情往往是这样的：久等不来，仅仅离开片刻，事情就来了。崭新的桌椅和他一起接受考验。渐渐地，无事等有事，他习惯了这种等待的状态，养兵千日，用兵一时嘛。三层楼，他上上下下巡视。有时，他坐在拼起的长方形会议桌的主席台的位置，对着一圈桌椅说话，好像那里坐了一个个隐身人。他说："还没到，请继续耐心等待。"他还嘴对着不存在的话筒，试一试音响。

偶尔，他会闪出一个念头：是不是"他们"遗忘了这个地方？大多数时间，他坐在办公室里，一副接待来访的样子，他时不时瞥一眼座机。他怀疑线路出了故障，因为座机持久保持着沉默。他打过一个电话：用座机打自己的手机，然后用手机打座机。似乎有两个人同时向对方打电话。他拿起哑铃似的听筒，喊："喂喂喂喂！"

今天，总算接到了电话。其实，他还想多说几句。"我过来一趟。"小刘说。那么他该做什么准备？他庆幸，双休日他照样到位。弄不好是一次临时抽查。他得意自己时刻"准备"着呢。

他观望了整齐、干净的长方形会议桌，安慰道："好，好，就这样！"

他打开防盗门，再去打开院子的铁栅门。围墙的铁条，不知被哪些淘气的小孩拔掉了好几根。到处是漏洞，院子可以自由进出。不过，他总是阻止或驱赶进来的人。他打算请示围墙修补……当然，这是他的失职，可能的话，他晚上住宿……问题是空调耗电量会上去。

小刘似乎成熟了，娃娃脸上布满了胡子。他记得半年前，五六人当场选定他——管好这幢别墅，具体由小刘联系。他看出其余几个都能管小刘，但小刘管他。当时，小刘交给他一把钥匙，自己也留了一把。县官不如现管，他铭记住了小刘的娃娃脸。他简直欲说盼星星盼月亮，终于盼到……但叮嘱自己：沉住气，老大不小了。

他陪着小刘检阅桌椅——似乎椅子坐了人，就等领导出现。他注意小刘的表情，表情中会流露出对他半年工作的评估。然后，小刘会把"鉴定"向"他们"汇报。

然后，他跟着小刘，来到门一侧墙角，那里放着几张折叠起来的桌子，紧密地排列着。他想介绍：这几张桌子暂时闲着，随时替补出了毛病的桌子。

小刘拉开一张桌子，然后又合上不锈钢桌脚，说："这个……女儿做家庭作业，我拿回去了。"

他的脸，堆起笑。他想，之前的检查，都是形式，现在到了实实在在的内容。不过，他说："这桌子，收起来方便，对对，不占地方。"

小刘迟疑片刻，表情严肃起来，说："电表怎么跑得那么快，这幢楼闲置这么久，耗电却这么厉害。"

他的脸一阵发烧，像被抓住把柄，说："我这个人，夏天怕热，冬天怕冷，我……我以后尽量少用空调。"

小刘已搬桌出门。

他追上去，说："我来，我来。"

小刘径直出了铁栅大门，把收了脚的桌子塞进轿车后备厢，坐进驾驶室，系上安全带。

他望着瞬间散开的白色的尾气。他想，要是"他们"发现少了一张折叠椅，岂不是认为我老鼠守谷仓了吗？他咬咬嘴唇，咽了口唾沫。继而又想，"他们"不可能管得那么细吧？刚才小刘指出空调，其实是针对桌子——堵住他的嘴。他想：要是不接那个电话会怎样？双休日还来"上班"。

他关上两道门，关上空调，打开窗户，冷空气立刻占领了办公室——所谓门卫的房间，又空又冷。他望着围墙缺失的铁条——像被拔了牙。他竟然忘了汇报"补漏洞"的事情。冷空气，已透过羊毛衫，侵入皮肤，渗入骨头。他打了个响亮的喷嚏，像一台陈旧的机器被突然发动，打得他满眼泪花。接着的喷嚏，欲打都打不出来。

25周年同学会

黄克庭

红楼中学1991届201班学生毕业25周年同学会在李希奇的宾馆里举行。

酒足饭饱之后，主持人兼同学会出资人李希奇借着八九分醉意，拿着无线麦克风站在宴会厅的舞台上，不无亢奋地说："岁月如梭，青春不再。一晃就过去了25年，宛如做梦一般。25年，一个世纪的四分之一啊！人生有几个25年？可以说，我们人生，最美好的25年就这样消失了！今天，56位同学都能来，真是太让人高兴了！尤其是80岁高龄的班主任沈老师也来了，我们大家都感到十分激动！下面，请沈老师给我们大家讲讲话。今天，我借着酒胆，十分……百分……千分……万分迫切地想问问沈老师，当年我是那么默默无闻，作为3年高中班主任老师的您，是否还留有对李希奇这个学生的记忆和印象？"

在大家一片欢呼声和鼓掌声中，笑眯眯的沈老师在两名美貌妇女学生的搀扶下，颤巍巍地走上宴会厅的舞台，右手接过麦克风，一张口，上面两颗假门牙就掉落下来。

张口，就掉假牙。

张口，就掉假牙。

……

假牙掉落三四次后，沈老师干脆把假牙卸下，拿在左手中，右手把麦克风送到嘴巴前面，口齿有些不清地说道："我今天也很激动，但我不敢太激动，怕心脏受不了。长话短说，今天，我只说一件事。那是1993年的重阳节，也就是你们毕业后的第二年，镇里搞物资交流大会，人很多，特热闹。我也去逛街了，突然看到我的一位学生在摆摊，卖衣服。我当时很生气，很想骂他，为什么不去复习考大学？但是，我很快就看到，他的摊位上有一件休闲装，款式，大小，都很适合我。标价是138元，我很喜欢。我很想花100元，买下。但是，我不敢开口，生怕被自己的学生骂——老师的心肠太狠，杀价这么多，还让人活不？

"走过来，走过去。走过去，走过来。我在那个摊位前，起码转了七八个来回。终于，我下定决心要原价买下这件自己特喜欢的衣服时，可惜啊……可惜，我晚了一步，这件衣服被另外一个人买走了！我心痛了！"沈老师的声音突然变得有些沙哑有些哽咽，"我觉得心痛啊！自己特喜欢的衣服被别人拿走了！可是，你们一定不会想到，更让我心痛的是，我不敢用100元买下的这件衣服，居然被别人……只花了28元，就，买走……了……啊……"

整个宴会厅，突然变得静悄悄的。

李希奇快步走到沈老师面前，拥抱了一下沈老师，接过麦克风，笑道："沈老师，还是当年的沈老师，批评人，还是这么艺术……从来不指名道姓！全班人，卖过服装的，就我一个人。我就是卖服装，赚到了第一桶金，为我后来转型升级开宾馆，积累了垫脚的资金。我虽然被沈老师批评了，但是，我很感激沈老师，因为他心里还真的记着我这个差等生。"

"能否请你说说，为什么虚标这么离谱的价格？"

"说实话吧！我高中毕业后，第一份工作就是摆地摊卖服装。我有件衣服标价30元，一个多月没有人问津。后来，我在30的后面加了一个0，第二天就被人买走了，成交价格是180元。我也纳闷啊！这个世界，怎么就变成这样了？”

“我要马上去吃救心丸了！23年前的那种心痛，又来了……”沈老师半开玩笑半认真地说，“没有23年前那次买衣服的经历，我也许不会老得这么快吧。”

沈老师说罢，就把左手中的假牙塞进自己的嘴里，向大家招了招手后，径自往舞台下走去。

“沈老师，慢点走，沈老师，走……慢点……”看到沈老师独自往舞台下走去，李希奇忙过去搀扶。

偷瓜记

肖曙光

　　早上，我还在睡梦中，就被爹推醒了。他有点兴奋地说："你听，她在骂人了。"我仔细一听，是秋菊婶在骂人："哪个剁脑壳的贼牯子，偷了我的瓜？"

　　我们那个地方很多人家都种了西瓜，到西瓜成熟的时候，要有人到地里去看瓜，否则，西瓜就会被人偷。秋菊婶的丈夫在时，看瓜这样的事情，自然是归她丈夫了。但自从前年她丈夫去世后，看瓜就成了一件难事。去年是她的一个弟弟帮她看瓜，但今年弟弟外出打工了，就没有人帮她了。没有人看守瓜地，瓜被偷是难免的。

　　秋菊婶骂了一阵，就不骂了。"怎么不骂了？"爹有点意犹未尽。我说："骂几声就行啦，贼牯子不会再去偷瓜了。""骂几句怎么行？要请人看瓜才可以，这个贼牯子……哼哼。"爹的声音里，透着几分得意。

　　爹这是怎么了？人家瓜被偷了，他好像很高兴似的。

　　晚上，我被一泡尿憋醒，起床上厕所，看见爹的床上没人。爹去哪里了？我家又没有种瓜，不用去看瓜。天快亮的时候，爹窸窸窣窣回来了，一头的露水。

我问爹："您去干什么了？"

爹嘘了我一声："你仔细听，她又要开始骂人了。"

果然，秋菊婶又在骂人："哪个挨千刀的贼牯子，又来偷我的瓜？一次又一次，哪里有这样不要脸的！"

骂声越来越近了，好像要到我家门口了。爹哧溜一声就躺到床上，吩咐我："如果她来了，你就说我还在睡觉。"

但骂声没在我家门前停留，又折向别的地方去了。爹翻身下床，从门缝往外看："怎么又走了？"爹一副很失望的样子。

这天晚上，我做完作业，就上床睡觉了。半夜的时候，看见爹偷偷摸摸起床，从床底下摸出一个西瓜，抱着西瓜就出了门。

爹要干什么？想起这两天爹奇怪的表现，我偷偷跟在后面，想探个究竟。

爹走过一片又一片瓜地，在一片瓜地边，他停了下来。这是秋菊婶的瓜地。

秋菊婶的瓜地紧挨着坟地。惨白的月光下，坟地一片静寂，点点闪烁的萤火虫，就像提着灯的鬼魂在游荡。我心里一阵战栗。

瓜棚里没有人。这样一个令人恐惧的地方，秋菊婶一个女人哪里敢来看瓜？

地里躺着一地的西瓜，个个圆溜溜的就像一面面小鼓。爹两拳就把带来的西瓜砸开，风卷残云一般，把西瓜吃完了。西瓜皮被爹扔得满地都是。他又把西瓜的一些藤蔓翻转过来，把空地上的杂草踩得乱七八糟。

我躲在不远的地方，把这一切看得真切。爹在干什么？原来他在伪造一个偷瓜的现场啊。

我大吃一惊，正要喊爹，不想，从后面伸过来一只手，捂住我的嘴，一个声音轻轻地说："不要吭声。"

我胆战心惊地扭头一看，秋菊婶就站在我身后。

"您……"我惊诧地望着她。

她示意我不要出声，然后拉着我悄悄地离开瓜地。在往回走的路上，秋菊婶说："我就知道是他装神弄鬼，哼哼，看我咋收拾他！"

第二天一早，响起了敲门声。打开门，秋菊婶站在我家门口。我吓了一跳。

"三根，"秋菊婶对我爹说，"昨晚我的西瓜又被人偷了。"

"哦。"我爹伸了一个懒腰，说，"你没有去看瓜？"

"我一个妇道人家，敢看？"

"那就难怪了。"

"从今天起，你帮我看瓜！"

"哎呀，这一段事情比较多，恐怕……"爹做出一副很为难的样子。

"多你个鬼，今晚就去！"秋菊婶说，"你以为我不知道你那点小调调？喜欢我就明说嘛，还装啥偷瓜贼！你个死三根啊，一辈子就胆小得要死！那年去看电影，十几里地，连我的手都不敢拉，你说你算个啥男人？"

"爹还有这样的事？"

爹满脸通红，说："你……"

秋菊婶说："你去还是不去？你要不去，就让我的西瓜被贼牯子偷完算了！"说着，秋菊婶转身要走。

"去去去。"爹慌了手脚，"去还不成吗？"

"这还差不多。"秋菊婶脸上露出灿烂的笑容，然后扭着好看的腰身走了。爹目不转睛地看着秋菊婶离去的背影，嘴里的烟卷，都快燃到嘴巴上了。

"爹。"我喊了一声。

"哦。"爹回过神来，冲我嘿嘿一声笑了，慌里慌张地把嘴里的烟蒂吐掉。

娘去世几年了，这是我第一次看见爹这样开心地笑。

爱心墙

万吉星

小区有些年头了，密密麻麻的防盗笼，杂乱无章的网线、电话线蜘蛛网似的爬满了红砖房。每个单元门前的空墙上，除了偶尔有几张水电费催缴通知外，大多贴满了代办信用卡、疏通下水道的牛皮癣广告。

小王两口子带着刚满月的孩子搬进来时，总感觉很陌生，这陌生来自人与人之间的冷漠与隔阂。

月子里，父母从乡下老家带了几百个土鸡蛋给儿媳补身体，蒸炒煎煮炸，直吃得小王媳妇看见鸡蛋就想吐。看着几大箱土鸡蛋还大多都没动，小王心里也着急，天气太热，时间一长就坏了。

媳妇说："要不楼上楼下左邻右舍每家送点吧，远亲还不如近邻呢，我们刚搬来，以后少不了要麻烦人家的。"

小王觉得这主意不错，便提了一篮鸡蛋去敲对面邻居家的门，厚厚的冷冰冰的防盗门阴沉着脸，"笃——笃——笃"，连敲门声也是阴沉沉的，不像在乡下，用拳头把门擂得"咣——咣——咣"山响。

敲了几下后，小王把耳朵贴在门上，听到从里面传来一阵轻微的脚步声，他连忙后退了一步，用手捋了捋头发。可门并没有开，他听到门后传来一阵窸窸窸窣窣的响动，小王知道这是主人家正对着猫眼往外观察呢，城里人都兴这一套。他便对着门里说："我是刚搬来对面的邻居，家里有些乡下带来的土鸡蛋，给你们送几个过来。"

门内沉默了几秒钟，传来一个女人冷冰冰的声音："谢谢，不用了，我们家都不喜欢吃鸡蛋。"话音一落，便有脚步声渐渐远去。

小王感到有些失落，他抬腿上了楼，敲了敲楼上邻居家的门。门开了，但只虚掩了一道不大的缝隙，从里面探出来一颗男人的脑袋，粗声粗气地问道："你找谁？"小王忙将手里的篮子往面前送了送，把刚才在楼下的话又重复了一遍，男人一愣，用疑惑的眼光打量了一下小王，又看了看篮子里的鸡蛋，依然冷冰冰地说："谢谢，不用了，我们家冰箱里还有很多。"说完便砰的一声关上了门。

小王站在阴冷的楼道里，感觉心里很冷。

没过几天，孩子变得不安生了，一到深夜就哭闹不停，吵得小两口不得安宁，也搅得楼上楼下都睡不好觉。小王媳妇说："这样下去也不是个办法啊，都吵得左邻右舍没法休息了，要不你再去给大家说一声道个歉，伸手不打笑脸人，与其等人家骂上门来，不如先去赔个笑脸。"小王一想到上次吃的闭门羹，心里就一万个不愿意。

最后两口子一合计，想到楼下单元门前不是有一块贴小广告的空墙吗，一商量，决定写张小纸条贴在那儿统一给大家表示一下歉意。

清晨天一亮，人们出门时，在单元门前的空墙上看到了这样一张手写的纸条："各位邻居，我们刚搬到这个小区，由于孩子太小晚上吵闹，影响了大家的休息，深表歉意，同时也感谢大家这些天来对我们以及孩子的理解和包容，在此真诚地谢谢大家！"在小纸条的最后，还印上了孩子可爱的小脚印。这张小纸条在那些广告传单中间显得十分的温暖。

第二天，纸条旁边多了一张小纸条，上面写着："谁家都有孩子，我们也是过来人，能理解！"纸条的后面，画了一颗小小的爱心。

第三天，又多了一张小纸条："是不是尿不湿让孩子不舒服？我家用的是××牌的，孩子晚上睡得很香，你们可以试试！"

第四天，再次多了一张纸条："是不是奶水不够，孩子没吃饱？花生炖猪脚能催奶，我女儿刚断奶，家里还有很多花生，我给你们拿一点来吧！"

第五天、第六天……

最后有一天，在那面贴了无数张爱心小纸条的墙上，又多了这样一张小纸条："我们在这个小区住了很多年了，但大家相互都不认识，中秋节快到了，要不我们就一起走出家门，在院子里搞一次联欢会吧！"

关了电视，放下书本，二楼的抱来一箱苹果，三楼的提了一篮花生，四楼的拿出一袋核桃，院子里顿时热闹起来。一轮明月静谧地挂在夜空，皎洁的月光倾泻在每个人开心的笑脸上。"好长时间没有这么悠闲地赏月了，真美啊！""哦，原来那张纸条是你写的啊！""你就住在我对面？搬进来几年了，愣不知道我对面住的是什么人，哈哈哈……"爽朗的笑声打破了小区原来的死气沉沉。

夜深了，但大家还意犹未尽，临进家门，还不忘回头叮嘱一声："这个周末每家出两个拿手菜，在院子里搞长街宴哦，不要忘了！"

这个小区出名了！这面墙出名了！居委会主任来了，办事处主任来了，区长来了，最后连市长也来了。随后，市政府办下发了《关于在全市大力推广"爱心墙"构建和谐社区的通知》的红头文件。

小王抱着孩子站在那面由居委会统一设计制作的爱心墙面前，孩子如花的笑容，拆去了人们心中那堵冷漠的墙。

熊孩子

韦如辉

我奶奶文盲，我爷爷读过私塾，且家境殷实。

一家人对他们的婚姻都不看好，只有祖爷爷充满自信。祖爷爷亲自将我爷爷和我奶奶的终身大事订下来后，长舒一口气，回归了大自然。

事实证明，祖爷爷的眼光独到而犀利，具有战略思维。

经过历史的洗礼和沉淀，曾经三代单传的刘家，人丁兴旺，儿孙满堂。

打我记事时起，我就是在弥漫着药味的家庭中度过的。我爷爷常年喝一种用锅灰当药引子的中药。他老人家喝药的方式很特别，一小口一小口啜，像品茶。若是天气好的日子，他端坐在院子的枣树底下，悠闲自在地品。

看到我爷爷很享受的样子，我很想尝一尝。他老人家很大方，将一大杯药递给我，微笑着看着我喝。

哎呀，那个苦啊！从嘴里苦到了心里。我倚在枣树上，肝肺肠子差点吐出来。

我爷爷仰起黄巴巴的瘦脸，对着枣树叶子筛下来阳光眯眯笑。我奶奶却说："苦死你个熊孩子！"

听我妈妈说，从她生下我那天起，我奶奶就叫我熊孩子。

我奶奶自言自语，这熊孩子，像谁呢？像他爷爷？不像，他爷爷是个瘦猴。像他爸爸？也不像，他爸爸没有这熊孩子威武。

我妈妈先看着我，又看着我奶奶，笑吟吟地说："像他奶奶。"

我奶奶笑起来，那声音好像在炸鞭。她踮起她的大脚板，将响鞭炸在院子里，大路上，田头边。惊得田野里的耕牛，哞哞叫。

我爷爷在我百天时，翻遍了五经四书，给我起个响亮的名字：晨阳。意思是说，像早晨的阳光一样富有朝气。

我奶奶反对，说："别嘴别嘴，就叫熊孩子。你们看看熊，多壮实。"

一家人没有听我奶奶的，而我奶奶却我行我素。

趁我爷爷打盹的时候，我在他药壶里放了几勺糖。

我爷爷很享受地品着药，觉得不对味，居然喷了一地。一地的蚂蚁惊慌失措，以为突降暴雨。

我奶奶突然从厨房里跑出来，手里拎着烧火棍，吼道："这个熊孩子使坏，看我不揍死他！"

我爷爷咧着痛苦的嘴喊："快……快……"

那个跑字还在我爷爷的嘴里打转转，我已经风一样从院子里刮出去。

天黑了，我不敢回家，躲在草垛里，虫子钻进我的衣服里，尽情地叮咬。

当我醒来时，灯光下，我奶奶正在往我身上抹药。我奶奶不停地说："你这个熊孩子，不听话，叮死活该。"药抹在皮肤上，透着凉气。我奶奶的眼泪落在患处，热乎乎的。

我爷爷没下过地，好像常年只在家里喝药。地里的重活脏活累活，都是我奶奶的。

我奶奶身板硬，像个汉子。

也许，祖爷爷就是看中我奶奶这一点。尽管祖爷爷不在了，我想，他体弱多病的儿子，他再清楚不过了。

我奶奶说，她娘家在淮北，具体哪里，她也说不清。从五岁那年讨荒过来，就没回过娘家。淮北那地方大了，淮河以北都叫淮北。

我奶奶说话的口音与我们大不一样，嗓门高，语气粗，跟我爷爷说小话，也像吵架似的。

她喊第一声熊孩子，把我吓得一愣怔。我妈妈怕吓着我，在我耳朵里塞两个小棉球。

长大了。她叫一声，我应一声，熊孩子成了我的代名词。

上学了，老师点我的名，好像在叫别人。老师说："郑晨阳，站起来，你刚才想什么呢？"

同学们笑话我："老师老师，他奶奶叫他熊孩子。"

老师沉下脸，教室里一片安静。窗外的家雀儿，叽叽喳喳地叫。

老师家访，来到我家。

我奶奶一副紧张的样子，既倒茶，又拿烟。"老师，是不是我家的熊孩子惹事了？"

老师吸着烟，喝着茶，不说话。

我奶奶急了。大叫一声："熊孩子，你给我出来，你干了什么坏事？让老师气成这样！"

我从里屋出来，乖乖地站在老师面前。

老师终于开口了。"他奶奶，以后别叫孩子熊孩子了，多难听。孩子大了，自有尊严。"

老师说过，站起来往外走。我奶奶脚跟脚撵着老师："你说啥？啥叫尊严？"

之后，当着我的面，我奶奶不喊我熊孩子了。我奶奶喊："哎，那个啥，作业写了吗？"

我奶奶哎哎哎地喊，有时我应，有时我不应。你知道她老人家在喊谁呢？

我爷爷吃了一辈子的药，最终也没能阻挡死神向他走来的脚步。

从国外赶回来，我爷爷已经入土为安。

我奶奶带着我，到我爷爷坟前，给他老人家烧纸。

我奶奶蹲下来，点燃火纸，边用一根小木棍挑着纸边说："熊孩子，起来吧，你大孙子来看你了。"

以为我奶奶对我说，可她再重复一回时，我确认她在对着自己面前的土堆说。

我的眼泪，开始不争气了。

七阿太

岑燮钧

七阿太死了，九十三岁。可是她不是寿终正寝。

小的时候，我讨厌七阿太。有年夏天，七阿太在周塘桥的柳树下摆棒冰摊，正好我经过，她叫住我，说能不能替她照看一下。她双手递给我一根棒冰，我嘴馋，就很乐意地答应了。

第二天，母亲回来，骂道："你怎么还欠着七阿太钱呢？"我丈二和尚摸不着头脑，说："没呀。"

"你胆子真是越来越大了，竟敢赊账买棒冰吃，看你爹不收拾你！"

我一听就急了。我说："你去问七阿太，是她自己给我吃的，棒冰都滴水了，吃一口就断掉了。"母亲说："你骗谁啊，就是七阿太向我要的钱。"我真是冤死了，急得都要哭了，母亲口气才和缓了。

此后，遇到七阿太，就是她和我打招呼，我都自顾自走开。

可是，她还是好事。夏天游泳时，大家都从周塘桥上往下跳。她喊住我，说："危险。"当晚，母亲就声色俱厉地警告我："如果再从桥上往下跳，就不用再进这个门了！"

好在，不久，她与我家反目成仇，就不再多管闲事了。我家的出水沟，自有这老房子起，便是打她家后门过的。阴沟水嘛，杂七杂八，不免是有点气味的。七阿太时不时要叫骂几句，而她小儿子做得更绝，干脆把沟填了。我父亲气不过，就和她理论。七阿太竟然破口大骂，她的五个儿子一起到场，这架势是显然占优势的。

我家还是照样泼水，出水，后面积了水，就成了烂泥路。

从此，两家成了冤家。

七阿太与我家关系变得缓和，是从她与媳妇吵架开始的。那已经是十多年后了吧。

七阿太住在小儿子家。这间房说定了是归小儿子的，但须等七阿太百年之后。但是，小儿子也要讨儿媳妇了，房子紧，他们打算把自己的卧室让给儿子做新房，让七阿太让出前半间，他们搬进来。七阿太不肯，一来这是五兄弟分家时当着族里长辈说定的；二来从她嫁过来起就住在这间房，从来没有动过，即使老头过世多年了，依旧摆着他的床。而更打紧的是，向阳的地方暖和，老年人怕冷，让了前半间，从此就见不到阳光了。

这事最终没有成，媳妇见她像见仇人，孙子从此也不再叫她一声"奶奶"。

本来，七阿太与小儿子一家同进一个门，同吃一锅饭。烧饭，洗菜，洗碗，扫地，都是七阿太的活。现在，那间房通向中间堂屋的门被隔断了。

七阿太朝南开了一扇板门，另立门户，自个儿烧饭吃。

有一回下大雨，家里人都不在。等到母亲赶回来时，发现晒着的衣服都不见了。七阿太正坐在檐下念佛，她向我母亲招招手，原来她帮我们收进去了。

"谢谢，谢谢！"

"不用，自己族里人嘛！"

第二天，家里烧了毛芋艿，母亲让我端一碗给七阿太。

她小儿子正好在摘毛豆，不声不响的。

几天后，她小儿子把三棵茭白放在了七阿太的门口，正好被他媳妇看见。

他媳妇拿起茭白，扔到了阴沟里。

儿子媳妇都不在时，七阿太就拄着拐杖到我家门前来唠嗑，我母亲会掇出一把椅子让她坐。她已没了当年的凌厉，梳着绕绕头的发髻，插着一支木钗，白发多，黑发少，俨然是一个老太太了。

她的眼睛越来越不好，也越来越小，就只剩一道缝了。

她听人说，有一种眼药水很有效，可是没人陪她去医院。后来，我曾帮她买过一次眼药水，好像是治白内障的。

她常常一个人在黑乎乎的房里摸来摸去。有时，我家有好吃的，会送一碗给她。

她讨饭钱时，小媳妇骂道："别人家好，你到别人家里去拿啊！"我母亲说："这是在指桑骂槐骂我们呢。"

七阿太最担心的是，万一她眼睛真瞎了，该怎么办。她是没有女儿的。遇着同辈人，她总是说："你好福气，阿囡会看看你。"同辈人安慰道："女儿也一样的，只能一时，她也有自己的一户人家，哪能全指望她？俗话讲，有子有气，最终还得靠儿子！"七阿太听了，似乎宽慰了些。

有一天，七阿太不知怎的，跌倒在那个烂泥路边的水潭里，正好我母亲看见了，软扶硬拽才把她拖起来。

此后，七阿太似乎苍老了不少，时不时会有几天躺在床上，终于没法一个人过日子了。

族里的舆论很汹涌，几个长辈跟老大、老二说："你娘总得有人照顾啊。"老大老二的意见是一致的，当初说定了，房子归谁谁照顾，其他几个只需每月拿出一些饭钱就好。既然房子归阿小，就该阿小照顾。五兄弟一碰头，阿小媳妇不肯放弃房子，说："我照顾了这么多年，临到头了，你们要来分房子！"

于是，一切照旧。其他几个儿子媳妇偶尔也有来看望的，但也就是看望一下。大儿子老得很厉害，佝偻着背，自顾不暇；老二媳妇最好，可是老二媳妇生癌了。

没人知道七阿太是怎样一天天过下去的。她在檐下晒太阳的日子越发少了。有时会听到小媳妇大声呵斥她什么，但她已老得说不了什么。我母亲有时会去看一看，七阿太总是说："为什么我不死呢？"

小媳妇越发忙了。她要带孙子，管作坊，遇人总是叹息："上有老下有小，人家的婆婆都走了，可我没福气……"

孙子又要造房，小儿子夫妇忙得脚底翻天，老房子的门总是关着。

"你孙子造大房子了，三楼三底，你高兴吗？"我母亲跟七阿太说。

"高兴高兴！"可是，她在擦眼泪。

这一天清早，有人在周塘桥上看到一双黑色的河蚌口布鞋，摆得齐齐整整的，上面还端端正正地放着一件斜襟衣裳，几个经过的人都觉得奇怪——谁忘在这里的啊？

这时，猛听得一阵炮仗声，好生热闹——七阿太孙子的楼房上梁啦！

中午时分，不远处的埠头边，有人惊呼："一具死尸！"撩上来一看，是个老太太——七阿太！

村里顿时炸开了锅。

小儿子事后回忆，清早三四点钟，他曾听得隔壁有轻微的响动。当时，他还看了一眼窗外——月亮明晃晃的，像下雪了一样。

小儿子喃喃道："娘，您这是要我好看啊！"

穿　越

徐慧芬

过年的时候，家里开始有了家的气氛。儿子媳妇、孙子孙女，回到他身边，吃团圆饭来了。

除夕日正午，他在老伴的遗像前，上了一炷香，摆了几碟菜，这些菜都是她喜欢吃的。做菜是他的专长，退休前，他是一家大饭店的厨师；退休后，他的厨艺，只为他的老伴和子女服务。可是两年前老伴走了，无福享受他的奉献了，却把长长的寂寞留给了……现在孩子们要回来过年了，还答应要在这个老窝里住上几天，他是多高兴呀！

毕竟他也老了，体力也不似当年了，为了操持这顿团圆饭，也为了这一家子聚在一起的几天好吃好喝，还要为他们走时带一些半成品回去，为此他在腊月初就开始忙开了。采购选料，跑东跑西，他样样亲力亲为。一个好厨师对菜肴的品质哪能放低要求呢？他的挑剔让他分外辛苦。

厨房里，煎煮炖炒炸，十八般武艺都出手了。傍晚时分，一桌色香味俱全，充分展示他手艺的年夜饭摆上了桌。哇！大家都叫了起来，欢呼起来，不约而同举起了手机，打开了照相镜头，一阵嚓嚓嚓，把他的厨艺定格在相机里，又迫不及待地传向四方。这一阵嚓嚓嚓的声音，在他的心里起了涟漪，荡漾开了一朵花。他敲了敲酸疼的腰背，招呼大家："吃吧，吃吧，快吃吧！"

可是渐渐地他觉得不对劲了。先是上小学的孙子离开了饭桌，拿了个大盘子装满了他爱吃的菜，端到隔壁房里在电脑屏幕前玩起了游戏，边打游戏边鼓动嘴巴。才上幼儿园的小孙女，也不肯放下手上的iPad，摇头晃脑不停地刷屏，而忘了吃。儿子媳妇的手机也不失时机地更热闹了起来，滴滴滴，滴铃铃，此起彼落。大家隔空对话，相互穿越，收信发信，不亦乐乎。

一盘春卷端上桌，他瞧瞧这个，招呼那个，催促大家趁热吃，可没人理会他。他夹了一个春卷送到电脑旁的孙子嘴里，问孙子："爷爷做的春卷好吃吗？"孙子盯着电脑屏幕说："爷爷别烦我，我在穿越呢！"他回到厨房，一刻工夫，又端上来一大碗热气腾腾的汤圆，这汤圆里的配料也是他的独门秘诀。他对儿子说："这馅是你最喜欢吃的，还记得吗，有一次你吃得太快噎住了，你妈都急得哭了。"他说了两遍，儿子似乎向他点了点头，眼睛却对着手机屏幕放声笑。他提高了一点音量，又说起从前过年时的一些趣闻，可还是无人呼应，即便偶尔搭上一句，面孔眼睛也并不朝向他。

散了席，他回到厨房，整理归置，开始洗碗。不知怎么手一抖，一只瓷盘掉在地上，碎裂的声音不算轻，他探头朝外望，不知是否惊动了大家。可是他的晚辈们窝在沙发里，盯着屏幕摇着手机，正忙着抢红包，谁也没觉察到。他叹了口气，收拾完碎片，洗好碗，出去倒垃圾。

两个小时过去了，这群人才发现他不见了。大家相互问，都说没注意，于是开始着急起来，开始出门去寻找，附近的大街小巷跑了个来回没找到，又折回家里，还是没见人影，又开始问亲戚朋友四处打电话，都说没来过。

正要报警的时候，他拖着疲惫的身体回来了。一家子全都蹦到他跟前，问他究竟到什么地方去了，为什么不说一声？让大家好着急！

他脱下身上油腻腻的饭单和袖套，然后一屁股坐在凳子上，埋下头不想说话。孙子催着问，他才有气无力地说："爷爷穿越去了。"

孙子奇怪："爷爷您还会穿越啊！刚才你穿越到哪里去了？"

他说："爷爷呀穿越到了一个古老的星球上，在那里很多人围在我身旁，陪我说话，哄我开心。我问他们，你们都是谁呀？他们说，我们是您的孩子呀，您怎么不记得啦？他们还对我说，您已是快七十的老人啦，应该要享福啦，以后我们会陪着您照顾您，让您开心每一天……"

他说不下去了，声音开始哽咽。

多事

马 卫

鸡哈寨早没有了房子，相传，抗战时大学内迁，上面办过辅仁法学院，住过好几百人。新中国成立后就没有房了，那眼井，也渐渐枯竭，现在仅有筷子大的泉水冒出。

上面没房，也没有人。直到那天，喜欢爬山的我发现，那里出现了一个棚，用化纤皮搭的，像儿时生产队看秋的棚那样显眼。

难道还有人住棚？

我这个人好奇，于是爬上寨，发现这棚不小，比以前看秋的棚大得多。

棚后，还垦出了一小块地，种着莜麦菜、葱、丝瓜、南瓜、黄瓜、向日葵，还有几十株绿油油的玉米。

"有人吗？"我问。

这房子没有门，只有一道黑漆漆的门帘，油渍渍的。

我喊了几声，才听到回答。

终于，棚里钻出一位老人，头发、眉毛和胡子全白，脸上布满皱褶，他年纪应该很大了，或许是耳背，愣愣地看着我，一副不知所措的样子。看来很久没有见过生人，他很寂寞，于是要我坐下，说说话。

"年轻人，我有房，可是住不了。"他一边拿出两本房产证，一边幽幽地说，"这是我的房改房。虽然偏远，可是福利房，当时只花了一万多块钱。"

我翻开，户名：朱本泉。原来是青田水泥厂的职工，我知道这家企业，在苎溪河畔，后来三峡移民搬迁，关闭了。

我翻出另一本，是商品房，在乌龙池三号区，80平方米。

"老人家，既然你有房，为啥还到这里来住？"我不解。

"唉，说起来……是家丑。我有两个儿子、一个女儿。大儿子接我的班，后来企业关闭了，买断工龄。因为没文化，只能做力工，日子过得不好。所以，福利房一直由他住着，房产证我管。"

可怜天下父母心！

"还有一套呢？"

"这套是商品房，用尽了我一生积蓄。老伴去世后，我想再找个能相伴走完人生的人，可是，我儿子和儿媳妇坚决不同意。本来，他们有住房，却要搬回来住，好监视我。"

"他们就不理解老人也需要伴？而且也减轻他们的负担啊。"

"理解个屁。他们怕这套房子得不到手，如果我找了女人，他们就继承不了。"

我的心情沉重下来，因为这样的事，现实中不止一起两起。

我默默记下了老人儿子的名字：朱华敏……

我见到朱华敏时，他正在街头夜摊喝酒，上半身光着，下半身着短裤，吃着麻辣烫。

一番介绍后，他盯着我说："我爹住哪里，关你屁事！"

"不关我事，可是，你爹在山上搭棚住，说出去也丢你的脸啊。"

"我丢啥脸，他才丢脸，都那把年纪了，还要找女人？老不正经！"说完又是一大口酒。

老人被儿子逼出了家门，这样的事，无论道德还是法律，都不允许。

我说："你就不怕你爹告你？"

他红着眼睛说："告我？我还要告他呢！他非法同居！"

我哭笑不得，内心明白，这人是不折不扣地不讲理，再说下去，他也是油盐不进。

我把这事写成社会新闻，在本地都市报发表，并配了棚屋的照片。

我是真心想帮这位老人，别的不说，老人也有恋爱的自由，更有使用和支配自己房子的权利。

我再去鸡哈寨时，果然，那个棚没有了。我下山后打听，附近的农民说，几天前来了几个男人，把棚给拆了。

老人回家了？我为自己的正义之行而高兴，这是一位新闻工作者必备的品质。我决定亲自上门去看看，一定要为老人争取住房的权利。

到了乌龙池，还没有进小区，就见地坝上正在办丧事。

哀乐袭击耳膜。

我进也不是，退也不是，抬眼望灵棚：朱本泉！那遗照，哭笑不得地望着我。

"他怎么就走了？一周前，我还见过他啊。"

有位老人轻轻拉了一下我的衣袖，阻止我问话。

这里面一定有问题。

后来我才知道，儿子带人拆了棚，老人和后找的老伴分手，回到家的第二天晚上，上吊自杀了。

那晚，我醉了，我恨自己，如果不是我多事，不报道那个棚的事，老人或许还能活下去。

我真多事！可是，面对山顶住棚的老人，我能不"多事"吗？

说 梦

秦兴江

第一次梦见车丽丽的时候，我睁开眼老大一会都不敢相信。

怎么会梦见她呢，我摇摇头对自己说，这都哪儿跟哪儿啊。当然，你是不知道我做的什么梦。其实告诉你也没有关系，在梦中车丽丽竟然跟我紧紧拥抱在一起，而且我清清楚楚地感觉到了那种只有恋人间才能体会到的温馨和甜蜜。实际上我跟车丽丽仅仅是同事关系，我们在一个办公室。可奇怪的是，办公室里那么多同事，为什么就没有梦到别人呢？就算梦到了她，为什么不是和她一起去干点别的事呢？

我自己也说不清楚，只是想起在梦到车丽丽的前一天下午，我在厂区外面的马路边遇到过她。当时下班后人都走得差不多了，我刚要加油门冲过去，看见车丽丽一个人在人行道上慵懒地走着，一副心事重重的样子。我停车近前，热情地邀她上车，车丽丽连忙摆手，说她想一个人走走。

"是不是等人来接啊？"

"没有，就是想一个人走走。"

而一个人宁愿在外面走走也不愿回家，是什么意思呢？我替车丽丽想来想去，结果晚上就梦见了她。

第二次梦见车丽丽更离谱，简直一点征兆都没有。那个时候快放年假了，大家忙东忙西，又是开会又是总结，还要走亲送礼，整天忙得焦头烂额，谁也顾不上谁。可偏偏在这个时候我又梦到了车丽丽。

说也奇怪，白天的车丽丽在办公室总是默默地埋头苦干，很少和大家说笑，可在梦里却非常温情。记不清是在哪儿了，只记得车丽丽一个劲地冲我笑啊笑，笑啊笑，我朝她走过去，她一句话不说就抱住了我。人都说梦是相反的，这两次梦见车丽丽都是毫无缘由，虽然在梦里车丽丽跟我那啥了，现实中我们真的没有一点意思啊。那么这个梦到底预示了什么呢？我稀里糊涂地想来想去，想得头昏脑涨，直到天亮也没有再睡着。

真的，我为什么会梦见她？

第二天到了办公室，我不由得盯着车丽丽看，她的脸平滑、光亮、柔美，呈现出一种异常的平静，好像根本就没有发生什么。实际上就是没发生什么啊，做梦是我的事，她哪儿知道呢？我不由得笑了。谁知我一笑，车丽丽抬头看见了我，她大声说："咦，江哥，你怎么脸红了？"

对了，别人都是称呼姓，比如管张三叫"张哥"，李四叫"李哥"，可车丽丽一直都叫我"江哥"。这是她与别人的不同之处，我听起来特舒服，特亲切。可她这一喊，办公室里的同事都看着我，我相信这次我真的脸红了。你应该知道，那感觉就像偷东西被逮到了似的。

这事过去不久，公司举行大型活动。那天晚上，大家在一起喝酒、唱歌、跳舞。我曾经想趁着机会拉一下车丽丽的手，可车丽丽不知道是有意还是无意，竟一扭身躲开了。活动结束后，我说："丽丽，我送你吧。"车丽丽说不用，一招手上了出租车，剩下我一个人站在路边傻了好久。

那天晚上，我又梦见了车丽丽，我们俩走在一个黑黑的山洞里。好像是一次春游，单位组织的集体活动。我跟车丽丽和大伙走丢了，我们来到一个山洞里，山洞又黑又长，深一脚浅一脚的。说实话，在那一刻我真的想去拉车丽丽的手，可一眨眼车丽丽不见了。明明是我们两一块走进山洞的，怎么会不见了呢？我硬着头皮往前走，因为车丽丽就在前面，我必须赶上她，抓住她。我就这样深一脚浅一脚地往前走着，却怎么也追不上车丽丽。只觉得前面的黑暗深不见底，没有尽头。

"丽丽——丽丽——"我急得大声喊起来，可奇怪的是没有半点回声。越没有回声我越喊，喊着喊着就把自己喊醒了，发现自己出了一身的汗，湿漉漉的。

到了月底，突然听说车丽丽已提出辞职，她要去一个很远的地方。不知为什么，听到这个消息的时候，我的心好像被马蜂蜇了一样，一直疼一直疼。

下班后我约车丽丽去喝茶，这次她没有拒绝。在一个咖啡馆，我把所有的梦都告诉了她。车丽丽一直低着头，听我说啊说。后来，她抬起头接了一个电话，对我说了声"傻瓜"，就跑了。

那天晚上，我又失眠了。不过我想来想去，却再也没有梦见她。

可是隔了一天，我突然接到车丽丽发过来的短信，说她梦见我了。

有微信说……

林永炼

儿子给老曹买了一台新款智能手机，还手把手教他玩微信。老曹有微信后，生活发生了很大的变化。

"喔——喔——喔"，早上5点，手机铃声将老曹唤醒，说唤醒不准确，是被惊醒，因为老曹正在做美梦呢。有一则微信：老年人每天醒的最佳时间是早上5点，这是一个102岁老中医传授的经验。所以老曹将醒的时间定在5点。

老曹醒了，不着急起床，有一则微信说：醒后不能立即起来，要用十手相扣，用手心在以肚脐为中心约8厘米的圈内进行按摩，又有一微信说要按50下，有一则说要按30下，老曹就来个折中，按了40下。

按摩完，老曹打开微信，朋友圈有一则"关系到每个人"的紧急通知，老曹一看，内容涉及不要到某某国旅游，文章最后要求看了这条消息，不能冷漠，不管多忙都要转，不转就不是中国人，老曹感到"国家兴亡，匹夫有责"，立即动了手指转了30人。

已经是中国人的老曹转完微信，穿上衣服，可是为去餐厅还是卫生间拿不定主意。因为有一则微信说：起床后要先喝水，足足谈了十个好处；可有一则又说应该先刷牙，同样谈了十个好处。老曹觉得公说公有理，婆说婆有理。于是，便做出一个决定：一天先喝水，一天先刷牙。具体实施方案：今天开始，单日先喝水，双日先刷牙。

老曹喝完水，刷完牙，得去厕所了。有一则微信：老人必须做到"四个不要"，不要等到口干才喝水，不要等到饿才吃饭，不要等到困才睡觉，不要等到屎急才大便。去厕所之前，老曹先烧了一大壶开水，本来，大便与一大壶开水没有什么关联，可是，有一则微信带视频的：一个老人，大便时解下裤子刚坐上座厕，有一条眼镜蛇蹿上来，老人屁股遭咬后被送往医院。这条微信郑重告诉人们：平时厕所盖要放下，打开时务必看看有没有蛇。老曹觉得这样还不够，于是，他左手打开厕所盖的同时，右手将刚烧的开水立即倒下，如果有蛇，必死无疑。

做完这一切，老曹安心坐上座厕。有一则微信说：每天大便要固定一个时间，即使没有这种意愿，久了也会习惯。

上完厕所，老曹穿上运动鞋，准备外出散步。他过去是早餐后出去的，有道是"饭后百步走，活到九十九"。现在有一则微信反驳这种说法，认为应该饭前散步更为合理，这是一个退休老院长跟亲人说后不慎透露的。

老曹到公园散步，不太快也不太慢。有一则微信说，应该保持中速，老曹边散步边看手机微信，第一次看是5000步，得再走3000步。有一则微信说，老年人每天早晨走8000步最适合，多了不利健康，少了等于没走对健康更不好，这是一个权威大学教授通过几十年的经验总结出来的养生之道。

老曹在7900多步时就开始回家，余下的路正好凑到8000步。

9点多，老曹回到家，看到餐桌上摆着白米粥，对妻子说："怎么又吃这个，我不是交代了吗？微信说，早餐不能吃这个，会增加血糖、血脂、胆固醇……"还没说完，妻子说："你整天总是微信说，我问你，不吃这个你吃微信？"

"重要更正，不是吃微信，是微信说，为了溶血栓、降三高、防止中风等，早上用小麦、大麦、赤豆、芝麻、小米、花生这些杂粮煲粥，还可加20克山参，30克玉竹，40克枸杞……"老曹说不下去了。

见老曹无力地瘫在地上，大汗淋漓，脸发白，妻子紧张地问道："你怎么了？"

"肚……子……饿！"老曹有气无力。

妻子终于放心地说："你坚持坚持，我出去一下，应该有微信这样说，坚持就是胜利！"

你还出去干吗？老曹问。

妻子说："我出去买杂粮，再买20克山参，30克玉竹，40克枸杞……按微信所说的做，让你吃后溶血栓，降三高，防止中风……"

新生志愿

许 仙

老任猝然身亡，灵魂恍恍惚惚地飘入天堂。掌管灵魂库的彼得十分高兴，今天总算来了个优秀的灵魂，他连忙起身相迎。

老任满脸堆笑地朝彼得点头问道："这位大哥，这是哪儿？"彼得微笑道："天堂。"

老任大吃一惊，这般富丽堂皇，不是天堂还能是哪儿呀？老任不好意思地朝彼得点点头，感觉走错了地方，赶紧转身离去。

彼得叫住了他。

彼得是上帝的大使徒，知晓每个灵魂的质量。

老任在人间是个大善人。就说他这次猝死，完全是因为一对年轻父母，任由三岁小孩在马路上乱跑。老任看到一辆汽车疯狗般地直扑上来，就冲过去，把孩子救了，自己却被撞死了。

肇事车辆又像疯狗般地逃逸了。年轻父母抱起小孩只管自己溜个没影儿。

彼得好生款待老任，请他坐，给他沏了杯天露，又递上了一张新生志愿表格，表上有五项平行志愿，彼得做了简单的解释后，请他填写。

老任接过笔，侧头一想，就在第一项志愿上，写下：女性，相貌平平，寿数和财富无要求，只要求嫁给王哑巴。彼得闲着也是闲着，边看老任填志愿边问他："为何非要嫁给王哑巴呀？"老任说："同村王哑巴可怜，他本来有份好姻缘的，却被他兄嫂搅黄了，害得他一辈子打光棍不说，还要给他兄嫂做牛做马，过的是非人的生活。"

"哦——"彼得感叹道，"我懂了。"

老任的第二项志愿是：男性，力大魁梧，勤俭肯干，善待张寡妇，只要求娶张寡妇为妻。彼得问："这又是为何呀？"老任说："同村张寡妇，年轻时丧夫，膝下有一子，她不顾自己体弱多病，硬是将孩子拉扯大，终生未改嫁。谁知这个胖儿子，没正调呀，娶了老婆忘了娘。张寡妇的下半生，真是苦得没有话说。我就想呀，来世也能让她享享做女人的福气。"彼得默默点头。

等到老任填完五项平行志愿，彼得见他都是为别人着想的，心里又是敬佩，又是惋惜，就忍不住问道："那你自己呢？"

"这些就是我的志愿呀。"

彼得解释道："我的意思是说，你也为自己考虑呀。比如你来世想做个怎样的英雄好汉，想成就一番怎样的伟大事业，你难道就没有自己的想法吗？"

"呵呵……"老任憨笑道，"我嘛，这样就好。"

彼得又问道："那你的家庭怎么办呢？"

说到老任家里，大善人满脸愁云，天晓得他怎么会有这么个儿子的？独生子小任竟是个大恶人。从小到大，老任怎么管教他都没用，小任吃喝嫖赌、偷盗抢劫，还犯过强奸罪。可怜那个被他强暴的女孩，在他出狱后，又不得不嫁给他，要不然，她的家人都得做她的陪葬品。大恶人小任和大善人老任同样出名，甚至比老任更出名，因为他是老任的儿子。

彼得告诉老任，这是遗传基因的缘故。

老任问："我的基因有这么差吗？"

"不是。"彼得说，"你的基因很优秀。"

"那是为啥？"

"你不觉得他很像隔壁的杀猪佬吗？"

彼得告诉老任，他儿子就要下地狱了。

"啊！"老任问，"这个小畜生又害人了？"

彼得说："是这样的，车祸发生后，乡里乡亲念你的好，给你办了个像模像样的葬礼，但你儿子却始终不见人影，他去找那个肇事逃逸者算账了。但和警察一样，也查无此人。不过，他找到了那对年轻夫妻，对方竭力否认有此事。他才不管对方承不承认，就索赔二十万元。对方连一分钱都不肯出，他就恼羞成怒，拔刀将年轻丈夫捅死了。"

老任生气道："我都死了，他又何必这样呢？"

彼得说："他是为了钱。"

彼得问："想见一面吗？"

老任问："他不是下地狱了吗？"

彼得说："我可以让他先来一趟天堂。"

"谢谢，谢谢……"

不久，小任被带上天堂，父子相见。老任竭力劝他重新投胎后，要好好做人，做个好人。小任大骂："老死尸，自己死得这么惨，还不知悔悟？死了还敢教训老子！"老任说："善有善报，恶有恶报，你想想你自己，年纪轻轻的要下地狱。""老子还不是被你害的？这种世道，你管人家个屁呀！"和在人间无数次劝说一样不管用，父子不欢而散。

小任被带走后，老任问彼得："他会怎么样？"彼得说："他将在地狱得到应有的惩罚，并受到严格的教育，直到幡然醒悟，才能重新投胎做人。"老任放心道："这样就好，但愿他有个良好的来世。"

老任说："我也该重新投胎做人了。"

彼得犹豫再三，终于鼓起勇气道："本来是不能说的，因为天机不可泄露，但就是上帝怪罪下来，我也要告诉你，你那个儿媳妇快临盆了。你的孙子倒确确实实是你儿子的种，秉性和他一样，将来长大可就麻烦了，比你儿子有过之而无不及……"

"是因为遗传基因的缘故？"

"是的。"

"这可怎么办呀？"

"如果有了你的灵魂，完全能压制住恶性遗传，做个好人绝对没问题。"

"你是说，我投胎去做我儿子的儿子，也就是我的孙子？"

彼得笑而不答，只递给他一张空的新生志愿表格。

熬

滕敦太

沈老太90多岁了，耳不聋眼不花，无病无灾，精神着哪。子孙们都叹气："看这苗头，还得活几年啊！"

也难怪子孙们担忧，人老为妖，岁数大了不死，会妨着子女的。别人不敢说，反正沈老太做到了，她的大女儿、大儿子、三儿子都先她而去，沈老太送走了三个子女，却越发精神了。倒是硕果仅存的二儿子天天提心吊胆，生怕也走在老娘的前头。

果然，二儿子也病倒了。孙辈们急了，二叔一走，岂不轮到他们了？不行，几家人在一起说起这个担心，虽然没有明说，但都心中有数，该送老太太走了！

过去，由二儿子安排孙子几家轮流给沈老太送饭。二儿子病了，孙子照顾父亲，就故意不去送饭。别的孙子也不问，那么大岁数的人了，死亡是再正常不过的。

可沈老太却不甘就这么饿死，她住的是间老瓦房，与孙子的新瓦房搭山，她的床与孙子的床只有一墙之隔。两天没吃东西了，老太太半夜饿得睡不着，就用床头的拐棍捣墙。墙那边两口子都听见了，到底是血脉相连，孙子不忍心，起床，拿个冷馒头，倒杯水送去。老太太也有心眼，大门不闭堂门不关，好让人送饭给她。

灯下，沈老太一边啃馒头，一边对孙子说："我知道你们的心思，我还不能走啊，你是我亲孙子啊！"

孙子哭了。于是几家又轮流送饭。老太太吃饱了，就拄着拐棍到门口，坐在石头上，望着过往的行人，像一尊泥像。

村里人都说，沈老太命硬，与傻拔子一样命硬。

傻拔子是村里另一个神一样的存在。60岁的人了，光棍一个，清醒几天糊涂几天。清醒时，到谁家就不走了，管饭才走；糊涂时一身屎尿，硬往人身上扑。最可恨的是，傻拔子犯病时会犯"花邪"，见了女人就往草垛后边拖，多次被人揍个半死也不管用。几个小青年曾经开拖拉机把他送到几十里外的山沟里，半年后，他居然又回来了。

在村里，唯一镇得住傻拔子的是沈老太，傻拔子见了沈老太就哆嗦。据说他是在十八岁时开始犯"花邪"的，在村里脱了裤子，满大街追女人。岁数大的妇女吐口唾沫骂几句了事，可那些大姑娘就惨了，听到傻拔子的声音老远就躲。一次沈老太——那时还是继芹婶子——挑着草从地里回来，几个姑娘尖叫着从她身边跑过，傻拔子光着下身，用手晃着他那玩意儿，嗷嗷叫着在后边追。继芹婶子怒从心起，一下就把傻拔子推进了路边的牛汪里，用扁担对着他裤裆好一阵捣，差点出了人命。傻拔子躺了多日居然没死，继续出来祸害人。但有一点，见了继芹婶子就跑。

几十年了，大姑娘小媳妇怕傻拔子，傻拔子怕沈老太，倒也形成了平衡。村里人心地善良，虽然厌恶傻拔子，但也不能让他饿死，他清醒时就给他口饭吃，犯浑时，就请沈老太出马，百试百灵。有时沈老太见傻拔子吓得发抖，也会放他一马，劝别人，别和个傻子计较。

也许是因为年轻时长期干农活，也许是福报，沈老太岁数大了，身体居然越来越硬朗。村里人就说："人老不死，必妨儿女。"

果然，几个儿女都先她而去。

二儿子快不行了，沈老太拄着拐棍，坐在儿子的床头，摸着儿子的脸，安慰儿子："去吧，到那边就享福了。"

二儿子临死前，其言也善："我亲娘哎，您活了这么大，几个儿女都被妨死了，您再不走，孙子们也难安生啊！您行行好，了断了吧！"

沈老太叹口气："唉，不是时候，不是时候啊！"

二儿子一蹬腿，直接被气死了。

出了殡，几个孙子再也不给她送饭了。老太太饿了两天，知道这次真没人给她送饭了，拄着拐棍来到门口，躺在石头上。邻居老年人看她可怜，送点饭给她，老太太吃了以后，又能坐起来，两眼直直地看着大街，神一样的存在。

没有人关注她，只有傻拔子，赤裸着下身上过几次街，看到老太太坐那儿，转头就跑，不敢出屋。

终于有一天，听说傻拔子死了，掉水里淹死了。老太太叫住一个过路的小孩子，让他叫来大孙子，用自行车载她去看看。孙子不想去，沈老太拉着孙子大骂，孙子没脾气了，只好载她去看。

河边，傻拔子仰天躺着，脸都青了，还带着傻笑。老太太也笑："死了好，你不用遭罪了，大伙儿也安生了！"

第二天，沈老太没在门外石头上坐，此后好几天，不见人影。邻居便喊她孙子去看看，老太太已经死了多日。

沈老太死了，这成了村里的大新闻，男女老少都去看，人多，屋小，只能轮流进去。

看过的人都讲，老太太躺在床上，两眼留着一道缝，对人笑呢。

饭 局

陈国凡

异域人终于来到了帝豪大酒店。但见酒店大门巍峨，豪气冲天，自动玻璃门时髦洋气，大厅富丽堂皇，很是气派。在服务生的引导下，异域人往666包厢走去。

半个多小时前，异域人刚想吃晚饭，手机响了，朋友叫他即刻去帝豪大酒店666包厢，有饭局。

喧闹声从包厢里传出，老远都听得见。异域人小心地推开门，微笑着，门开了，里面的人齐刷刷地看过来。异域人大吃一惊，那些人他一个也不认识，以为走错了门，就看门号，没错啊。再看人，朋友不在。肯定是哪个环节弄错了。异域人说声对不起，讪讪地退出。

异域人打电话给朋友："我到了帝豪大酒店666包厢，可里面的人我一个都不认识，你也不在，怎么回事？"

"不是帝豪大酒店啊，我说的是志豪大酒店，肯定是你听错了。酒店到处都是，名字都不好取，不好怪你。"朋友说，"我们都在呢，就差你了，你快来吧。我忙哩，先挂了。"

异域人匆匆地赶往新目标。

半个多小时后，异域人终于到了志豪大酒店666包厢。喧闹声不时传出，高朋满座啊。都会是谁呢？异域人很激动，满脸笑容地推门进去。声音戛然而止，里面的人齐刷刷地看过来，异域人满脸的笑意顷刻间凝固了，那些人他一个也不认识，朋友也不在。众人面面相觑，像看外星人一样地看他。

　　真是奇了怪了。异域人好尴尬，讪讪地退出，急急地打电话给朋友："我到志豪大酒店666包厢了，你又不在，里面的人我一个都不认识。怎么回事啊？"异域人的嗓门越说越高，惹得不少人拿眼戳他。

　　"啊？不会吧？你在哪个志豪大酒店哪？"

　　未等异域人解释，朋友却笑开了："我在虚城郊区的志豪大酒店，这是城里那家志豪大酒店的分店，开在乡下的，你过来一问便知。现在上头抓得紧，谁敢在城里明目张胆啊。你是异域人，跟你一时说不清楚。算了，都怪我没跟你说清楚，全怪我，抱歉抱歉！我们都在呢，就差你了，你快来吧。我忙哩，先挂了。"

　　异域人真是火气大，本想不去得了，可异域人的牛劲上来了："今天我偏要去吃这顿饭，哪怕是鸿门宴，我照闯！"

　　一路寻觅一路打听，总算找到了志豪大酒店666包厢，听得出，里面也是热闹非凡，高朋满座。异域人再次笑意盈盈地推门而入。异域人瞠目结舌，他几乎要晕倒了——里面的人他一个也不认识，朋友呢，还是不在。异域人逃出门来，心急火燎地给朋友打电话，他几乎声嘶力竭地喊："你怎么回事？我千辛万苦费尽周折好不容易才找到乡下的志豪大酒店666包厢，里面的人我竟然又一个也不认识，你朋友多，五湖四海三教九流的，这我理解。可你又不在！你到底死哪儿去了？你是不是存心耍我啊？这到底是怎么回事啊？你给我说清楚！否则我跟你没完！"异域人越说越火，完全不顾边上众人异样的眼光。

　　"事情是这样的。噢，难道他们没跟你说吗？我先离开了。我饭局很多，朋友请的，我请朋友的，得同时应付啊，今晚也是，总共有4个。我根本不可能始终待在一处，所以就先走了。你懂的。只是一时匆忙，忘了告诉你，抱歉啊。好在你那里的饭局还没结束，你一定要吃好喝好。下次我专门请你，好不好？好了，我正忙哩，先挂了。"

异域人的火气渐渐地消了。经过这么一次次的折腾，早已饥肠辘辘的他更觉得饿了，就返回666包厢，打算好好补偿。让他没想到的是，包厢已人去楼空，只留下满桌的狼藉，服务员正在收拾。异域人呆了半晌，突然对服务员恶狠狠地骂道："你们神经啊，我还没吃呢，你们就给收拾了。你们太过分了！"服务员莫名其妙，不理他，埋头只管收拾。

异域人几近崩溃，拿起手机，狠命拨朋友的号码，快接通时，却又按掉了。跟他说了也白说。"我就不信了，我今天就不能白吃一顿饭！"想到这里，异域人拉直衣裤，抬头挺胸，豪情满怀地寻找另一酒店去了。

摸着鼓鼓的肚子，打着响响的饱嗝，异域人心满意足地挪出了这家名叫庄园大酒家的门。没想这么容易，随便找一间有空位的包厢，坐下一块吃就行了，反正谁也不认识我。呵呵，真是太有意思了！

这时，朋友的电话来了，问异域人吃得可好？

异域人拍拍鼓囊囊的肚子，说："很好很好，酒也好菜也好，心情更好，谢谢你啊。"

挂了电话，忽觉不对劲，异域人就骂了句：谢你个头！

往事一则

刘怀远

周三姑和张铁梅是近邻，可自打周三姑家来了次客人，三姑再也不理张铁梅了。至于来的客人，两人都不认识。

还是从来客人那天说起吧。

周三姑的丈夫在市内上班，这天，西斜的太阳还很高，丈夫带了一个人回来，对三姑说："这是我们单位的李科长，老家离咱不远，走马岭的，我俩刚开完批林批孔的会，快，做饭！让李科长吃了饭再回家！"

周三姑答应一声，给客人沏上茶，才去厨房。可做什么吃呢？青菜倒有几样，就是没有肉。三姑狠了狠心，那就多多地切上些葱，再炒一盘鸡蛋！周三姑养了五只鸡，四只母鸡，一只公鸡。每天都能捡三四个鸡蛋的，不过平时根本舍不得吃，都换成买油盐酱醋的钱。

正盘算着，丈夫来到厨房，小声问："有什么菜呀？"

三姑说："拍个黄瓜，炒盘大白菜，炒盘花生米，要不，再炒几个鸡蛋？"

丈夫说："其他的呢？"

"没有其他的了。"

正说着，客人也跟过来了。

"这怎么行？没有肉吗？"丈夫声音立刻震得窗户纸抖动，"李科长是贵客，好不容易来咱家一趟！"

三姑心里这个气呀，哪来的肉啊？不年不节的。

"那，那就杀只鸡！"

"杀鸡？"三姑惊诧地望着丈夫。丈夫朝她挤挤眼："杀鸡！"

客人说："别，简单吃点儿。"

丈夫说："咱屋里坐，让她安排就行了。"

三姑望着院子里的几只鸡，愣了片刻，就先开大了院门，才张开着手臂，动作夸张地冲向鸡群。几只鸡并没有受惊，还以为主人是要给它们喂食，不但没从院门口跑出去，反而围到她周围。

三姑气不打一处来，只有弯下腰来抓鸡。一把，就抓起一只笨拙的九斤黄，拎在手上，感觉鸡屁股那里坠坠的，就轻轻地把它放到地上。又看了另一只，另一只是红脸的芦花鸡，明天肯定也是会下蛋的。只有抓那只尾巴上高翘着几根亮闪黑翎的公鸡了，它狡黠矫健，跑跳蹿飞，有时还上到最高的树梢上过夜。可真要把这只公鸡杀了，剩一窝母鸡，等母鸡们想抱窝，还怎么能孵出小鸡呢？

边想，三姑边开始追，平时三姑也总在追它，因为三姑总认为它光吃食不下蛋，就好像白吃了似的。所以每次喂食，总是先撵走它，偏袒几只母鸡。公鸡见三姑来追以为眼下又是要给母鸡们开小灶了，就在院子里团团转地跑，转着圈儿跑了几个来回，并不从院门跑出去。母鸡们咯咯地乱作一团。

公鸡没抓到，却惊扰了客人，客人从屋里走出来。三姑脚步缓下来，希望客人说："抓不住就甭抓了。"客人真的开口了，问："抓哪只？"三姑只好一指大公鸡。

客人点点头，和三姑要了几粒玉米，刚洒在地上，大公鸡就跋扈地过来抢食，玉米粒刚啄到嘴，就被客人一把抄住，递给三姑。三姑并不接，而是转身去厨房提了菜刀出来，明晃晃地在公鸡面前划个半弧，让公鸡明白将要发生什么，才从客人手里接过来。哪知，在这一递一接的过程中，公鸡竟脱手而去，再没有留恋在院子里转圈儿，而是径直踉跄着半飞半跑地夺门而出，从正来串门的张铁梅腿边箭般逃走。

"干什么呀，这是？"张铁梅望着空中飞舞的两根鸡毛问。

三姑望眼客人，圆脸上歉意地笑："来客了，说给客人杀鸡吃，母鸡要留着下蛋，只有杀这只公鸡了，可……却跑了！"

"看你，连只鸡都逮不住！"张铁梅看了眼穿着挺括中山装的客人，一挽袖子，返身出去。片刻，就拎了公鸡进来，公鸡爪子在空中奋力而徒劳地挣扎。

三姑圆脸上的笑立刻就没了，并不接递过来的鸡："我晕血，这鸡可怎么杀呀？"

张铁梅又瞟眼客人，手腕一翻，鸡脖子拧得朝外，手指快速动了两下，鸡脖子上的毛就干净了。"拿刀来！"

三姑垂着长长的脸子一语不发地收拾流尽了血的鸡，拔毛，开膛，剁块，然后炒个糖色上锅炖。客人和丈夫满意地吃光了鸡，喝光了一瓶三姑兑了些水的白酒，至于张铁梅什么时候走的，三姑就没理会了。

张铁梅回到家，心想客人走后，周三姑肯定会过来感谢她关键时刻替她排忧解难，不是她给抓鸡杀鸡看她怎么完成待客的任务。

没有。第二天从早到晚，周三姑面儿都没有露一个。病了？就是不给帮忙杀鸡，平时到这个时候，恐怕两个人都要见过至少三次面说过无数的话了。

又过了一天，三姑依然没来打个照面。张铁梅把自己那天的所作所为从头到尾仔仔细细想了一遍，坚信自己是没有说一句错话，没有做一件错事的。

那怎么会这样呢？哼，你不理我，我还不理你呢！张铁梅决定，绝不主动去搭理不知感恩不知好歹的周三姑。

于是，两个往来密切的好邻居，一下子形同陌路。

还你人民币

陈力娇

许新生和荆飘飘在京州火车站等车，他们是出来参加一次学术交流会的，之所以在一起是因为他们坐的是两趟发车时间只差半小时的火车。

许新生说："我们不能进站里等，三个小时在候车室能把人憋死。"荆飘飘说："那我们就在站前商场的台阶上等，这里眼望京州繁华的街景和人群，没准儿多少年后会成为我们美好的回忆。"

许新生听从了荆飘飘的建议，他们在一家叫美华的商场前高高的台阶上坐定。许新生坐下就开始发短信，是给他的未婚妻发，他们正处于热恋当中。荆飘飘没什么人可发，就给一个十分要好的女性朋友发。许新生发的短信比较简洁，他总是比荆飘飘先发完，然后等荆飘飘嘀嘀地按键。

许新生说："我知道你是给谁发，肯定是给你老公发。"荆飘飘说："不，是婚外情，给婚外的情人发。"荆飘飘说得不疼不痒，许新生的脸却红了。荆飘飘看到他的窘态，说："哟，看不出是书生啊，没吓着吧？"顿了一下，荆飘飘又叹气一样吐出一句，"说什么都信，你还真逗。"

正说着，有一个小男孩跪在他们面前，手里拿着一块牌子。荆飘飘伸头去看，原来是为求学行乞，荆飘飘想都没想就掏出五十元扔了过去。许新生看她如此举动，想拦已经来不及了。许新生说："像这样的你不该信，多半是假的，你慷慨实际是在受骗。"

荆飘飘不以为然，她说："我想到了，但他是为求学，理由蛮新鲜的。"许新生诧异地向荆飘飘投去不可思议的目光，心想，仅仅是为了一个新鲜的理由？

许新生是南方人，见的世面多，人就理智；荆飘飘是北方人，又生活在温馨的小城市，性格相对来说有些单纯与直白。

这时荆飘飘一眼看到街对面有个公厕，也是为回避许新生的话题，她说："我去一趟公厕，你来看东西。"就起身去了公路的另一边。

从公厕出来，看到旁边是一个连一个的水果店，荆飘飘想，应该买点香蕉，总不能两个人干坐着，便掏出五元钱买了四只香蕉。

就在荆飘飘拉上背包拉链要走的那一刻，水果店年轻的店主对荆飘飘说："把你那一百的换给我吧，我结账方便。"店主眼尖，看到荆飘飘兜子里露出一张红色一百的。这是红色一百刚流通的时候。荆飘飘抬眼看去，看到一张朴实真诚的脸，还看到店主手里拿着的都是零钱，最大面值是十元。荆飘飘想，这样的钱结起账来确实不方便，就忙从自己的兜子里掏出那一百元钱。

店主递过零散的钱时，荆飘飘数了数，发现少了两元，就说："你怎么少给我两元？"店主说："是吗？"接过钱在荆飘飘的眼前重新数，数得的结果确实是少了两元，就知错地添上两元，递给荆飘飘。

荆飘飘接过钱，转身去找许新生。

许新生看见荆飘飘过来，已经拎着他们的东西迎了上来。他穿过马路对荆飘飘说："你来看东西，我也去方便一下。"然后把他们共同的几个包放在一个水泥台阶上让荆飘飘看着，自己独自而去。

许新生走后，荆飘飘把裤兜里刚才换来的钱拿出来，她想把它归拢一下重新放进包里。这一看吓了一跳，手里的钱不是刚才的九张十元和十张一元的，而是一张十元的和十张一元的。拿着这二十元钱，荆飘飘什么都明白了。

许新生回来后，看见荆飘飘已经变成了另一个人。她神色冰冷，目光散淡，什么也没对许新生说，匆匆地奔水果店而去。到了那儿，荆飘飘把手里的二十元钱狠命地向店主脸上撒去，她一边撒一边声音高了八度，说："至于吗？至于用这种卑劣的手段骗钱吗？磊落点不行吗？光明点不行吗？正当点不行吗？不就是钱吗？你要多少？你说个数！"

荆飘飘的眼泪出来了，她一边哭一边从自己的兜子里往外掏钱。她的钱都放在兜子的里层，她费挺大的劲往外掏着，泪水阻挡了她的视线。她掏出一些撒给店主一些，再掏出一些再撒给店主一些，直到她撒完兜子里的三千元钱，才跳下台阶一个人奔往火车站。

许新生和店主都吓傻了，许新生顾不得那些纷纷扬扬的钱，店主也顾不得那些纷纷扬扬的钱。他们互相问："怎么办？"

第二天，这个水果店出现一件令人不解的事。在它的窗楣上，从东到西悬着一根三米长的电线，电线上用塑料夹夹着三十张百元钞票及八十元零头儿。这些钱袅袅娜娜，羞羞涩涩，依次排开，像一张张不安分的嘴巴在向人们述说着什么。

门旁还贴着这样几个字：还你人民币。

几天以后店主收到一个叫许新生的人的信。信上提供了荆飘飘的地址和名字，还有身份证号。

店主把钱寄还给荆飘飘时十分抱歉，却没忘记在附言里问荆飘飘两个问题：为什么不破口大骂而是痛哭流涕？为什么损失了八十还要再损失三千？

此时的荆飘飘已恢复平静，她正在电脑前赶写一篇有关民族素质的文章。她想了想，停下来，准备郑重其事地回答店主的问话。

诱　饵

贺小波

　　老朱一脸严肃地坐在阳台上，专心致志地调试着架子上的望远镜。这部望远镜是他在部队当兵的儿子买的，军用的，十倍的焦距，站在楼上能把方圆百米内的东西看得一清二楚。

　　工夫不大，望远镜就调试好了，镜头内楼下那辆新买的电动车一览无余地呈现于眼前。老朱脸上这才有了笑意，顺手端起窗台上的茶杯，惬意地抿了口，然后又赶紧把眼睛对准了镜片。

　　望远镜里的那辆电动车，是老朱买的第三辆电动车，前两辆锁在楼下时被小偷偷走了。他决心抓住这个可恶的蟊贼，于是买了第三辆，天天锁在楼下当诱饵，然后用架在阳台的那部望远镜监控。

　　终于有一天，一个形迹可疑的人影进入视线，老朱兴奋起来。只见那人走到电动车前，左顾右盼地环视了一圈，然后迅速地蹲下身，也就有三五秒的时间，再站起来时，地上已跌落了一把玥玛锁。

　　老朱看得目瞪口呆，这开锁的速度也太快了吧，如果是一把普通的锁具还可相信，这可是一把有防盗功能的玥玛锁呀！何况这把锁还是有三十多年开锁经验的自己改装过的！

这时，那人推着电动车快到小区门口了，老朱猛然醒悟，急快站起身冲向楼下，边跑边喊："站住，你给我站住！"

那人听见有人在身后喊，回头就看见了追来的老朱，吓得也顾不上电动车了，撒腿就跑。老朱岂能让到手鸭子飞了，也不管躺在地上的电动车了，奋力朝前追去。

两人一前一后在马路上追逐起来，然而老朱毕竟是五十多岁的人了，不大会体力就跟不上脚下的节奏了，眼看着那人就要消失在人流中，他才突然想起刚想着追了，倒忘记喊了。于是，张嘴喊了句："抓，抓，抓贼呀！"

也许大家都对窃贼怀有一种无名的痛恨，路边围观的人听到老朱的喊声后，迅速朝那人围拢过去。这时，在路边树荫下乘凉的一个环卫大爷，眼见那人跑到了身边，猛然拿起扫把朝他腿下扫去，只听扑通一声，那人就趴在了地上。围追的路人也到了跟前，拳头、无影脚瞬时如雨点一样落在那人身上，打得非常惬意。

不大会，老朱也气喘吁吁地追了过来，他怕出人命，急忙制止大家。

"打死他，让他再偷！"人群中有人喊道。

"即使打不死，也让他长点教训。"有人应和。

大家又开始跃跃欲试，恰巧一辆巡逻的警车开过来，说话间，警察已把那人从地上拎了起来。

老朱这才看清那个蟊贼的脸，那是一张娃娃的脸，嘴角绒毛还淡淡的，他一脸的恐惧，左躲右闪着人群投来的愤怒目光。

看着这表情，老朱的心猛然间像被什么东西戳了下，一阵收缩。

这时，警察掏出手铐正要给他铐上，老朱忽然面红耳赤地说："对不起呀，警察同志，这是我儿子，刚才在家跟我怄气，想离家出走，我追不上他，就想了这法让大伙帮我拦住他。"

警察半信半疑地看看老朱又瞅瞅男孩，问："是真的吗？"

男孩怯生生地点点头，下意识地往老朱身后挪了挪。

"真是你儿子？"

"是，是。"老朱肯定地点头。

警察收回手铐，训斥了几句后开车走了。大伙见是父子闹别扭，就为刚才下手过重向老朱道歉，老朱脸上堆着笑，连声说："不重不重，不然他不长记性，下次还会犯错。"

听这话，男孩的脸一下红了。老朱装作没看见似的，朝男孩屁股踢了一脚，神情暧昧地说："走，回家去！"

男孩没有拒绝，乖乖跟在老朱屁股后朝前走去。走了一会，男孩终于忍不住地问道："叔，你咋帮我呢？"

老朱站住身，定定地看了男孩一眼，语气平淡地说："我不是帮你，我是在挽救一棵刚破土的幼苗。因为我是个锁具匠，所以爱惜这个能几秒开我锁具的奇才。"

男孩不由自主地瞪大了眼睛，惊奇地看着这个说自己是奇才的男人，脸涨得通红。

老朱未理会他，继续说："年轻时谁没犯过错？犯了错，不去改，就会越走越远。其实，这辆车是我专门设的一个诱饵，就是为了抓住你。"说到这儿，老朱的眼睛一下温柔了，"孩子，克制心魔，就要从抵制诱惑开始呀！"

男孩没有说话，却深深地弯下了腰，给老朱鞠了个躬，然后含泪跑走了。

望着男孩远去的背影，老朱下意识地抬起只有四个手指的右手看了看，自言自语说了句："是呀，年轻都会犯错误，关键是得给他一个改过的机会啊！"

十七岁那年的单车

夏一刀

　　十七岁那年，刘伟看到村子里的人骑着单车跑来跑去，羡慕得要死。他自己买不起，要母亲给买一辆，父亲横着眼说："你做梦！有本事自己去买！"

　　刘伟和父亲的关系，用母亲的话说，就像一对仇人，前世结了怨。

　　刘伟发了一个月脾气，家里的猪呀鸡呀桌子板凳呀都跟着遭了一个月殃。母亲怕儿子又心疼儿子，就将刘伟小舅舅的一辆旧喜鹊牌单车便宜买了。

　　刘伟高兴得不得了，骑着单车就跑了。他在集场上刹来刹去，看见漂亮的妹子，车龙头一拐，哧溜一声横在人家面前，嬉皮笑脸地看。"神经！"人家妹子白着眼珠子骂一句。刘伟快活得吹一声口哨，引得满场的人都望他。他要不就在集场上逛，要不就窝在狐朋狗友家里看录像，学喝酒，学抽烟。

　　只有在天黑下来，外面没有饭混的时候，他才会溜回家。迎接他的就是父亲铜铃一样的眼珠子，父亲照例会骂一句："你怎么就不死在外头！你还有脸回家吃饭！"刘伟把他爹当成空气，看都不看他一眼，吃完饭洗澡，洗完澡腿一抬，跨上单车又风一样飘走了。

　　有一天刘伟没有骑单车出门。父亲看着那辆单车，越看越气。他一边骂，一边扛起一把锄头，攒起力气砸了下去。刘伟从外面回来，看到散了架的单车，抄起一根扁担就向父亲冲了过去。刘伟牙齿咬得咯咯作响，横在父亲面前。父亲破口大骂："你个龟儿子！敢打老子，翻天了！"父子俩一个扯扁担这头，一个扯扁担那头，像拔河一样从屋里拔到屋外。父亲本来有病，没几下就气喘吁吁了，嘴里还不停地骂。刘伟气得鼻子呼呼直响，像一头斗红了眼的牛犊子。母亲看到那架势，赶紧跑过去夺下了扁担。

父亲又气又恨，病情加重，躺在床上了。母亲一天到晚忙了田里忙家里，像一只停不下来的陀螺。

好在左邻右舍过来帮忙，刘伟也破天荒下田干了三天活。稻子总算是收回家了。

水稻收完，一年最辛苦的农活就完了，要等到秋天来时种油菜。农人们有一大段时间赋闲。

尽管父亲在病床上咳嗽不停，但刘伟就是不理他。

有一天，刘伟从外面提回来了两个做砖坯的梨木盒子。

母亲问他："你要干什么？你会做砖坯吗？"

"你别管。"刘伟不耐烦地嚷了一句，清理好两件换洗的衣服就走了。

"死在外头，别回来了！"父亲追过去骂了一句。

母亲每天晚上都会把刘伟的饭留在锅里。到半夜，父亲到水缸里舀水喝，忍不住就会揭开锅盖看一下，看到锅里的饭没动，就要大骂几声："狗杂种！有本事一辈子莫回来！"

刘伟真的有半个月没回家了。母亲急了，找男人吵。父亲就一边咳嗽，一边四处打听刘伟的去向："知不知道我家刘伟的下落？""不知道。"大家说。

父亲蔫蔫地回到家，回到家就不声不响躺在床上了。

母亲每天都坚持给刘伟留饭。父亲每天晚上都揭开锅盖看一眼，开始是骂，后来就默默地看一会儿。

快两个月后的一天中午，母亲在打盹，听到堂屋里有响声，睁开眼就看见了儿子刘伟。

母亲感到万分高兴，跑到灶房给刘伟烧火做饭。

堂屋里架了一辆崭新的凤凰牌单车，刘伟打着赤膊，一门心思地擦着单车的轮子。父亲斜着眼看他，他装着不知道，不理不睬。

母亲打了一大碗溏心鸡蛋。刘伟吃着鸡蛋，母亲在一边小心翼翼地说："你爸爸又病了三个月，一直都不得好转，你今天把他驮到镇上医院看一下啊！"

刘伟不作声。

母亲将单车推到屋外，立在那里。

刘伟站在单车旁，低头摸着单车的龙头。

母亲又进房和父亲叽里咕噜，听得父亲大声说："不去！死都不去！"母亲嚷："不去也得去！"然后把父亲推到单车边，硬架了上去。

刘伟在前面使劲地蹬车，屁股不坐在座包上。父亲把屁股坐在后座的最后面，两只手紧紧地拽着单车座包的立杆。两父子你不理我，我不理你。一路别别扭扭。

走了一程，父亲手一松，屁股一退，就从单车上掉下来了。

刘伟把两只长腿支挺了车，回头不耐烦地说："又怎么了？"

"我不走了。"父亲说。

"为什么不走了？"

"你这辆车是哪里弄来的？借的？偷的？抢的？你给我说清楚！"

"你管那些干吗！关你什么事？你是你我是我！"

"不关我事关谁的事？老子是你爹！老子不死就一辈子要管你！"

"起来！"

"不起来！"

"不起来拉倒！"刘伟按了一把车铃铛，丁零零，一溜烟跑了！后面留下父亲心灰意冷的骂声："你这个不孝的杂种！滚滚滚！就当我没生你这个货！"

父亲摸着摔痛了的屁股爬起来，看见刘伟又把单车骑回来了。

"我说单车是给人家做砖坯挣钱买的，你信不信？"刘伟的口气轻了一些。

父亲看了看儿子，看见儿子的一张白脸晒得像包黑子，两只胳膊像煤炭。"这还差不多。"他嘟哝了一句，就往儿子的单车上爬。儿子伸手扯了他一下。

儿子又按了一把车铃，说："你往前坐一点，省力些，我要冲了，你抓紧。"

父亲犹豫了一下，就把两只手伸过去环住了儿子的腰。

刘伟身体一震，顿了一下，脚下一用力，单车就飞跑起来了。

眼睛告诉你

闫玲月

　　摄影师王戈翻看着一张张他亲手拍摄的照片，人物的，风景的，工地的，学校的，居然找不出一张令人心动的。他烦躁地关上电脑，抓起背包和相机，打算来一场毫无准备的旅行。来到火车站，只有一趟慢车车票还有剩余，王戈选了一个不熟悉的站名。绿皮火车像一头年迈的老黄牛，在贫瘠的土地上艰难而缓慢地爬行，在咣当咣当节奏单调的音符里，王戈沉入梦乡。

　　黄昏时分，火车将王戈抛到一个小小的站台，又拖着疲惫的身体喘着粗气渐行渐远了，放眼四望，黛色的群山在暮色中凝成一幅水墨画。他打听了一下，到最近的山里人家也要走上两个小时。年轻体健又常年在户外摄影，两个小时不算什么。

　　开门的是一位老伯，听说王戈要吃饭借宿，上下打量了他一番，又问了他的职业，这才让进门。破旧的房子昏暗的灯光，墙边桌上满满一大簸箕茶籽，一个小女孩在安静地剥茶籽，王戈的到来让她似乎一惊，抬起头匆匆一瞥又迅速低下。

　　吃过简单的饭菜，王戈就过来和老伯一边闲聊，一边帮忙剥茶籽。从老伯口中得知平时只有他们祖孙二人相依为命，盼盼的爸爸在外打工时不幸坠亡，妈妈嫌弃山里太穷也跑到大城市打工去了,偶尔寄点钱回来。盼盼听着他们的谈话默不作声,可王戈发现她长长的睫毛上缀着两颗泪珠。

老伯说:"自从她妈妈走了以后,盼盼就变得不爱说话,但我知道她心里想妈妈啊。"

王戈放下手中的茶籽,拿起相机问:"小妹妹,哥哥可以为你拍张照片吗?"盼盼惶惑地望着他。王戈说:"拍了照片发出去,你妈妈就可能看到,她就会回家看你的。"

"真的吗?"盼盼第一次说话,目光中带着惊喜又含着羞怯。王戈连拍了十多张盼盼的特写,发觉那双黑白分明的眼睛清澈见底,见不到一丝一毫的杂芜,于是又将焦距对准女孩的眼睛,咔嚓咔嚓按下快门。

第二天临走前,王戈给老伯留下500元钱,并要了地址,说以后还会来的。盼盼追出来问:"我妈妈看到照片真的能回来吗?"王戈肯定地点点头说:"哥哥相信她会回来看你的。"

回去以后,王戈将盼盼的照片传到网上,希望能帮助她完成心愿。盼盼的眼睛启发了王戈的构思,他又陆续拍了好多人的眼睛,作为一组系列摄影作品,参加年度摄影大赛。在摄影获奖作品展上,金奖就是王戈的那组题为《眼睛告诉你》的照片,照片里的眼睛有嘲笑,有冷漠,有市侩,有贪婪,有羞怯,有惊喜,有纯真,有无奈。一位大老板对着他的作品出神半晌,想买走那张纯真眼睛的照片,价钱由王戈定。王戈说了句:"抱歉,这组作品不出售。"

快一年没再见到那个小女孩盼盼了,不知她的妈妈回去看过她没有。王戈闲来无事,又坐上了那列绿皮火车,这次他带了一些衣服和童话书给盼盼。小女孩盼盼穿着崭新的衣服,喜气洋洋的,见到王戈就热情地拉住他的手说:"谢谢大哥哥,妈妈真的回来看过我了。妈妈还让我问问你,听说你拍我的照片获奖了,拿了多少奖金?"王戈答:"哥哥是拿奖了,奖金不多,只有几千元,哥哥打算捐给你们学校做助学基金。"

盼盼主动要王戈再给她拍些照片，王戈欣然同意。她换着不同款式的漂亮衣裳，摆着扭腰卖萌的姿势，眼睛里一会是调皮，一会是娇嗔。王戈忽然觉得盼盼的眼睛里多了些什么，那两汪清澈见底的心泉再也看不到了。拍完照，盼盼递给王戈一张纸，上面是一串号码和一个名字。盼盼说："这是妈妈要我交给哥哥的，说是我的出镜费你可以和她联系商量。"

"出镜费？"王戈一时没转过弯来。"对啊，妈妈说我现在已经是网络红人了，很多人都来找我做模特拍照，只要拍照赚钱过上好日子，妈妈就再也不离开我了。"

盼盼眨着大大的眼睛，认真地欢快地讲述着。王戈失神地盯着那双眼睛，说了句："可惜了这双眼睛。盼盼莫名其妙地望着他，眼中满是疑问。"

炸掉一座老水塔

徐国平

"我一定要把这座水塔给炸掉！"

这是四十年前，范东红跟我说的。

当时，范东红瘦得像根豆芽菜。我嘲笑他说："你妈不管你饭吃啊。"范东红用课桌顶着肚子，一脸难受地说："全家就我妈一人的口粮，哪能填饱四个人的肚子。"我瞧着可怜，三天两头从家里偷来一些干粮，他狼吞虎咽，两眼噎得滚圆。

范东红跟我自然就铁，几次要带我去爬水塔。

范东红所说的那座水塔，竖在一家大型机械厂里，是县城最高的建筑物。对我来说，很有神秘感。

记得一天，学校让我们上街抄大字报。范东红悄悄带我走进了机械厂的大门。我第一次近距离地接触到了老水塔。水塔有十几米高，四周青砖墙上贴满了标语和大字报。

范东红的家就在老水塔下面的一间青砖瓦房里。他母亲正低头看着水泵上水，也没理睬我俩。

范东红鼓动我爬水塔。说着，就像一只敏捷的猴子，率先攀了上去。我小心翼翼，两只手使劲拽住冰冷的铁梯。最终，爬到水塔顶层，风吹的身子直晃，我有些胆战。范东红却大着胆子将两只腿耷拉在水塔边沿上，用手指点着净收眼底的县城。

有鸟儿，从我们眼底啁啾着飞过。

偶然间，我发现水塔上有许多马蜂窝一样的小洞。范东红说，这些都是武斗时的弹孔。说到这儿，他显得无比悲伤，咬着嘴唇，沉默了一会儿说："我爸爸就在水塔上死的，子弹正中脑门，脑浆和鲜血直往外淌，双眼瞪大，至今想起来都十分可怕。"

范东红这么一说，我忽然间感到水塔里阴森森的，浑身有些发抖。

这时，范东红的母亲瞧见了我俩，仰着脖子吆喝起来："小死鬼，快下来，不怕摔死你们啊？"

范东红连忙拽我乖乖地溜下来。

我看清了范东红的母亲。她个头高挑，模样也很白净耐看。虽然上身穿着一件肥大的灰青色工作服，可依旧掩遮不住丰满的胸脯。

范东红很听他母亲的话。我问他："咋这么怕你妈妈啊？"他眼角湿润，忧伤万分地说："我妈一早在家种地，我爸爸死后，厂里安排我妈进厂看水塔。我妈一个人苦撑着家太累了，几次晚上醒来，看到我妈一个人偷偷哭泣。"

不过，范东红说全家也有开心的时候，厂长时常亲自上门送米送面，妈妈这才露出几天的笑脸。

一次，学校停课，范东红又约我爬水塔。只是，爬到半腰，范东红却停了下来。他双眼死盯着他家的屋子发呆，我顺着他目光，透过他家的窗玻璃，隐约发现，一个赤身的男子，像头剃了毛的猪一样，正压在一个女人身上。我看清了那个女人的脸，是范东红的母亲。范东红脸色铁青，两只眼睛冒出狼一样的凶光。他哆嗦着手，从口袋里掏出一把弹弓，摸出一粒钢珠，眯起一只眼，狠劲拉开皮筋，随着嗖的一声响，就见窗玻璃啪的一声碎了。

接下来，范东红闹了几天绝食，嫌他母亲的饭不干净。有几次，他母亲专门送饭到学校，可范东红故意躲着。最后，他母亲流着泪走了。

我不忍心，就劝范东红："你妈很可怜。"范东红双手抱紧脑袋，放声大哭，哭得很伤心。

范东红再也没带我爬过老水塔，也不提老水塔三字。仿佛老水塔成了他的耻辱。

小学毕业，范东红要回老家。我们又来到老水塔下，他用脚狠狠地踢了老水塔一脚，咬牙切齿地说："我一定要把这座水塔炸掉。"

自那以后，我再也没见过范东红。听他妹妹讲，他初中没毕业，就一个人去南方打工了。

又过了五六年，我大学毕业，分回老家，去了一趟机械厂，想打听范东红的消息。老水塔看上去已破落不堪。范东红的母亲还住在那间老房子，她说厂子快倒闭了，不看水塔了，现在打扫卫生。没出半年，范东红的母亲竟然自杀了。据说，出事那天，范东红的小妹妹非闹着要吃红烧肉，厂里一年没发一文工资了。范东红的母亲掏出身上仅有的五角钱，让女儿去买肉。结果，肉贩可怜孩子，多给了几两肉。范东红的母亲无比伤心，看着女儿高高兴兴吃完红烧肉上学后，一个人就爬上老水塔跳了下来。

我人在外地，闻讯分外震惊。

再回老家，那片厂区早已灰飞烟灭。不过，那座老水塔依旧残存，跟那些拔地而起的高楼相比，就像一个侏儒，显得格格不入。

不过，一种怀旧的感念，使我不由得走近老水塔。我发现一个中年男子，手捧着一束白菊花正肃立在老水塔下。仔细端详，竟是多年未曾谋面的范东红。

老同学相见，惊喜万分。我攥紧他的手说："听一帮同学说，你小子混成腰缠万贯的房地产大亨了，咋不炸掉这座老水塔啊？"

范东红很淡然地说："最初开发这片小区时，我想炸掉老水塔。可犹豫再三，决定还是留着它吧。"说到这儿，范东红显得感慨万分，"我妈当初咋就想不开，要是活到现在该多好啊……"

情　面

付卫星

许老五有钱了，想给乡亲们办点好事，筹钱在村子里开一家澡堂子，方便乡亲洗澡。

村主任一听，说这是好事，要大力支持。经过个把月的紧张施工，澡堂子建好了，各种手续也都办了，就等领导来剪彩开张了。谁知乡长对他们说，要开张可以，可要先通过环保评估，环保第一嘛！一说要环保评估，村主任不禁暗喜，满口答应，许老五也连说"中"，信心十足。

为什么呢？原来他们早就听说，这区一级生产环境监测评估小组的领导就是他们村的许庆安，按辈分，他还该叫许老五一声叔呢。再说，许庆安从小没爹没妈，是吃百家饭长大的，上学全靠村里人接济，这点小事还不是一句话的事吗。

哪知道，第二天许老五把许庆安请来后才知不是那么回事。许庆安不但带来好几个戴眼镜的技术人员出来把关，他自己还跑前跑后，对评审相当严格，从选址、基建到废水排放一一审核。到最后，他们几个在一起嘀咕了好一阵，许庆安这才过来对他们说，我们看过了，你们在各方面做得都很好，但有一项，你们的加热锅炉没有除尘设备，不符合环保要求，你们必须完善之后才能开张。

许老五和村主任大感意外。他们认为这就是走走过场，盖个章的事，哪知要他们加设除尘设备。要是那样，他们耽误工夫不说，那可是要加大投入的，许老五清楚，光那台除尘泵就得小万把块钱呢。于是他把许庆安拉到一旁小声说："我说大侄子，你叔弄这澡堂子不容易，你就给个情面，签个字算了。"村主任也说："你叔这是在给乡亲做好事呢，你就通融通融吧。"许庆安说："叔啊，不是我不给情面，这情面我要是给了，那是要害乡亲的呀，您还是赶紧按说的去办吧。"

许老五在村主任家里埋怨了许庆安大半天，说："这许庆安真不讲情面，忘恩负义，全把他小时候的事给忘脑后了。"村主任也唉声叹气："说官大一级压死人，这事躲不过呀。"

从村主任家里出来，许老五心里觉得憋屈，心说：这要不是许庆安管事吧，也就算了，这自己人还通不过，你说屈不屈？想着想着就来到小卖部门口，随即要了一瓶酒，一扬脖，干下去小半瓶。回到家，老婆一顿臭骂，说："你死脑筋，这都啥年代了，自己人也得送礼。"

第二天，许老五怀揣上五千元上区政府找许庆安，要他放自己一马。许庆安开始说啥也不收，最后架不住他下地一跪，这才接住钱，许老五转身就走。他心里那个美呀，只要收了钱，事就好办。

隔了一个星期，许庆安又来复查，见一切还是老样子，他就又没给盖章。许老五这回恼了，兔子还不吃窝边草呢，收钱不办事，这叫什么人呀？

老婆一咬牙又给他五千，说舍不得孩子套不住狼，明天再去，我就不信他不动心。

第二天傍晚，许老五高高兴兴地从区上回来了，一见村主任就说："这回行了。"村主任问："他咋说？"许老五说："他这回见我掏钱，可没像上次那么假正经，痛痛快快地收下了，还当着我的面数了一遍，说让我回家等，你说，这许庆安是不是太黑了。"村主任跟着摇头说："人心不可测，他变得可真快呀！"

这一等又是几天，许老五和村主任急得跟猴吃了蒜一样，真想破口大骂许庆安，这不是耍笑人嘛！

又过了两天，许庆安终于露面了，还带来两个陌生人，许老五接住信也赶紧跑了过来。许庆安拉住他说："叔呀，这两位就是除尘泵厂家的人，你配合人家看怎么安装合适。"许老五并不领情，硬邦邦地来了一句："钱你掏呀？"许庆安笑道："是的，钱我已经说好了，您就不用操心了。"许老五不免有点尴尬，嘴上说："哪能让你掏钱呢？"许庆安又拍着许老五的肩头，严肃地说道："环保是大伙的事，咱不能拖全国的腿，您老说是不是？"

村里人知道这件事后，都说许老五面子大，只有许老五心里明白是怎么回事，但又不能说，谁一提，他就脸红。

乡长要来村里

孙全鹏

　　早上八点，村长接到乡办公室主任的电话，说新任乡长中午要来村里检查工作，还特意叮嘱不要铺张浪费，现在都提倡廉洁了。村长挂了电话，心里打起了小算盘：一定要趁新乡长到来时拉近关系，好好招待乡长，村里的路早该修了。他想起没有招待好上任乡长，本来说好的修路项目最后泡汤了。这次一定好好招待他。

　　可是怎么招待呢？村长犯了愁。以前每次乡长来要么吃柴鸡，要么吃河里的鱼，可是这位新乡长喜欢吃什么呢？

　　昨天刚下过大雨，路上还有积水呢，去赶集也不方便。如果乡长到了还没准备好，那不是找罪受吗？村长想。还是来个炖柴鸡吧，反正乡长是第一次来。可是，到哪里弄柴鸡呢？现在柴鸡不如以前多了，一个村里也没有几只。

　　村东头老李头家，他家的柴鸡都有四斤多，大红冠子。村长眼前一亮，快步来到老李头家。老李头还没有吃饭，正喂那只老公鸡。

　　村长对老李头说："老李，今年的低保户要开始评了……"

　　"村长，俺家里真穷，你看，没吃的啊！"他摊开两手，指指院子，"今年的低保说啥也要给俺弄上啊！"

"你放心吧，我一定大力推荐你。可是我说了还不算，最终还要等乡长决定……"村长顿了一下，他发现老李头家里很穷，连围起来的院子都没有。

"那咋办？"

"你说巧不巧，乡长中午要来你家考察，乡长的饭还没着落呢！你家的老公鸡不错，乡长就喜欢吃柴鸡。"他盯着那只大公鸡，还没等老李头说话，继续意味深长地说，"老李，你要知道，能不能评上低保户还取决于你自己啊！"

老李头愣住了，他拼命地摇头，表示不同意。他说："俺家里啥都没有，就这么一只老公鸡，养了三四年了，它就像我的孩子一样，俺舍不得。"

"你怎么这么憨呢？你到底会不会算账啊？一只老公鸡值多少钱？一年低保能领到补助多少？你要好好算算哪！"村长说着就转过身，装作要走的样子。

老李头还是傻傻地站在那里。

"村西张大娘也符合条件，你不同意，我去找她好了！"村长这次转过身，真走了。

还没走两步，老李头连忙追上去："村长，俺同意……不过你可要给俺争取上啊！"

"好！好！那当然啦！"村长笑哈哈把老公鸡逮走了，他听见老李头在身后长叹了一口气。

村长老婆把老公鸡杀了，又找了些蘑菇，用劈柴炖在锅里，忙活了大半天。可是，都快一点了，乡长的人影也没见到。村长急了，该不会不来了吧，这都过了饭点了。

村长赶紧给办公室主任打电话，过了好长时间电话才接通。主任说："我们已经到村里好长时间了，你别急，我们正有事找你呢！"

下午两点多了，村长看见乡长和办公室主任一行人竟然从村里走过来，里面竟然还有老李头。一见面，村长就连忙迎上去说："乡长，饿坏了吧？我们已做好了饭，小鸡炖蘑菇，先吃饭。"

新任乡长很和蔼，笑着说："吃过了，在老李头家吃的。"

村长愣了，心里一阵难受，他嘟囔了一句："他家哪有吃的啊？"

"他家确实啥都没有，是我们自己带的食物。"乡长接着说，"依我说，老李头应该评上五保户，你看他家真够穷的——要吃没吃的，要喝没喝的。还有，你村的路也该修一下了，汽车过不来啊！要不是碰到老李头他们帮忙推车，车子恐怕还陷在泥里呢。"乡长回过头，看了看身后的老李头。

村长听了，脸一阵阵地发红，他一句话也没说，只感到心在怦怦直跳。

当家的女人

段锡民

冯秋叶把手伸进背篓，紧紧攥住那捆钞票，就像攥着老公宝玉柱那满是硬茧的手。烦人的冤家，又把刚到手的工钱全邮回来了，整一万呢！砌砖是力气活儿，该留几个钱吃点好的嘛，她在心里唠叨着。

"警方提示……"几个红字突然蹦进眼睛。她心里咯噔一下，忙环顾四周。呀！有个人站在自动柜员机旁目不转睛地盯着她，眼睛就像两把钩子。秋叶的心忽地一下提到了嗓子眼，捂住背篓嗖嗖地窜到了街对面。回头看，那人收回钩子眼，从衣兜掏出了一张卡。

一场虚惊！秋叶抹抹头上的冷汗。

前面是熟食店。她把手伸进背篓，用食指从钱捆中慢慢捻出一张，再仔细团弄。钞票很听话地缩成了一根细棍，又打个对折，熨帖地躺进手心里。手从背篓里拔出，塞进了上衣兜。钱变戏法似的挪了窝。

"两斤猪头肉，装俩袋。"她把揉皱了的钞票展开、抚平，推给胖乎乎的老板。老板称肉的时候，她的目光回到背篓上，幸亏背的是买菜时装零钱的破背篓，若背那漂亮的小皮包，还得了？

猪头肉是买给婆婆和娘家爹妈的。出了熟食店，秋叶又进了隔壁商店。得给儿子买点零食，不然那小无赖会边往嘴里塞猪头肉边梗脖子："奶奶是玉柱的妈，那我还是玉柱儿子呢。"她心里笑了一下。

商店旁是化妆品店，她犹豫了一下，还是进去了。前天在香桂家串门，春燕就说："秋叶你也买点像样的化妆品呗，三十啷当岁，捯饬捯饬就是一朵花呢。"

真看农民有点钱了，化妆品一款比一款贵。秋叶转了一圈：算了，还没到有闲钱臭美的时候，再说玉柱没在家，打扮成个小妖精给谁看？她给自己找了省钱的理由，理直气壮地买了一瓶十元的洗发露。这牌子也挺好的，去年玉柱回家她就用这个牌子洗头，玉柱嗅着她的头发说："真香！"

回村后，秋叶先去了村东的娘家。把肉摞到菜板上时，秋叶娘皱了皱眉："又花钱。"秋叶笑了："玉柱又邮钱了。"娘低下头说："唉，这两年全靠他了。"

"都是我……拖累的！"秋叶爹在里屋接茬说，说话时费力地喘气。秋叶忙阻止："爹你又说这话。"娘转成笑脸："秋树刚来电话说明年就实习，不用学费了。"秋树是秋叶的弟弟，正读大学。

回到村西家里时，天还早，儿子上学没回，婆婆也没在家。秋叶闩上屋门，掏出了那捆钱，放鼻子下嗅嗅，揪断束钱的纸条，然后淘气地一扬手撒到炕上。钞票纷纷扬扬落下来，满炕。她笑了。看了一会儿，一张一张地捡，捡够四十张，蹾一下，放进了背篓，想一想又掏出来，抽出四张丢到炕上，再拣出四张新票子，放在那沓钱两头，重新放进兜里，其余的划拉起来锁进箱子里。

晚饭吃得热闹。儿子边往嘴里塞肉，边念叨着班里的事。婆婆吃了两块肉，就开始吃咸菜，说岁数大了，晚上肉吃多了不好消化；秋叶看着儿子，突然想起了千里之外的玉柱，一下子愣了神：他此刻也在吃饭吗？准又是寡淡的菜汤冲咽着馒头。

吃过饭，儿子抹抹嘴，帮秋叶收拾了碗筷，然后抹净桌子写作业；婆婆出门去溜达。秋叶找出个小本子，上面满是人名、数字，并一行行用笔划过了。这每一行都关联着钱跟一件事。翻到最后一页，有"高亮，四千，爹病住院"没划过。放下本子，她从破兜子里掏出钱，放进小皮包里出了门。

背上漂亮的小皮包，秋叶觉得自己精神了。包是玉柱去年带回来的礼物。

不一会儿就到了高亮家的门口。终于能还这家伙的钱了，自打爹犯病住院借了钱，就像欠了他天大的情。高亮仗着在他哥的厂里管事，有几个糟烂钱，成了个无赖。借钱时就借机攥住她的手，嘴里胡说："你若跟我好，嘿嘿，钱我不要了。"她啐了一口，拿钱跑了，背后传来嘎嘎的坏笑。

院里黑咕隆咚，没人。秋叶等了一会儿，听胡同外有哼哼唧唧的歌声，趔趄着走来的正是高亮。秋叶却躲进了墙旮旯儿：不见他了，明天让爹来还钱。

秋叶回到家，婆婆还没回，儿子已睡着。给儿子掖被角时电话铃响了，准是玉柱！秋叶赶紧抄起话筒，果然是冤家憨憨的声音："媳妇，想我没？"

"想……"她迟疑地小声说。玉柱嘱咐过她，电话里不要说肉麻的话，借别人手机，工友们都支棱着耳朵呢。

"把钱都邮回来了，咋不留点？"这是她最想说的话。"谁说没留？嘿嘿！这手机就是留下钱买的，二手的；以后想说啥就说啥了。"秋叶忍不住笑了："债还得差不多了，别太亏自个，多吃点。"玉柱说："伙食比过去好了，你也是……操持两个家不容易呢。"秋叶心里热了一下，眼睛酸酸的。

撂下电话，秋叶拿起账本，把最后一行用劲划掉。划完抚摸着本子，眼泪簌簌地流下来。

门响，婆婆回来了。秋叶赶紧抹干眼泪开门。

今天是个好日子！秋叶躺进被窝里想：一屁股债还完了，家里的日子就步步上坡，明年娘家弟不用缴学费，除掉过年花销，只小姑一人的学费，钱够了。她这个当家女人手头宽绰了呢。

她又做梦了：去车站接玉柱……等车空当她踅进商店，买了条床单，粉红色的，售货的女子一脸坏笑。

老周叔

卢利军

冬天就"猫冬"，这是农村的老习惯。父亲"猫冬"没事就看起了长条纸牌，也就是赌博。父亲赌起来就上瘾，我记得最长的一次十几天没回家。

那年我十三岁，看到父亲不归，母亲靠捡烧柴做饭我心里难受。我双眼盯着西面离村里六七里地的大山，那里有很多很多的树木，我得想办法弄回来一些。妈妈听我要一个人上山有些不放心，就和东院的邻居老周叔说了。老周叔是一个"跑腿"，老伴前年得痨病死了，自己带个七岁的男孩。听说我要上山捞木头，老周叔说："好哇，明个我领他去。"

第二天，老周叔就领着我出发了。当然不用起早。当时我们都吃两顿饭，早晨八点钟吃饭，下午三点吃饭。母亲说："冬天夜长，睡觉多，吃多了不好。"我们八点多钟出发，一个多小时就进山了。因为是第一次上大山，我看啥都很新奇，老周叔说："别看了，咱直接去山顶。"

到了山顶，我没想到，这山顶竟是平的，大约有三十米的空场，一棵树都没有，空场的中心有一个铁三脚架，铁架子高高的、直冲云天。老周叔说："这就是这一带最高的山，这架子是飞机的航标，飞机能看到它。"我没见过飞机，对老周叔说的："飞机在天上飞，地上有航标"也半信半疑。我和老周叔来到平顶边上的柞树林里，顺着树林向上望去，树林很高很高，显得我俩很渺小。老周叔说："挑直溜的拉吧。"我就找一个碗口粗的，往上一瞅溜直的柞树，拿出了在家备好的一尺半长的小刀锯，蹲在树下开始拉了。开始很高兴，锯拉得也很快，可拉到一半我就没劲了，两只胳膊酸酸的。再看老周叔还那样一下一下稳稳地拉，我甩了甩胳膊继续拉。树放倒了，老周叔又教我，把树杈都拉掉，我又把树杈拉掉。老周叔又说："在六米长左右截断。"当时我上学知道几尺是一米，但一尺是多长说不准。反正往回拿就这一根，长就长点吧，我在快到树梢的地方截断了。老周叔说："七米多，太长了，再截点。"我又截了一段，大约五米长。老周叔说："用绳子拴在根这头，下山。"我又把从家里带来的绳子两头一揆，两个绳头从中间一钻就套在了木头上，这套既简单又越拉越紧。开始下山了，老周叔让我在前，用绳子拉着木头慢走，他拉两根木头在后头指挥。

到山下了，老周叔先是拉着木头在雪道上走，后来又领我下了大河。说是大河，其实河并不大，冬天一冻，有的地方没有冰还出现了断流。但从冰上捞木头行走会更轻松些，再说那冰上并不像想象的那么光滑，冰上时而有些积雪，时而是冰。我们顺着河套拐弯抹角地往村里走，离村里不到二里地的小河往北转了一个大弯，我们每天都在弯前歇一会儿，然后再拐弯向东走就快到家了。每天我们下河道之前，都能看到远处有一个人在往我们拉木头的山里走。

一天，我们在小河弯相遇，哦，原来是村里的宋婶。宋婶和老周叔岁数相仿，住的也不远，老周叔和宋婶打着招呼，宋婶摸着我的头说："小石头也能干活了。"原来，宋婶每天都得给山里看房的宋叔送饭。就这样，我们每天在小河弯都能遇到送饭的宋婶。老周叔每天都热情地和宋婶唠嗑。有一天，宋婶还给我一个糖饼，可香了。

后来再遇见宋婶，老周叔就说："石头，去河弯下边等我，我跟你宋婶说几句话。"我就捞着木头去河弯下边等老周叔。捞木头走河道身上出了很多汗，每天等得我身上的汗都凉了，老周叔才乐乐呵呵过来，对我说："走吧，回家喽。"迎风往前走，老周叔身上飘过来一股葱味儿。再往后，凡是在小河弯遇到宋婶，老周叔都对我说："石头，去河弯下边等我，我和你宋婶说几句话。"我捞着木头到河弯下边，这回我不能干等，我在河弯下面找一段长长的冰面，踢上几块雪，把冰面蹭滑，我就在冰面上来回打出溜滑，省得干挨冻。

就这样，我们每天捞木头到小河弯，老周叔都让我到小河弯下边等他，我就每天在那里打出溜滑玩儿。老周叔总是和宋婶唠一会嗑再过来叫我，我们再捞着木头向家的方向走。每天老周叔捞起木头时，都高兴地哼上两句二人转"两个蛤蟆蹦高蹽，公蛤蟆抱着母蛤蟆腰……"

冬天很快就过去了，我和老周叔天天捞木头走的那条道，都被拉成了一条沟，我家的房山墙边上码起了一个大木头堆。这个冬天我们蹬着大山，看着雪景，捞着木头真是痛快，我感觉我的力气大了，身体也棒了，原来只捞一根木头后来捞两根三根。老周叔心情也是特别好，每天都是我刚吃完饭，老周叔就隔着杖子喊："石头，走喽。"就这样我们每天过得都特别快乐。

转过年的一天，妈妈说："你宋婶和你宋叔离婚了。"

离婚了，宋婶多好的人哪，还给过我一个糖饼呢，怎么能离婚呢？我不明白。

螺丝扣

侯建臣

拌了一夜的嘴，也不知道是谁对谁错，反正谁都不让谁。

似乎是，男人还揉了她一肘子。当时没觉得疼，躺下了，泪却还在流。

怎么经常吵呢？为了个啥吵呢？想想，也说不上来。反正是，隔一段时间就吵，隔一段时间就吵。她呢，恨得牙都痒痒的。她没记得吃了什么酸的甜的辣的东西牙痒痒过，可是想起他的黑铁片一样的脸，牙就开始痒痒。怎么说呢？她是真的恨着他呢！她都想做点儿啥了。

早晨起来，照例儿是开始做饭，主要也是给他做。五年级的孩子在离村十几里远的乡镇学校上学，一礼拜也就过礼拜的时候回几天，家里大多数时候也就是他们两个人。其实说白了，家大多数时候就是他们两个人的；饭呢，也就是以他为主的，要是他不在，她又有几次是认认真真地做过、认认真真地吃过呢？

跟平时一样，早饭做得还很丰盛，一日之计在于晨，庄户人家的晨就更是不一般了。家里、地里的活都是从早晨开始的，早晨一忽悠过去，一天就算浪费了。所以早晨总是要把肚子填得饱饱的，也把劲儿攒得足足的。

她起得早，院里家里出出进进，一般当火生起来的时候，他才起来。

她做饭的时候，他在院子里做着准备，给车加水、加油，把要用的东西都带上。他要早早地去县城一趟，买种子的钱还没有着落，看能不能把去年没吃完的土豆卖掉一些。

她准备好了饭，放在炕上。碗筷都准备好了，咸菜、醋、辣椒都放在炕上了，也不喊他，只把门开了，又猛劲地关上，这气还在心上呢。他知道这是叫他吃饭了，就拍拍身子，进了家门，灌一口冷水，一跨腿上了炕，开始吃饭。她呢，也不吃饭，做完饭的手还没洗，坐在地上的小板凳上，看着一个什么地方，明显是在想着心事。

她的目光空空的，空得一下子都看不到底；又似乎是满满的，满得一不小心会渗出啥东西来。这样的情况以前也有，但这一次似乎跟以前每一次都不一样。

他端着碗扒拉了好几口饭，抬起头，见她还坐着不动，想说啥，但没说。又把头扎进碗里，把响响的吃饭的声音散到屋子里。

他一直吃，她一直坐着。他看了她几次，她却一直没看他，只呆呆地坐着。他几次想说点啥，但都没说。

吃完了饭，他下了地，咳了一声。他这是跟她打个招呼，他是说他吃完了，要走了。

她似乎动了一下，但还是坐着，没有起来。她似乎看了他一眼，又似乎目光就一直没有从空空的冥想里收回来。

他走出家门的时候，一片影子从她的脸上飘过。

车发动起来了，"突突突突"地响。

在院子里，他又咳了一声。她听到他响响地朝着一个什么地方吐了一口痰，这是他的一贯动作，他一到要走的时候，总会响响地吐一口痰，像从嘴里射出去的一颗子弹，把地上的浮土弹得老高。

"突突突突"的声音响着响着，又猛地吼得亮了，一股黑烟从车的屁股上涌出来，在院子里一点一点地上升，似乎是对前边的路示威似的。

她抬起头看到了那黑烟飘着的影子，她看着那影子像是在空中飘着的兽。

那兽一直在她的眼前飘……

突然想起了什么的样子，她猛地站起来，疯了一样往外跑。身后的门受了惊吓的样子，一直晃，一直晃。

他已经踩下了离合器，车子的轮胎开始动上了。听到开门的声音，他回头看了她一眼。

车子向前动上了……

"站住，站住……"

她大喊，疯了一样喊。

车子还在朝前动着。

"站住，站住……"

她的声音更大了。

他没有让车停下来，他以为她想起了昨天晚上的事，又要翻旧账。她翻旧账的时候不少，她翻旧账的时候，他会很头疼。

她一直在喊。她一边喊着，一边上了档一样跑着挡在了车子的前边，差一点就让车撞上了。幸亏车还不是很快，幸亏他还没有加更多的油。

车停下了，他看着她。他的眼里都挤满了愤怒。

她却不管。不知道在什么时候她的手里已经拎了扳子，他都不知道她手里拎个扳子干啥。

她从车子前边走到车轮胎旁，开始用扳子拧那轮胎上的螺丝。她一下一下地拧着那轮胎上的螺丝，原来那轮胎上的螺丝扣是松着的。

他吃了一惊，他不知道轮胎上的螺丝扣什么时候松开了。想想，再想想，他似乎是明白了。

"这娘们儿，这娘们儿……"他在心里说。

"这娘们儿，这娘们儿……"他是在想，这娘们儿，真是该好好地疼疼了。

她呢，很认真地拧着那螺丝，把全身的劲都用上了。在她用劲拧螺丝的时候，连车身子都是一晃一晃的……

我要去北京

李　全

　　"我要去北京。"民工张二狗又一次凑在我面前说这话，但表情与以前没两样。

　　我对他说："你想去就去吧，又何必在我面前唠唠叨叨呢？"这是张二狗第N次对我说这句话。但他每一次说完后，又唉声叹气。他说他儿子才刚上小学，实在是走不开。张二狗说的是实情，早上要送孩子去学校，下午放学还得去接回来。况且，从我这座小城去趟北京十分不易，首先得去省城坐两天两夜的绿皮火车。单不说车费那么高，就是那来回的时间就要四天，这当然算的只是坐火车的时间，还没算坐汽车的时间。如果把这四天都用来打工，每天可以赚几十块钱，四天就是好几百。张二狗在北京又没亲没故，去了也纯粹是玩。如此算来，去一趟北京，他的几个月工资就没了。这对于一个一月不足2000块工资的民工来说，的确不划算，还有他儿子读书的费用虽不多，却比本地学生多了一笔借读费。

　　但张二狗仍然不死心，待他孩子上初中后，又一次对我说，他要去北京。我有些好奇，问他去北京干什么，为什么会有这个想法。张二狗只是嘿嘿一笑，没回答我。这更引起我的好奇，虽然北京是首都，但路太堵。我每次去北京堵在路上的时间比玩的时间多。所以，我一直喜欢我所在的小城市。城市虽然不大，但交通不堵，四季还分明。

这一年，张二狗的儿子上高三了，我所在的小城也有了直通北京的高铁。张二狗显得十分兴奋，又在我面前说他要去北京。我十分怀疑地看了他一眼，自然不相信他会真去北京。因为他说他要去北京这事，已有好些年头了，却从没有实现过。

"北京是你想去就能去的吗？那是首都。"我想打消他的积极性，说："去北京要花很多钱的。你儿子正在读高三，马上就要考大学了，你舍得离开他？"

我说的是实话。虽然现在张二狗的工钱涨了，每天出工能挣到200多块钱，但也不是天天会有活干的。况且他儿子的成绩不是太理想，他咬紧牙，替儿子请了补课老师。补课费也是一笔不小的开支。加上他老婆刚从医院里出来，这一年挣的钱已经提前"打水漂"了。

"高铁通北京了。我就想试试高铁到北京是啥滋味。"张二狗说这话，情绪特激动，还掏出香烟来猛吸了几口，直到不停地咳嗽起来，才扔下烟蒂，最后见我不说话，很不情愿地走开了。没走几步，他又回过头对我说："我这次说的是真的。"

"那你就去吧。"我想让张二狗快点离开我的房间。其实，他去不去北京，真的与我无关。再说我已经去过无数次北京了，没有新鲜感。

三天后，张二狗又一次来到我的房间里，掏出一包好香烟放在桌上，说："这是北京货。专门给你带回来的。"

我问："你去过北京啦？"

"那还有假？"张二狗说这话时，脸上有些僵硬的笑容。

"你就别骗我了。昨天前天，我都去过你们工地，与你们那里的老板谈合同的事。我看到你在那里干活呢。"我说的是实话。

"你……你真去了我的工地？"张二狗说着，突然站了起来，拿起桌上的那包香烟头也不回地走出我家。

我苦笑着，这张二狗真逗。但我一会儿就明白了他撒谎去过北京的原因。

因为我的话，张二狗有好些日子都没来我家里玩，见了我也躲得远远的。我才想起伤了一个民工的心，有些过意不去。在他儿子去上大学那天，我特地封了个大红包托人送了过去，算是我对他的歉意吧。心想，只要他儿子大学毕业后，有了工作，他的压力减轻了，那时一定会有时间和精力，或者说有经济条件去北京了。

四年后的一个早上，我突然接到一个陌生的电话，竟然是中断多年联系的张二狗打来的。他说他正在北京天安门前看升旗。还说，他拍了刚刚升旗的视频已经传给我。又说，他下一站是八达岭，到时候再拍些照片传给我。

我想对他说些什么，可话刚到嘴边，又咽了回去，静静地听他没完没了地说北京的那些事儿，却耽误了我看升旗，只好看他传过来的视频：在天安门前看升旗，确实是一件特惬意的事，特别是夏天的天安门，真美！

看完视频，才发现因自己拿手机的时间太长，手冻得有些麻了，赶紧对着手哈了一口热气。

老梁有酒

杨 力

　　新上任的镇党委书记姓梁，是一位不惑之年的中年汉子。梁书记上任伊始，要走访部门村组了解情况，与之对应的，是很多人也想急于了解梁书记。

　　在这些人当中，数建筑公司的范老板最着急，他承包的安置房改造和乡村道路施工正搞得，特别担心政策有变，所以他特别想尽快和梁书记套近乎，而套近乎的关键就是要了解梁书记有什么喜好，投其所好才能有的放矢。

　　很快，打探到的消息就汇总回来：梁书记当过兵，转业后回到县上工作，曾以驻村干部的身份下派锻炼，为人低调，深居简出，没什么不良嗜好。如果一定要找个什么喜好，那就是喜欢喝酒，经常随身带一瓶小酒，没事时就喝两口。

　　范老板一听大喜，他和形形色色的人打过交道，最怕那种内心肮脏而表面装得廉洁自律的人，只要对方有喜好，比如梁书记这样喜欢喝两口的人，就容易投其所好找到切入点。

　　恰好这时候范老板的道路施工遇到点麻烦，因为土地赔偿和置换没有完全解决妥当，工程暂时停了下来。范老板急火攻心，提了两瓶酒就在镇上最好的饭店摆下酒局，然后亲自去请梁书记。

梁书记正要下村，听明来意后，当即决定先去施工现场。烈日高悬，梁书记自己擎一把伞，汗流浃背地在现场了解察看，不时问一问工程的来龙去脉。转眼临近中午，范老板恭请梁书记到镇上饭店小坐，但梁书记婉拒了。梁书记转身对旁边的村主任说，想去他家吃碗烩面，喜得村主任连连点头，一脸灿烂。

梁书记刚走进村主任的家，一直紧紧跟在后面的范老板就把放在车上的两瓶酒送了上来。梁书记一看，是陶瓷瓶装的五粮液，一下乐了，打趣说："怎么，想请我喝这个？知道我喜欢喝五粮液？"

范老板谦恭地说："梁书记作风朴实，顶着酷暑辛苦了大半天，不肯去饭店吃饭，我就在这儿陪陪书记吧，饭店的菜我已嘱人取来，稍后便到。"

梁书记笑了笑，从兜里取出一个小瓶，仰起脖子喝了一口，然后说："把你的酒和菜收回去吧，我习惯喝自己带的五粮液，也不多，一口就够，一会再吃碗烩面，既解馋又暖胃。"

吃完烩面，送走梁书记，范老板回到了自己车上，他百思不得其解，看来梁书记喜欢喝酒是事实，兜里都随时揣着酒瓶，可他为什么要拒绝自己带去的五粮液呢？想来想去，范老板灵光一现，告诉助手问题就出在酒瓶上，当着那么多人他怎么敢喝五粮液呢，至少应该事前做个伪装，像梁书记那样用普通瓶子装上五粮液，不就没人敢说三道四了。想到这儿，范老板后悔自己是猪脑子，笨死了。

范老板想尽快弥补自己的过失，所以又隔三岔五去请梁书记，每次梁书记就说："谈工作谈事情都可以，但是吃饭就免了，我胃不好，不能乱吃乱喝。"

范老板一听，以为梁书记是变着花样骂他，有一次就检讨说："梁书记，我知道那天犯了蠢，不该包装不换就去请你。现在我向你学习，把五粮液换成普通瓶子装上，没人能看出破绽。"

梁书记微微蹙了一下眉，认真地说："我希望你做的工程不是花架子，里子面子都要好。至于喝酒，你就少动歪念头了，不管如何换包装，你带的五粮液都没有我自己的五粮液好。"

范老板恭请梁书记数次无果，怀疑自己是不是"功课"做得不够，仅凭一顿饭两瓶酒要想解决工程上的难题显然太理想化了。范老板正在思考有没有什么补救措施时，突然接到镇上电话，关于修路时遇到的土地赔偿和置换的问题，经梁书记出面并召集部门村组多次协调，现在已全部解决，可以马上恢复施工。

范老板激动不已，没想到刚上任的梁书记是个做实事的人，前后几天就帮他解决了难题。范老板一激动，就又在镇上最好的饭店摆下酒局，同时信心满满去镇上请梁书记。可不巧，梁书记去县上开会去了，一个办公室的小同志出来接待了他。小同志说："梁书记让我接待你，而且他料定你今天会来请他吃饭。"

范老板又意外又感动："梁书记新官上任，茶没喝一口就帮我们，难道请他吃一顿便饭不应该吗？"

小同志说："梁书记让我告诉你，为官一方，做这些都是应该的。你做的工程梁书记也调查过了，程序规范，所以他希望你继续干好。梁书记还希望你不要有习惯性思维，以为做任何事情都必须靠吃饭喝酒打通关节才能办到，多把心思花在正道上去。"

范老板有些哽咽，突然有些不解："有件事我老想不明白，梁书记说我带的五粮液没有他自己的五粮液好，都是五粮液，区别在哪儿呢？"

小同志推开窗户，望着远处的大山说："梁书记曾经当过多年的铁道兵，长年战斗在深山密林打隧道，落下了严重的风湿病和胃病。回到地方后他去当驻村干部，房东大娘知道他的病根后，就用自己酿的酒泡上草药，每天嘱梁书记喝一点。因为房东大娘恰好姓伍，梁书记有感于大娘的恩情，从此唤作'伍娘液'！"

赵三副

赵登科

宝庆赵家的医术，传到赵无游这一代，真是到了妙手回春的地步。

一般的病，赵无游瞧一眼就能知道个所以然，开出三副药，没有治不好的。那些患绝症的，赵无游只是交代其家人好吃好喝伺候着，从不开药。人问他为啥，他摇摇头："不能坏了我三副药治病的名声。""赵三副"的名声从此传开。

然而真正让赵三副名声大震的，还是另一件事。

那日，赵三副上山采药。原本太阳高挂的天空忽然飘来一朵大乌云，接着吹过一阵大风，下起大雨。那雨来得突然，比豆子还大，一串串，笔直而下。赵无游用手遮住头，四处寻找避雨的地方。他看见一间土砖房，扔掉背篓跑了过去。

走近了，赵三副听见哭声。一个中年妇女正在屋檐下烧衣服，一边烧，一边抹眼泪。赵三副知道，这是给刚去世的人烧去阴间穿的衣服，他上前低声安慰道："大姐，节哀！"说完，瞥了屋内一眼：门板上躺着一个老人，光着脚，一个年轻人正给他穿寿鞋。赵三副吃了一惊，连忙跑进屋："这人还没死！"外面烧衣服的妇人连忙跑进来："没气了，怎么没死？"

赵三副也不解释，取出他随身带的一个布包，两根银针扎在老人的脚上，三根扎在他头上，施完最后一针，老人的脚动了，眼睛缓缓睁开。那一家人擦干眼泪，抱着老人笑出了泪。赵三副看看门外，雨停了，大步向门外走去。中年妇女抱着老人好一阵，才想起赵三副，问一旁的年轻人："刚才那位先生呢？"年轻人摇摇头："可能走了吧！"

有人把赵三副传得比神仙还神，能把死人医活，你说谁有这本事？有一次，还有人问他："我爹死了一个月，我很想他，能不能救？"

赵三副的医馆每天都挤满了人，他却在这时候把医馆关了，离开宝庆，背起背篓四处游走。他说："世上药材太多，我认识的不足十分之一。"

一天，赵三副背着背篓走在一条大道上，后面来了一抬轿子，轿夫急得很，像是家里着了火。轿子在赵三副身旁停下，下来一个白胖胖的矮子。矮子满脸堆笑："赵神医，我可找着你了。"

原来，矮子近几天得了病，总是手心冒汗，看过几个大夫也不见好。赵三副看了看，让矮子取纸笔来，写上药方后，将它折好交给矮子，又在地上抱起一块十斤左右的石头，一并交与矮子，并嘱咐他："抱着石头去城里取药，路上不可私自看药方。"

矮子满头雾水，一边跑着，一边想：这石头是干吗用的？他跑到药店，喘着粗气，还是没能想出来。矮子掏出纸条，打开一看，上面写着：回家洗个热水澡就好了！

矮子有种被捉弄的感觉，他还是回家试了试。让他想不通的是，那么多中药没治好的病，抱着石头跑几里路，洗个热水澡，竟然好了！

赵三副古稀之年，做了一个惊人的决定，回宝庆，开义诊。大家都不懂，开义诊是怎么回事，赵三副说就是看病不要钱。大家伙一下子明白了，这是个好事。没几天，赵三副门前排着长长几队人。

那天，赵三副看完最后一个病人，觉得有些头晕，在桌上趴着。病人担心他着凉，把自己衣服给他披着。

第二天早上，昨晚看病的人发现赵三副还在那趴着，觉得有些不对，去探探鼻息，吓了一跳，竟然没了气息。

粜　粮

林庭光

　　三娘一大早就起身了，去厨房烧火做饭。老闷在套自己家那头老驴，老驴不怎么听话，撅着不到车辕子里。老闷大声呵斥着。

　　"还早着呢，启明星都没出来。"灶头那边传来风箱的沉闷声和三娘的说话声。老闷套好驴，把车子拴在院子里的老枣树上，也不回答，只拿出烟袋开始装烟。月亮还挂在天上，晕着一个大大的圈子。老闷低着头，来到三娘身边蹲下，火苗把三娘俏丽的脸映得通红。三娘看着老闷干瘪的脸，继续拉风箱。老闷开始咳嗽，三娘瞪他一眼："你就不能小点声，娃昨晚半夜都没睡觉。"老闷没有搭理三娘，拼命地咳嗽。三娘掀开锅盖，不停搅拌锅里的玉米粥，并端来一个大海碗，给老闷满满地盛一碗。老闷接过，开始吃。

　　三娘走出来，来到驴车前，用手摸了摸毛驴的额头，毛驴温顺地拱了拱三娘的胳膊。三娘走入东屋，打开门，看到地上立满了编织袋。遂抓起一头，猛一用力，一个袋子被三娘提着出来。三娘麻利地开始装车。老闷喊："不着急，我吃完饭再装吧。"三娘没有搭理他，继续装，一直装到车子差不多满的时候，她才松了口气，靠在车上，拿起头上的毛巾开始擦汗。三娘看着儿子的房间，那里已经是黑漆漆的，儿子是睡着了。他们必须去粜粮，儿子的学费还差那么一大截，该借的人家都借了，这个小山村，已经没有几户人家有钱了。"粜粮！"三娘说。老闷坚决反对："不行，这是全家的口粮。"三娘急了："没有粮食，我俩可以去打工。儿子没有学上，他一辈子就会像我们一样。"三娘的决定是家里的权威，老闷知道自己反对也没用。

老闷吃完饭，又慢腾腾地抽了一袋烟，遂拉着驴车。三娘坐在车上，老闷坐在辕上赶车，驴走出院门，不知道为什么昂首叫起来，村里的驴都跟着叫起来。鸡也跟着叫起来，再接着是狗吠，挨家挨户的灯也齐刷刷地亮了。

驴车前行着。三娘靠在老闷的背上，微闭着眼睛，盘算接下来的事："粮食都没了，但儿子考上大学了，咱们也该去打工了。这头驴也没人照顾，我们不如也卖了它，也能够给儿子多攒点钱。俗话说得好，穷家富路。孩子出门在外，咱们不能让他受委屈。"

老闷没有回应三娘，没有回应就是表示赞同。倒是毛驴叫了几声，不过叫声有些沉闷。月亮终于落山了，山路的两边是黑魆魆的大山，黎明前的黑。老闷开始唱听来的戏曲，声音在大山中间回荡。

三娘叹了口气："转眼都快二十年了，我就是被你这歌声拐到这里的。大学都没考，亏死了，还是我命苦，嫁了你这个闷葫芦。"老闷没有接茬，继续唱。天慢慢地发亮了，毛驴的身上淌满了露水。三娘乌黑的头发上，也沾了晶莹的水珠。"吁。"老闷叫着驴，让驴车靠山停着，下车去，背着三娘撒尿。撒完后，一边提裤，一边又坐上辕，"驾"的一声，驴车又往前动了起来。

三娘继续着她的絮叨："我也问了几个同学，他们都到东莞打工，那里的钱好挣。"老闷突然刹车，瞪着凶狠的眼睛，对三娘发狠地叫起来："啥啥啥？你去那个地方？那地方已经在扫黄了，都上中央电视台了，你咋还有这个想法呀？"三娘从驴车上跳下来，指着老闷的鼻子骂道："说你闷，你就是闷。我现在都快当奶奶了，谁还稀罕我！"老闷比画着："你的破事你以为我不知道？你去书记家，我都看见了。你们那是做啥呢？你就作吧，这山里还盛不下你，还东莞了？"三娘哭了："没有见往自己头上扣屎盆子的，我去书记家，还不是给儿子借学费？你说，咱们村，除了书记，谁家还有余钱？"

老闷不吭气了，蹲在地上，开始抽烟。三娘继续坐在地上哭，老驴也呻吟着。老闷吸完一袋烟，又装上一袋烟，此刻他的脸上也开始滑落泪水。老闷走到三娘身边，蹲下来："孩儿他娘，都怪我没本事。"三娘站起来，抹了抹眼泪，坐上驴车。没有搭理老闷。老闷看了看天，已经大亮了。老闷冲着大山，扯着嗓子喊起来："啊……"

三娘看着老闷："叫啥？枭粮去。"

三棵黑白菜

李世民

1985年，早春。

我正在村里柳树台看戏，娘在黑压压的人群里找到我，把我拽了出去。

这个点，谁拽我走，我都是极不情愿的。娘扯着我的黑夹袄，像扯着一头没出过远门的牛犊子，横里竖里往外拉。我呢，一边跌跌撞撞地随着娘往外拱，一边回过头，隔着人缝使劲瞅。

戏台上，崔影踩着鼓点，正出场。崔影甩着水袖，咿咿呀呀，崔影的腰肢，玲珑，轻巧；崔影的腔口，圆润，柔美。崔影扮演的人物，叫翠娥；翠娥，是《喝面叶》里面的主角儿；《喝面叶》，是一出柳琴戏。

柳琴戏，又叫拉魂腔，拉你的魂呢。当然，最拉魂的，是崔影，崔影的一摇一摆，崔影的一颦一笑，都能牵动我的心尖子、肺叶子。到这，咱就打开窗户说话，十二岁的我，悄悄爱上了二十岁的崔影，随便你笑话吧。

到了戏场外，娘并没有松手，我以为自己惹了事闯了祸，接下来娘要开始打我骂我了，谁知道娘附在我耳根说："去菜地里把三棵黑白菜剜来。"然后，娘又补充说："晌午，你舅舅要来，我去打香油。"

娘的两句话，像给我注射两针药物，一针镇静剂，一针兴奋剂。

是的，此时，我拿着娘递给我的铲子，从容地离开了戏场，崔影的咿咿呀呀和舞动的腰肢，被我无情无义地丢在了身后。当然，我的兴奋点就在我家的菜地，就在菜地里的三棵黑白菜。

说是菜地，其实乍暖还寒，还没有啥菜儿，只有一畦黑白菜，刚刚想泛青，却又掩饰不住冰雪摧残过的面黄肌瘦。而我知道，靠着篱笆根的塑料布下，有着三棵黑白菜，那是三棵叶肥茎旺、油黑发亮的黑白菜。我还知道，娘之所以让我来剜三棵黑白菜，是因为要招待舅舅。我更知道，娘之所以用三棵黑白菜招待舅舅，是因为今天舅舅要给我们家送一只山羊。

我把三棵闪闪发光的黑白菜送到家里的时候，娘已经打来了香油，我还看见，锅台上，娘还准备了五枚金光闪闪的鸡蛋。我的眼睛简直是绿光闪烁了，亲爱的舅舅，快点来吧。

太阳绕到头顶了，娘蒸好了热腾腾的馒头，对我说："你舅舅也该来了，咱开始做黑白菜。"我高兴的劲儿没地方放，就顺着院子跑了三圈。

娘做饭最麻利。黑白菜洗干净了，鸡蛋在碗里拌匀了，柴火将锅烧热了，油倒上了，吱的一声，像一个为爱而赴汤蹈火的贞烈女子，黑白菜扑进锅里的一瞬间，就开始了它的疼痛与挣扎，然后，与最亲爱的五个鸡蛋热烈拥抱。

当多姿多彩的三棵黑白菜五个鸡蛋摆到了我家的桌上时，我一次又一次往我家大门口跑，看看我亲爱的舅舅来了没有。

没想到，邻居大柴捎信说，我舅舅来不成了。

娘就着急了，像我一样顺着院子正转了三圈，反复说："咋就不来了呢。"然后，娘又顺着院子倒转了三圈，自言自语说："三棵黑白菜是自家的，五个鸡蛋可是借来的。"

看着娘在院子里转圈子，我心里也在转着圈子，舅舅不来了，也就是说，三棵黑白菜五个鸡蛋的美味，我们一家可以单独享用了。

这时候，队长噔噔噔跑了过来，喘着粗气说："咱村里唱戏的，吃饭的事儿安排错了，这会儿，有一个要在你家吃饭。"娘听了，又惊又喜，像是遇到了救星，拍着手说："来吧来吧，黑白菜鸡蛋等着哪。"

我躲在门后，恨不得咬掉队长的一只耳朵，要是派来那个抬轿的演员，三棵黑白菜五个鸡蛋还不得让他承包了？

一会儿，队长就带来一个演员，猜猜她是谁，对了，她是崔影，令我脸热心跳的崔影。我觉得是上帝这样安排的，崔影进我家的门的时候，依然移动碎步，袅袅婷婷，她说一句话，我像喝了一杯酒，她又说一句话，我像又喝了一杯酒，一杯一杯地喝，我就醉了。

崔影在我家饭桌前坐下了，我也想进屋，坐在崔影身边。可是，我又被娘拽住了，娘轻声说："你是男的，人家是女的，男的不能陪女的。"

嗨嗨，娘的逻辑，害人啊。

崔影在娘的客套下，轻轻地举起筷子，却听到院子里传来了羊叫声，啊呀呀，不偏不倚，我亲爱的舅舅匆匆忙忙赶来了。

娘像是遇到了第二个救星，把舅舅拉进屋里说："一起吃，一起吃。"当然，我也像遇到了救星，想随舅舅一起进屋，却被娘拦住了，娘说："小孩，不能陪大人吃饭。"

让我开心的是，饭后，我发现三棵黑白菜五个鸡蛋，一丁点儿都未动。

让我窝心的是后来发生的事情：崔影，成了我的舅妈。

我恨透了舅舅。

答 应

侯文秀

一出门，阿明就被一股热气包裹住了。他右肩挂着沉重的工具包，只好一边下楼一边用左手拨打顾客的电话。然后，他把手机揣好，骑着摩托轰隆隆出发了。

阿明是一个维修工，每天都有接不完的工单。

来到第一家，女主人开了门，刚化了半边妆的脸吓了阿明一跳。男主人在厨房里做饭，两个孩子在玩玩具。一家四口开始吃早饭的时候，网络调试好了。阿明好久都没有和老婆、孩子一起吃早饭了，更别说陪母亲。一大早，母亲打电话来，却只是叮嘱他别中暑了。突然间，他有些难受。他想，这样下去，自己大概快要成为一个机器人了。

这个小城，电梯公寓太少，大部分都是小高层。阿明爬了一楼又一楼，汗水却还是那一身。临近中午，他低头看了看时间，还好，能赶去看看母亲。这时候，却又接到一个电话。一个老太太说，她在家弄了大半天，电视就是看不成。

阿明说："我下午来。"

老太太的声音突然颤抖起来。她说："你要不来，这个晌午……"

阿明看了看天，白得晃眼。路上几乎没有车，行人也没有。树木无精打采地垂着头。他找到了老太太住的小区，爬上六楼。门没有锁。他推开门，正要脱鞋，听见老太太说："不用，不用，我一个人独住，不讲究的。"

老太太的声音，比电话里平和多了。

阿明心里的石头落了地。他只想尽快弄好电视去陪陪母亲。母亲也像这个老太太，一个人独住。

老太太在旁边说着什么，阿明一句也没有听进去。

说话声停了，老太太进厨房了。

电视终于调试好了，阿明长长地舒了一口气。

这时，老太太颤巍巍地端出一碗醪糟蛋，放在桌上。她说："孩子，来，吃了！"

"不，不用。"阿明摇着头，拎起了工具包。

"吃了吧，孩子……"

阿明听出来，老太太的声音又变了，变成了哭腔。

"这是公司的规定……"

"今天是我的生日。"老太太哽咽着，"可是，我的儿子不在……"

工具包从肩上滑了下去。

老太太的声音很快又平和下来。她说，上次阿明到隔壁来修电视时，她见过他。她说，阿明长得太像她的儿子了。她说，她今天故意弄乱电视线路，就想再看看阿明……

阿明吃了醪糟蛋，心里也被老太太的那些话弄乱了。他想问一问老太太的儿子，却不敢问。

这时候，阿明的手机又叫起来。他赶紧接了，喊了一声："妈！"

他听见了一声答应。但是，他一时有些糊涂，不知这声答应是来自手机，还是来自身旁。顿时，泪水涌上了他的眼眶……

慰问英雄的母亲

陈海红

　　小暑后，城里热得像火炉。一间矮矮的铁皮屋住着老周和平婆两口子，一台旧风扇，嘎吱咣当响，抽出的风连蚊虫都嫌小。老周爬上床，翻来覆去，胸口蓄了一洼汗。

　　老周跟平婆说："明天大领导来慰问，应该有红包。"

　　平婆说："人要知足，别整天瞎想。"

　　之前，老周和平婆参加了几场慰问，领的凉茶整整码了两堆，扛回的大米够吃到年底。平婆拿出一粒白色药丸，掰开一半，递给老周，说："明早我拉你起床。"老周一口吞进嘴里，没一会就有了鼾声。

　　老周睁开双眼时，平婆还没醒。

　　屋子里一片漆黑，老周摸下床，蹑手蹑脚地走到门口，拉开一丝门缝，街头的灯光射进来，映在锈迹斑斑的铁皮上，屋内有了一帘米白的光。老周贴着门缝钻了出去，在墙角拴紧裤头，套上粉红的环卫服，抱起扫帚，拉着推车，一瘸一拐地没入灯火璀璨的街头。

　　约莫半个钟，平婆带早饭来了，一碗白粥，两个馒头，三根萝卜干。两人干完活，回到单位，天边已经泛白。

单位楼前有块硬地，二楼有长长的屋檐，下面摆着三排靠椅。头儿说："大伙要打起十二分精神，不能给单位丢脸。"头儿是退伍军人，教大家列方阵和齐步走。

日头像着了火的球，猛地蹦出来。单位职工陆续走出大楼，坐在后两排椅子上。有人带了茶杯，悠闲地喝着茶。每次排练都不尽如人意，平婆的弓背总捋不直，老周的双腿总收不拢，头儿吹胡子瞪眼都不管用。对面的职工，一个个前俯后仰，捧腹大笑。

排练完，办公室小张跑过来跟头儿说："大领导有事，要晚一点过来。"头儿头顶冒着热气，问晚一点是几点。小张扭头说："不知道。"

日头升了数丈，炙热扑鼻，大领导还没来。日头升到头顶，地面散发出鞋底的焦味，头儿咧着嘴，老周身子骨散了架一般，一不留神就塌在地上。日头正猛，局长陪大领导来了，后面跟着扛了长枪短炮的记者，老周顿时像打了鸡血的战士，使出洪荒之力，收拢双腿。大领导没有走进屋檐下，带着一行人来到队列前，手臂一挥，让两拨人调了位置，大伙坐到对面椅子上，屋檐下的职工灰溜溜地走出来，站在日头下。

慰问开始，主持人讲话，讲完了副局长讲，副局长讲完局长讲，局长准备充分，顶着日头讲了一个钟，在最后一秒，大伙来不及鼓掌，局长突然晕倒了，慰问早早收场。老周和平婆一人一箱凉茶，一袋大米，还有一个沉甸甸的大红包。

老周想起局长的好，那一年，他被泥头车剐碰，残废了半条腿，局长请律师打官司，为他要回了医疗费。局长是慰问他们才晒晕的，他决定上医院看局长。他跟大伙讲，大伙都说好，把刚到手的慰问金掏出来，让老周带去。

老周和平婆走到医院，局长得知大伙凑钱看他，握住老周的手，两眼泪崩，无限感慨地说："你们是大好人啊！生活中有什么困难和需求，尽管跟我开口。"

老周嗫嚅着说："我和平婆都是失独老人，两人搭伙过日子，请给我们买意外险。"局长爽快地说："好。还有呢？"老周激动地说："我们想住廉租房。"局长说："廉租房卖给了职工，局里去协调，让他们转租给你们。还有呢？"老周吞吞吐吐地说："平婆有个儿子，叫石头，也是我们单位的环卫工，五年前走了。那天，石头看到几个混混欺负一女子，他提起扫帚上前阻止，被刀子捅了胸口。石头是英雄，请对英雄的母亲进行表彰。"局长没吭声。

听到老周喊石头的名字，早早起床的平婆忍不住抹眼泪，她上前拉老周说："老头子，再不起床，天就亮了。"

老周猛地醒了。他问平婆，昨晚是不是又讲梦话了。

平婆没吱声，只顾打开煤气灶，煮粥，热馒头。

想着今天大领导来慰问，老周心里美滋滋的。他从铁皮屋里钻出来，套上粉红的环卫服，抱起扫帚，拉着推车，一瘸一拐地没入灯火璀璨的街头。

重 逢

敖 萌

白马，冷月。

他戴着人皮面具，带着那把十年来都未曾离开过他的剑，来到这片枫林，没有谁能阻挡他。这一天，他等了十年。

他要与一个人重逢，重逢后，就是一场生死决斗。他没有把握，但是，为了报孪生哥哥的仇，他不惜一切代价。

突然，林子那边"嗖"地蹿出一个——他警惕地跳起，却只听得"喵呜"一声。他吁了一口气，手心捏了一把冷汗。他暗嘲自己无能，俯下身，将那只小猫抱起，轻轻抚摸它。也许，它是他生命最后一刻的伙伴了。自从与他相依为命的哥哥死后，他再也没有什么人可依靠了，除了他师父，也再没有谁关心他，除了他师父。

是师父救了他。当年，一个武林魔教杀手结束了孪生哥哥的生命，从此，他一语不发背井离乡拜师学艺。在饥寒交迫时，他艰难地向客栈掌柜的讨些吃的，眼看被伙计攒走，一位少侠出面阻止，还请他一起吃饭，最后竟答应收他为徒，后来，两人就在一座荒山里，耕作、练武、生活，几乎与世隔绝。

十年了，尽管师父从未对他说起自己的身世，但他已把师父当成自己唯一的父辈，或者兄弟，师父亦是如此。

他要复仇，师父并未阻止，只说祝他好运，眼神很恳切，又像隐藏了什么。他也不多问，上路了。

而现在，他突然想起了师父。虽然师父说他在同龄人中已是罕见的高手，可他除了与师父切磋，从未和他人比试过，今晚一战，胜负难料。如果自己回不去了，师父孤身一人，也着实难受啊。他忽然后悔，未曾劝师父再收个弟子，或者娶个师娘。只要师父能有个伴，他死也瞑目了。

白马长嘶一声，他从回忆中醒来。此时面前已站着一人，戴着和他一样的人皮面具，他突然想起了什么，努力抑制内心的激动。

"你来了，"对方先开口，"十年前，我杀了你哥哥，你亲眼所见，还认识我吗？"

"是！"他喉结震动了一下，握紧了手中的剑，"我认得这面具。"他一字一顿地回答那个苍老的声音。

"不错。"仇人点头，"你一定很奇怪，"仇人又顿了顿，声音却变得年轻而熟悉，"为什么我们都有同样的人皮面具？"

他惊恐地睁大眼睛，只见对方缓缓将手抬至前额，轻轻撕下面具——

"师父！"

"你还认我是师父吗？"师父语气很温和，十年来，师父对他一向很温和，却从未至于这个程度，而且，那声音中又明显透着沉重和悲伤，"我杀了你哥哥，你还能当我是师父吗？"

他只觉天旋地转，冷冷的月光异常刺眼，十年，他喊了十年的师父，那么崇拜的师父，至亲的师父，竟是他的……

"我也是孤儿，为了活命，跟我的主子学武，给他卖命，替他滥杀无辜。我不觉心痛，杀手都是麻木的。直到遇见你哥哥，那个只比我小几岁的孩子，不得不被我灭口，他临死前只说了一句'放了我弟弟'。我第一次知道，原来一个人临终前，还会记挂亲人的安危。当时，我第一次渴望，我也能有个这样的兄弟。"

师父声音有些哽咽。而他，依然陷在震惊、仇恨、伤心与不忍之中，无法释怀。

"我终于发现我还会有感情。你当时扑上来说要杀我，我没理会。我带走了你哥哥的尸身，葬了他。从此隐姓埋名，不做杀手，一心去寻访你，恰好在客栈偶遇。我想，把毕生所学都教给你，等你学成了，不再受人欺了，我便让你复仇。"

他从精神重创中渐渐苏醒，心里仍是百感交集。哥哥的一条命，救回了一颗良心，这颗良心又救了自己……一抬头，借着月光，看到师父眼中含泪，心中又一痛。

师父微微一笑，朗声道："君子报仇，十年不晚。来吧！"随即闭眼，神态自若。

他紧紧地盯着师父的脸，拔剑出鞘，直至其喉，却分明看见自己手在颤抖……

"当！"剑落地。

他大吼一声，狂奔数十里，逃出枫林，一时失足跌倒，索性躺下，昏睡过去。

等他醒来，师父已坐在他身侧，烧柴，烤肉，白马拴在树桩。一如他们在荒山里的十年。

"人生未必如初见，他年重逢或相知。"

黎明，破晓。

情人节之夜

罗贤慧

雪，下得纷纷扬扬。

大街上已经没有什么行人。只有电影院大楼外的霓虹灯还兀自热闹地闪烁着，透出节日里最后一丝狂欢的气息。

男人跺跺脚，望望电影院门口的LED时钟——1点过10分，电影快结束了！她这时候正舒服地窝在影院的沙发里，望着荧幕直乐吧？"嘿嘿，傻女人！"男人咧了咧嘴，想笑，却没笑出来——滴水成冰的夜晚，在外面站了一个多小时，他的脸简直要冻僵了。男人掏出揣在怀里的手，使劲儿搓了搓脸，又跳起来跺了跺脚，然后依然把手放回袖笼里。

"不知道电影好不好看。"男人侧着耳朵朝里面听了听——大门关得严严实实，一点声音也听不到。不过是一道门而已，里面和外面却像是两个世界，一边是喧嚣热闹温暖如春，一边却是静悄沉寂呵气成冰。

远处有隐隐约约的爆竹声，男人抬起头，看到城市尽头的天空升起一丛丛烟花。过年了！一眨眼，他和女人来这座城市已经整整十年！想当初，他跟着工头进城接的第一桩活就是建这座电影院。这座大楼用了什么标的水泥什么号的砖几分粗的钢筋，他都能如数家珍倒背如流。可大楼里面的世界是什么样，他却是两眼一抹黑，没想过，也想象不出。

这些年从城东到城西，从城南到城北，男人已经记不清有多少高楼和这座电影院一样，在修建的时候工地上临时搭建的工棚就是他们的家，可大楼建好后，就跟他们从此属于两个世界了——就像这个节日，大楼上的霓虹灯，闪烁的是"情人节快乐"，可对他们而言，这一天值得庆祝，却是因为过年；又比如这场电影，对别的女人来说，或许不过是节日狂欢后的一次消遣，可对他的女人，却是盼了十年的心愿。

男人还记得，电影院开业第一天，女人跟他说："要是有一天，咱也能进去看一场电影，那多好！"他明白，女人并不真是为了看电影，而是因为这是他在这座城市建的第一座大楼，女人想进去看看！这句话女人只说了一次，男人却记了整整十年。今天，终于让她如愿了！男人轻松又满足地吁了一口气。

夜，越来越冷。男人肩膀上已经有了薄薄的一层积雪。换了个姿势，男人把手揣进衣兜里。兜里有一小卷钱，三十五块，是刚才退电影票的时候返的。男人捏了捏钱，心里有些小得意。他准备用这钱给女人买副手套，那手套他好多天前就看好了，就在北街转角的小店里，羊毛的，厚实，女人带上，以后扫街就不怕冻着手了。

"——那傻女人，不会发现我的小动作吧？""应该不会，里面那么黑，况且我买票的时候特别要了两个不挨着的座位，就是为了偷偷溜出来不被发现。她要是知道我只买一个人的票，是肯定不愿去看这场电影的。"

"——可要是她问我电影好不好看，我怎么说？""当然好看！那还用说吗！"

"——要是她问电影里哪个女人长得好——在家里看电视她就老爱问这个——那该怎么办？""那我就说，都好！"

"——不行，太敷衍。""那干脆就说，里面太暖和，沙发又太软，我睡着了。"

"对！就是这样，不管怎么说，决不能让她知道我把票退了，没看这场电影！"男人打定主意，双手一拍，差点笑出声来。

1点30分。电影院的大门终于开了，一对对年轻情侣甜蜜地依偎着鱼贯而出。情人节的午夜场，似乎本来就是为这些年轻的小情侣们量身打造的；只有他们是例外，图的是这时候的电影票比黄金时段便宜十多块钱。

男人呵着气，搓了搓手，目光在人群里搜寻着女人。一双手从他背后伸过来，不经意地拂掉他肩上的积雪。"你怎么从那边出来了？"男人转过身，发现女人是从另一个方向过来的。女人眼里有盈盈的光在闪："哦——我在里面转晕了方向，找错门，走到后门口去了。""傻不傻！"男人有点失笑，"怎么样？电影好看吗？""你不是也看了？还问我？""哦——对啊——嘻，我就是问问，你觉得好不好看。"差点露馅，男人赶紧圆了过去。"呵呵，"女人不好意思地笑笑，"里面太暖和，沙发又太软，我……睡着了……""哦——"男人愣了一下，"没事儿！那咱回吧！"男人牵起女人的手往回走，发现女人的手和自己的一样冰。

"他爸，前些天我在北街转角的小店里看到一顶帽子，羊毛的，可厚实了，还有护耳。明儿咱就去买，你看你的耳朵，冻疮都开裂了。"女人边走边说。男人没答话，趁女人不注意，轻轻拂去了她肩上薄薄的积雪，又用力紧了紧女人冰凉的手。女人又说："那帽子的价钱我都看好了，不贵，只要三十五块……"

香 火

林巧云

小宝爷爷的那一代，一家十口，但香火不是很旺，可不，曾祖父和曾祖母连续生了几个都是穿裙子的，盼弟、望弟、想弟、招弟和求弟。

那年代，鸡比狗贵。因为穷，买不起，所以过年只能把养了一年的猪宰了。除了供祖，还供菩萨。一头猪，除了头，还要留几块换油盐酱醋，留几块过完年再吃，剩下的没多少了，所以肉一上桌，几个姑奶奶便一抢而光。

猪头和水果是用来供祖和供菩萨的，绝不能吃。尽管几个姑奶奶口水都流干了，也只有欣赏的份。

曾祖父和曾祖母在送子观音面前很虔诚，双膝重重跪地后额头与地面也发出了毫不含糊的响声。

不知牺牲了多少个猪头，也不知跪烂了多少条裤子，送子观音终于送给了他们一个儿子——来弟，那就是小宝的爷爷。

到了小宝爸爸那一代，一家六口。爷爷奶奶只生了小宝的姑姑和爸爸。

那年代，狗比鸡贵。虽然生活不是很富余，但不用打架也有肉吃了。

到了小宝这一代，一家五口。爸爸妈妈只生了他这么一个宝贝疙瘩。这真是，捧在手里怕摔了，含在嘴里怕化了。从呱呱落地的那一刻起，小宝几乎都是被轮流抱着长大的。

从小宝会走路的那一刻起，爷爷、奶奶、爸爸、妈妈、姑姑、姑丈轮流着撵小鸡似的撵着小宝喂饭，从第一排撵到第二排，从第二排撵到第三排……再从第六排撵回第一排……一顿饭下来，年轻人还顶得住，但老人则已气喘吁吁了，马拉松比赛也不过如此。春夏秋冬，天天如此，从不间断，一直到上小学二年级。

这年代，肯德基比鸡贵。当然，生活好了，大鱼大肉天天上桌，而小宝每吃一个鸡腿就要一个"果宝特工"机器人；每吃一块肉就要一架"雷速登闪电冲线"遥控车。如果不答应，小宝就宁死不屈，绝不向鸡鸭鱼肉低头。

这一天，是小宝九岁的生日。一家人早早地为小宝准备了丰盛的晚餐和一个特大的蛋糕。

吃了饭，唱了歌，许了愿，吹了蜡烛，然后切蛋糕。

"小宝，爷爷的生日是哪天？"

"不知道！"

"奶奶的呢？"

"不知道！"

"那，爸爸妈妈的呢？外公外婆的呢？姑姑和姑丈的呢？"

小宝除了摇头还是摇头……

"可我知道我们同学的生日，他们经常请我去吃肯德基！"寂静中，小宝兴奋地嚷了一句。一边嚷，一边把一块蛋糕扔进了垃圾篓。

"小宝，你扔蛋糕干吗？你不吃给爷爷吃。"

"不好吃！"

"小宝啊，你太浪费了，你知道吗？你爷爷和你几个姑奶奶以前从没吃过一顿饱饭，你曾祖父和曾祖母每天就煮一锅粥，粥里还掺着红薯和木薯呢，等步行到几公里以外的学校后肚子就饿了。唉，你啊！"

"笨，你们不会买蛋糕吃啊！"

一下子，一屋子的人目瞪口呆。

都市花园

邵火焰

都市花园是纸马爷在世的收官之作，也是他一生扎得最好的纸马。纸马爷从10岁开始拜师学扎纸马，一扎大半个世纪。看过都市花园的人都说，那简直就是黄州城都市花园小区的浓缩版，黄州城都市花园小区所有的设施，纸马爷的都市花园里都有，而且栩栩如生。

人们只看到了都市花园扎功的精湛，并不知道纸马爷为扎这座都市花园所付出的艰辛。纸马爷是在去了一趟黄州城都市花园小区后，才产生了要扎一座一模一样的都市花园的想法的。黄州城都市花园小区是黄州城最高档次的小区，小区里的别墅群，游乐场，假山凉亭，休闲广场，音乐喷泉……无不让纸马爷心动。纸马爷有自知之明，这一生是不可能住在这仙境般的地方的。纸马爷想，如果死后真有阴间存在，扎一套纸马岂不就梦想成真了。心动的纸马爷于是开始了他的都市花园的"兴建"工作。

那段时间，村里人看到纸马爷隔不了几天就要去趟黄州城。纸马爷是去熟悉小区的方位、建筑结构、颜色布局等情况的，这样扎起来才得心应手。有人就笑他说："纸马爷，你怎么老往城里跑，是不是城里有个老相好等你去约会啊？"

这话还真触动了纸马爷的心思，唤起了他甜蜜的回忆。纸马爷还真有那么一个老相好，不过那不是在城里，是在邻近的一个村子里。纸马爷年轻时，和邻村的兰妹子好上了，他们瞒着大人偷偷地约会，纸马爷和兰妹子经常手牵着手在那片小竹林里相拥而坐，憧憬着未来美好的日子。可是后来纸马爷托媒人去兰妹子家提亲时，没想到兰妹子的父母毫不犹豫地拒绝了，拒绝的理由很明确：他一个扎纸马的将来能有什么出息。兰妹子后来嫁给了一个煤矿工人，几年以后兰妹子的丈夫在一次矿难中遇难，兰妹子没再嫁人，一个人把儿子拉扯成人了。纸马爷也没有再找人成家，就一个人孤独地生活。纸马爷经常暗中接济兰妹子。纸马爷扎都市花园时脑海里就不时会浮现出兰妹子的身影。

纸马爷的都市花园历时大半年才竣工。竣工那天，纸马爷偷偷去看了一趟兰妹子，回来后一个人在家自斟自饮，喝着喝着就喝多了，纸马爷喃喃地叫着兰妹子……

随着上门欣赏都市花园的人的增多，都市花园的名气越来越大了，一传十十传百，很快黄州城以及周围十里八乡的人们都知道纸马爷的这件精美绝伦的作品。于是就有看上了这件作品的人找上门来。

最先上门的是镇长，镇长的父亲去世了。镇长的父亲去世前到纸马爷家看过都市花园，去世前留下的遗言是，要儿子无论如何烧一座这样的都市花园给他，不然死不瞑目。镇长派人来好说歹说，纸马爷就是不答应，后来镇长亲自带着村主任上门，纸马爷的回答同样斩钉截铁："不卖。"镇长问："你平时一套纸马卖多少钱？"纸马爷说："三百到五百不等。"镇长咬咬牙说："都市花园我给你两万，你卖不卖？"纸马爷的回答还是两个字："不卖。"

都市花园连镇长都没买去，这更增添了都市花园的身价。几天以后，村里开来了一辆宝马轿车，据说是一个建筑老板来了，他的母亲去世了，他来买纸马爷的都市花园，老板看了一眼都市花园后，拿出一包钱扔在桌上说："这是二十万，购买你的都市花园。"围观的村民们吃惊地瞪圆了眼睛，他们还从来没见过这么多钱，他们满以为纸马爷会兴奋地点头，可是纸马爷说："甭说二十万，就是二百万我也不卖。"

村里人都在摇头，说："这纸马爷老糊涂了，二十万啊，在村里完全可以盖一座三层小洋楼……"

有人就问纸马爷："别人出这么高的价你不卖，你是不是想留给自己住啊？"

纸马爷不置可否地笑了笑。村里人背后都说他是一个老不开窍的木头。

纸马爷也不计较别人怎么说他，每天依旧扎他的纸马，除了都市花园不卖外，他的其他的纸马销路很好。

人们都在拭目以待，想看看他的都市花园最终的结果。

这天，有个小伙子上门来了，说他奶奶去世了，要买一套纸马，小伙子看上了一套冰箱彩电轿车齐全的纸马，可是纸马爷不卖，纸马爷做出的决定令小伙子目瞪口呆："你把这座都市花园拿去吧。"小伙子好半天才反应过来，说："可我出不起那么高的价啊。"纸马爷说："我一分钱也不要，送给你的……"

这下轰动了全村，人们怎么也解不透这其中的缘故。然而，更让人不可思议的是，送出都市花园的第二天，纸马爷也离开了这个世界。享年74岁。

纸马爷竟然是无疾而终，死时面带微笑。

其实，人们不知道，纸马爷死前心里亮堂着呢：那小伙子的奶奶就是兰妹子，纸马爷在都市花园里的一座别墅里卧室的床上扎了两个小人，那就是他和他的兰妹子。

活着就好

孔玉新

    同母亲住在一个小区的一位87岁的老大娘摔了。她原本卧床数载，一只眼因病致盲，仅余一只眼睛勉强能看东西。如今又逢意外，一只胳膊骨折了，真是雪上加霜。她在医院的病床上，发出痛苦的呻吟。

    平素，老夫妇有保姆照顾饮食起居。不过，老先生也会偶尔下厨做一盘醋熘白菜或者下一锅海鲜疙瘩汤，因为这是老妻最爱吃的东西。多少年，老伴只吃得惯他做的这两样。他还经常给老伴讲笑话，念些报纸上新鲜有趣的事儿给老伴解闷儿。

    恩恩爱爱。

    躺在病床上的老妻，不止一次地说："我太拖累你了，死了算了……"老先生每次听到这话儿，都会劝道："老伴啊，要是没有了你，那日头，从升到落，一天天地该有多长啊……有你在，我就有家，你不在了，我就没有家了啊……"老夫人话虽这么说，即便保姆在侧，也只肯让老先生端着保温饭盒，一口一口地喂她饭吃。

    有一天，老先生没有来。老夫人发火了："这个老头子啊，忙什么去了，啥事还能比给我喂饭重要？"第二天，老先生还是没有来。老夫人见不到老先生来，抓心挠肝，不断地追问儿女："你爸上哪儿去了，怎么还不来呀？怎么还不来呀？"后来，但凡门口有些许动静，老人就高兴得像个孩子似的问："是不是你爸来了？"一等再等，半个多月始终未见老先生出现。老人到了崩溃的边缘，呜咽地问儿女："是不是你爸爸没了，你们瞒着我，不肯告诉我啊？"再后来，她又以绝食相逼。老夫人表示，再不见老先生来，或者再不清楚老先生的状况，就不再活下去。

事情的真相是：84岁的老先生在某天的清晨，也下不了地了。他的脑袋里生了一种病毒，导致双眼肿胀到无法睁开，喉咙也被这可怕的病毒侵蚀，无法说话。老人被突然而至的病痛击中，也住院了。儿女们怕母亲着急上火，加重病情，所以一直隐瞒，不敢说出真相。当把母亲不肯吃饭的消息，告诉给了同样住院治疗的父亲时，老人急急地打着手势，催促儿女赶紧把他抬到轮椅上，请求孩子们将他推到老伴的病房。

当老夫人用一只眼睛，看到她心心念念的人儿坐着轮椅，出现在了她的面前时，一时间悲喜交集，带着哭音道："老头子，我以为你没了呀……"被儿女推到老妻病床前的老先生因为无法说话，努力在喉咙里挣扎出一声声含糊不清的"啊……啊……"的声音，用一双布满老年斑的手，在空中颤颤巍巍地摸索着、探寻着……先是摸索到了床，顺着床的方向他又摸索到了老伴的头、脸颊，然后是胳膊，再是腿、脚……老先生以手掌为眼，一寸寸地在感觉他的太太，用这种特殊的方式"看"他的亲人，由头到脚，用颤抖的手，整个摸了一遍。他的嘴里时不时发出"啊""呜"的短促音调，吐出的每一个音节都异常地艰难，甚至可以看到顺着老人嘴角涎下的口水……躺在病床上的老夫人，也艰难地举起手掌，仿佛倾尽整个生命般，努力地向老伴的方向伸过去，去抓老伴慢慢摸索过来的手……两只手掌终于在空中会合了，牢牢地握在了一起！紧紧地互相攥住，像攥住了彼此的生命一样，怕一撒手，对方就会消失不见，任脸庞的泪水无声地落下，再落下……

病房里这对握着手、无声饮泣、皆是残躯的老夫妇，引得观者的眼泪，都哗哗地止不住往下流。

老先生该回去治疗了，临别时，啊啊地叫唤，像是在嘱咐他的妻子："老伴啊，你要听话啊，你要好好地吃饭。"

当天晚上，老夫人足足吃了一碗饭。这是在她见不到老伴的那些日子里，吃得最多亦是最香的一次。她放心了，活着就好。

最好的惩罚

葛会渠

2017 中国微型小说排行榜

麦克上小学四年级了。十一岁的他对什么都充满了强烈的好奇心，最近，他又留意上了校园里的一条小狗。

麦克对这条小狗的兴趣在于，为什么它个头那么小，却能发出比大狼狗还要高亢雄浑的吠声？是不是这条狗的身体里藏着什么特别的东西呢？麦克想，要是能有机会看看小狗的内脏器官，就什么都清楚了。

这个念头一直萦绕在他的心头，为此，麦克做了充分的准备。这天下午放学后，等同学们都走了，麦克独自一人沿着校园静悄悄的林荫道寻找着小狗的行踪。冷不防，那条小狗从路旁的矮灌木丛中钻了出来，对着他一阵乱叫。麦克瞅瞅四下无人，从书包里拿出一块汉堡扔了过去。小狗见到了汉堡，立即停止了吠叫，高兴地趴在地上啃了起来。不一会儿，就见它"呜呜"地扭曲了几下身体，便倒在地上再也不动弹了。麦克在那个汉堡里下了蒙汗药。

麦克掏出从家里带来的锋利的水果刀，没费什么劲，就把那小狗给解剖了。他认真而又仔细地翻弄、观察着小狗的内脏器官，表情专注得像个内科医生。做完这一切，他拎起小狗站起身来，准备找个地方把它埋了。

就在这时，麦克听见身后传来一声咳嗽，惊得他手一软，"啪"一下，小狗掉在了地上。麦克慌忙转过身，看到身前站着一个高大的老者。

麦克吓得魂飞魄散，那个老者不是别人，正是大家都很敬畏的校长。

校长满脸怒气地吼道："你知道这狗是谁家的吗？"

麦克惊恐地摇摇头。

"这是我养了三年的爱犬，想不到它死得这么惨。你为什么要这么残忍地杀了它呢？"校长质问道。

到了这种地步，麦克不敢不说真话。他嗫嚅着回答："我，我想看看，它为什么叫声特别大，是不是内脏跟别的狗不同。"

"哦，是吗？"校长顿了一下，"那你发现什么了吗？"

"是的，"麦克说，"它的骨骼很细，肺很大，喉管也很粗。"

校长脸上的怒气稍稍有点缓和，他对麦克说："拎着小狗，跟我去校长室。"

一路上，麦克忐忑不安，他知道，这一次祸闯大了，校长决不会轻易饶了自己的。果然，刚到校长室，校长就严肃地发话了："你做了一件很残忍也很错误的事情，未经主人允许，就把一条狗给杀了。依照学校的规章，我要对你进行处罚。"

麦克吓坏了，他不知道校长会怎样处罚他。只听校长说："我有四种处罚方案，你可以选择其中的一种接受惩罚。这第一种就是给你一个处分，你愿意接受吗？"

背个处分，以后还怎么在同学和老师面前抬头？麦克当然不愿接受，但他又不敢说不，因为他不知道其他三种惩罚会不会更糟糕。所以，他就这么低头站着，默不作声。

"你不吭声就代表你不愿接受，那好，第二种处罚是让你带家长来，我要和他们好好谈谈，让他们今后把你管教好。"校长又说道。

父母要是知道了这件事，肯定会狠狠揍我一顿的，以后也不会让我自由自在地玩耍了。麦克这样想着，依旧默不作声。

"第三种处罚是罚你做一个月的值日生。"麦克最讨厌做值日生了，扫地呛得人满鼻子灰尘，而且还耗时间，放学后就无法和小朋友们玩了。他可不愿接受这样的惩罚。

"那么，就剩最后一种惩罚了，"校长大声说，"罚你把今天看到的小狗的骨骼和肺的形状按2比1的比例给我用笔和纸画出来，不能有丝毫分差。"说到这儿，校长用手指了一下躺在地上的那只可怜的小狗。

再没有比这个更好的惩罚了。麦克心中一阵狂喜，画幅图有什么难的，想到这儿，他竟然高兴地跳了起来："我接受！"

那天晚上，麦克坐在校长室里，极其认真地画了又改，改了又画，那种认真仔细劲超过了他参加的任何一次考试，直至最后校长点头认可。

一晃近三十年。这天，著名的解剖学家麦克·劳德应邀回母校演讲。在第一排的嘉宾听众中，坐着一位头发花白的老者。麦克·劳德一眼就认出了他，当年的校长。当麦克·劳德在演讲中说了他十一岁就解剖了一条可爱的小狗的故事后，他指着台下第一排坐着的老校长说："我一直想问您，当时怎么会让我画那么一幅图呢？"

满头白发的老校长颤巍巍地站了起来，接过麦克风，声音却洪亮而坚定："其实你刚解剖我的小狗时，我就发现了。说实话，当时我十分生气，但当我站到你身后，你竟然没发觉，依然那么专注时，我想这个孩子肯定不是因为调皮杀我的狗的，他的行为应该是兴趣使然，所以我并没有立即阻止你。因为我们做老师的不能扼杀孩子的兴趣，相反，应该给予保护和引导。但我还是怕你看完狗的内脏器官，好奇心得到满足后就将此事忘了，不会再做深层次的探究，那样的话我可爱的小狗就死得太不值了。所以，我想出了那么一种惩罚方式，实际上是在引导你要对自己的兴趣和发现做出准确的判断与记录……"

老校长的话还没说完，全场就爆发出了雷鸣般的掌声。强烈的聚光灯下，大家看到麦克·劳德的眼睛里闪烁着泪花。

瞎折腾

陈志江

到了秋冬季节，北风一吹，就是白苟最难受的时候。

白苟有很严重的鼻炎，怕冷，北风呼呼的日子，他的鼻子经常会有清鼻涕流出来，鼻腔里呼出来的气都带着腐烂的臭味。就因为这个，白苟三十好几了还没有娶上媳妇，曾经有热心人给他介绍过对象，但是人家见过一面后就不想再来往了，嫌他邋遢。

"都是这条臭水涌祸害的。"白苟最喜欢把这句话挂在嘴边。

白苟住的屋子前面，有一条河涌，十来米宽，常年有水。白苟小的时候，河涌里的水还是清澈湛蓝的，他经常脱得光溜溜的下水玩耍。后来，小镇的工厂多起来了，河涌里的水也渐渐变了颜色，变得污浊不堪，还经常散发出令人掩鼻的臭味。

白苟认为自己的鼻炎和发出恶臭的河水脱不了干系。他想过把家搬走，可是家里穷得叮当响，现在的地价又贵得吓人，他哪有能力去买地盖房？只好在老房子安身了。不过又不甘心整天闻着这股臭味，于是隔三岔五地去镇里找领导反映情况，要求清理河涌。镇里的领导都烦他，每每看见他来找，都会想办法躲开，实在躲不开，就嗯嗯啊啊地敷衍他。

镇领导换了一茬又一茬，河涌两岸也总算有了变化：种上了花草，装上了路灯。花草是不断变化的，开始种的是秋海棠，换了镇领导后，又种上了桃花，到上一任，改种月季花了。可是，河涌的水依然还是那么黑，臭气还是那么浓烈。白苟还是像祥林嫂一样，见人就说河涌祸害了他。

有一天，河涌两岸用蓝色塑料板围蔽起来，穿着劳动制服的工人开着挖掘车来了，一番大干一场的景象。白苟去了几趟镇里打探消息，回来兴奋得手舞足蹈的，比中了大奖还要兴奋，逢人就说："这下子动真格的了，听说政府投资几千万，要把臭水涌两岸铺上人行道，人行道上每隔几米有长方形花圃，里面全部种上樱花！还有，这次的重点是整治臭河水，到时候呀，咱渴了可以直接到河里舀水喝。"

有人跟他抬杠："白苟你就吹吧，还真把自己当成人物了，好像自己是镇长似的。几千万？镇里舍得为咱老百姓花这大笔的钱？还有，这河水能直接饮用吗？不把你毒死才怪呢。"白苟心情好，也不跟他计较，嘿嘿笑着说："你不信？那咱们就骑驴看唱本——走着瞧。"

白苟好像是对整治工程着了迷，每天侍弄好家里那几亩地后，其他时间都是搬张马扎在门口坐好，关注着工程进度，那认真的模样，简直就是个尽职尽责的监工。

马路被挖得稀巴烂，铺上了条石。河涌两岸原来种上的大树被连根拔起运走，花草被拔光，白苟咋看咋不顺眼，咋感觉比原来还要难看呢？而且，河涌里的水还是那么黑，那么臭，咋见不到有人去清理呢？

他踱到一个蹲在地上干活的工人面前，递上一根烟，讨好地问："师傅，辛苦了几个月了，眼看这地面工程都要完工了，接下来应该是清理河道了吧？"工人接过烟，夹在耳后，看了看白苟，认出他就是那个每天坐在门口观望的怪男人，就摇了摇头说："清理河道？我好像没听说过。"

白苟急了，涨红着脸争辩道："没听说？不可能，几个月前我就从镇里打听清楚的，咋会有错？"工人知道和他说不清楚，也不和他争辩，埋下头去专心干他的活。

那天夜里，白苟辗转难眠，忧心忡忡。再过了一个月，一个个小花圃也砌好了，并种上了樱花树，工程队就撤走了。白苟整天在新铺的人行道上走来走去，见到人就说："把岸边弄成这样有屁用，河水还是那么臭，这不是瞎折腾吗？"人家就笑话他的无知："你傻呀？不折腾，钱会自己飞到钱包里来？"

没多久，镇领导的办公室里，又经常看到白苟的身影，鼻孔依然是经常挂着一坨清鼻涕，镇领导看见他都忙不迭地躲避，私下里都说："这个白苟，真是吃饱了撑的，天天来烦，瞎折腾。"

寻找英雄

陈振林

这两天，这座小城都在找一个人。

这个人是在一场火灾中出现的。三天前，在一栋居民楼的一楼，一位60多岁的老太太使用液化气不当，在她家的厨房冒出了火苗，火苗像长了獠牙一般，到处乱窜。这时，有一个人冲进了火海，瞬间从火海中抱出了一位老太太。然后，这个人就像一阵风一样，转眼间就没了踪影。

人救出来了，现场的大火扑灭了，就有人想起了救人的人。可是，等到真正地来寻找这个人时，就找不到这个人了。老太太的儿子在找，民警在找，不少热心的市民也在找。

电视台发布了寻人告示：寻找火海英雄，你在哪儿？

报纸也发出了声音：救人不留名，真心好英雄！

其实我知道，这个人是谁，这个人在哪儿。

很简单，这个人是我，我在我家中。那一天我去买米，正经过那儿，看见起火，就冲进了那房子。我名叫卜通，住在爱民路9号，33岁。

我这时候得去买菜，我家中的母亲忽然叫住了我："儿子，电视上说的冲进火海的那个傻瓜是不是你啊？"母亲当天就看到了我脑袋上头发被烤焦了一些，还有，我的右手肘有些受伤了，我一直用湿毛巾包着。我知道瞒不过母亲，点了点头。病重的母亲继续躺在床上养她的病，我还得上菜场去买一些减价菜。

可是，就在我从菜市场拎着几根胡萝卜和几个土豆回家时，我的家门口居然围满了人。有人见了我，拿着话筒盯上了我。我知道他们是一些报社或电台电视台的记者。有个年轻漂亮的女记者跑得最快，她用话筒对着我，笑着对我说："请问您是卜通先生吗？"

我点了点头，我知道进厨房去做菜是不成了。我顾不上放下手中的胡萝卜和土豆，转身就离开了。我知道他们这些记者不好打交道，我骑上我的自行车，逃命一样离开了我的家。

我算是躲过了记者们的追赶，我以为我平安无事了。

想不到，当天晚上，电视台就播放出了关于我的采访。是那个年轻漂亮的女记者问我时的场面，但这场面只是出现了2秒。其他的画面是采访我家的邻居和居委会的干部。我家左边的邻居是王大妈家，王大妈本来就有些胖的脸上笑得更灿烂了，她开口就说："这个卜通啊，在我们左邻右舍中是出名的好人，我们家中要是有点什么小困难小事情，他总是跑在最前头呢。"我家右边邻居是胡大爷，他竖起了大拇指："好样的，我们的好邻居卜通！"画面接下来是居委会李书记的采访，李书记拿出了一支笔，指着笔记本上的一段文字说："这个卜通，做了居委会的义工三次，还为地震灾区和白血病患者捐过款呢。"

报纸我是第二天上午看到的，在头版头条赫然摆出了我的照片，然后是一行大的黑体字：英雄卜通是这样炼成的。内容是对我读书经历的采访。有我高二的班主任刘老师，他介绍说："卜通读高二那年就是班干部，能力强，肯为班上的同学服务……"我初中时期的语文老师也有采访文字："卜通的作文不错。他的作文我好几次用作班上的范文。"报社也采访了一个名叫陈大根的人，陈大根说："卜通从小就主持正义，认真学习，是好多学生学习的榜样。"

就在这一天的下午，我就被请到了县政府院子内的会议室，原来是召开火海英雄颁奖会。会议时间不长，电视台、报纸的记者们也都来了。我成了主角，县政府的刘县长用肥厚的手掌握住了我的手，我不知道他对我说了些什么，只见他将一个红色的信封捧到了我的面前，塞到了我手中。那是奖金，之前县政府办的主任小声地跟我说过，是1万元钱。这个时候，其实我想拿话筒说几句话，可是话筒没有递给我。

但是，这话我还是要说，我只说给我一个人听。

我家和邻居们关系其实并不好，母亲和王大妈、胡大爷都吵过架，吵架的原因是我小时不听话，我曾偷偷地将王大妈家的电给断了好几次，有一次让她家的小儿子给发现了，于是她和我妈吵了架。我在上初中时，将王大爷自行车的气门芯给拔掉好几次，他骂了我好几回。至于居委会李书记，我认识他，他根本不认识我。义工是做什么的我不知道，我也从没给人捐过款，因为我家本来就没有钱呢。

报纸上的内容我更觉得好笑。我高中没有读完，只读完了高二年级没有读高三，我当然没有做过班干部。初中语文老师说我的作文好，好什么好啊？我从没将一篇作文认真写完过，我觉得写作文最烦人了呢。至那个自称陈大根的人，我仔细回忆，他在小学上过课，但当时根本没有带过我的课程啊。

可是，这些话我只能对自己说了。

不过说话的机会也来了，那个年轻漂亮的记者又找到我家来了，她说："卜通先生，我知道这两天您很忙，但我们还是想请您谈谈，当时为什么您就冲进了火海呢？"

"我什么也没有想啊，想什么想啊？想的话，还怎么去救人啊……"我倒反问她了。她对着我摇了摇头，对答案不满意，但一会她又点了点头。她的眼角，似乎有泪。

我一直不明白，到底是谁将我是救人者最先说出去的。我知道我的母亲，她知道她的儿子会去做救人的事，但是，她不会主动说出去。就在这时，邻居王大妈来串门了，她的嗓门提高了八度："卜通啊，前天要是我不来你家激将你母亲，你母亲还不会说出你救人的事呢。那你的1万元奖金不就拿不到了吗？"

我不想理会，王大妈知趣地走了。躺在床上的母亲说："前天，她来我们家，说西城区有辆摩托车上午被盗了，就问你上午这个时间段在做什么，这不是气人吗？我就说，我儿子在火海里救人呢……"

我没有出声，只望着我家小小的餐桌。餐桌上，左边是装着1万元的红色大信封。大信封旁边，是我刚买回的菜，几根胡萝卜，几个土豆。

离 婚

王若冰

晚饭桌前，他一边偷瞄着她，一边有些心不在焉地往嘴里塞着菜。她依然与任何时候一样，满目温情，安静地吃着。他却想，吃吧，今天晚上就是我们7年婚姻里最后的晚餐了。

他想着，越来越有些心不在焉。借着看电视屏幕，扫视了一下家。家里依然是一尘不染，高大的青花瓷瓶里开着纯洁耀眼的白玫瑰，他略有所思地将注意力转到饭桌上，抬头说："我明天要回国一趟，公司在国内的生意出了点麻烦，需要我去处理一下。你自己在家多注意。"说完，他内心还是多少有一些忐忑不安，赶忙将目光从她的脸上移开。她依旧很安静，抬头直视着他，淡淡地说："好的，我会注意的，这么多年，我都习惯了。倒是你，要多多注意，现在国内是冬天了，北京的气候变化又异常快，你的咽炎又要犯了，想着带些药吧……"

不知何故，他此刻听着她的话，总觉得内心不安，他不知道什么地方不对，但就是觉得她的语言里带着明显的异常。

窗外，一场大雨正在肆无忌惮地拍打着玻璃，窗前的月季被打落了一地的花瓣，丝丝缕缕地缠绕在哗哗啦啦的雨水里。他放下碗筷，借口说要收拾回国带的行李，走进了他的书房。

她也站起身，目光盯着他的背影，掩映在工作室的门后，内心浮起满地的苍凉。很快苍凉变成了快感，突然感觉柔弱了多年的自己强大了起来，动作麻利地将碗筷放到了洗碗机里。脑海里一幕幕往事历历在目。想起，十年前，当他们刚刚从同一所大学毕业时，对前程茫然的同时又充满希望。他作为家里的独子，在父亲的安排下又跑到澳洲读硕士。临别时他们在机场依依惜别。他承诺毕业后一定回来结婚，她则早已暗下决心，要凭自己的努力，到澳洲与他团聚。时光弯弯转转地流逝着，为他，她终于拿到了澳洲一所大学的录取通知书，继续她的学业。两个人在异国他乡相互依靠，再加上他家优厚的物质条件，他不需要去打工就过得很好，而她则在他的保护下，过得比想象中轻松。在紧张的学习之余，他们还有机会一起在澳洲这块神奇的土地上将风景看遍，两人的爱情也是与日俱增。

她想起从前的时光，眼睛终究还是有些不争气地湿润了。她将厨房里的水龙头打开，任水哗啦地流淌着，她用双手将一把水放到脸上，狠狠地捏了下鼻子。

他则在书房里将自己一直带在身边的几幅照片看了放下，又拿起来，最后还是放进了行李箱里。这时手机里的微信滴滴地有消息进来。他拿起来："都准备好了吗？我可等着呢！"

他看了看手机，心里有了某种触动，很快就写了几行字回复过去，然后将手机关机，将那些文件都小心翼翼地装到箱子里，看到一切都准备好了，才将工作室的房门打开，走到客厅，准备最后一次跟这个相伴了自己多年的女人，这个自己爱了多年的妻子待一会。想法有点复杂，也有点鬼使神差，他说不清自己到底在想什么，到底在干什么。只是有一股难以言表的情愫，在内心里疯长。

"吃药了吗？"

他有点没话找话。

"你忘了，我早就不用吃药了。我不想白白受罪了，反正也没有希望。"

她坐下，在他的对面，神情恍惚地看着他。

"对，对，我一忙就忘了。"

"我知道，其实你非常喜欢孩子，你心里从来都没有放弃过，我知道。"

她此时低下头，无论如何，这毕竟是她内心里最深的痛。是痛不管在何时都是难以逃避的伤。

"都是过去的事情了，说好不提了。"

他的心头也是一震，他知道这个话题又碰到她的痛处了。这几年，她的痛处格外多，多到他说话要小心翼翼，哪怕是一句平常的话，也可能将她的心刺得生疼。他就是带着这样的疲惫不堪，在父母与她之间奔波着，两头应付，却两头都遭到埋怨。从何时起他的心迫切地需要一个港湾的？他已经无法想起了。外边夏雨依旧绵延不绝，而他与她的哀愁也如这场大雨，一直从内到外地涌出。

对话就这样戛然而止。

雨，一夜未停。第二天清晨，他早早地起来，提起箱子要走的时刻，却发现，她已经准备好了早餐，坐在桌子前等他。"多少吃一点吧。"她对着他，笑得有些难以琢磨。

他放下皮箱，坐下吃她准备的早餐，这是他们从相恋到结婚，这么多年来她第一次做早餐，因为她原本就是个不会做饭的女子。

他起身，给了她一个拥抱，那一瞬间，内心竟然有些颤抖。他说："你自己多保重！"

她则看着他淡淡地说："祝贺你很快就要当爸爸了，离婚的事我会配合你，孩子出生后给我发张照片……"

他愕然地望着她。

天龙是贵人

李佑伦

都这个时候了，大李还想着旅游的事。

二十年前，大李还是小李的时候，就开始在工地打工，每年一地方，照他的话说，他是"旅游"老了的。打工二十年，打遍全中国。

哪个城市不修房？前些年，城市不论大小，密密麻麻地修，你追我赶地修，城里修不下再在城外修。不是夸，找工太容易了，大李闭着眼睛，侧耳一听，哪里有机器在轰鸣，循声而去，保证是工地。

这几年情况有变，修好的房子好多都卖不出去，还修房？好不容易找到一个工地，巴掌大，也是一个修修停停，停停修修。一直依赖建筑业吃饭的好些民工纷纷转业或歇业。

不修房可不等于没工地。要想富，多修路；生活水平要提高，河上不能没有桥。问题的关键来了，中国那么大，道路那么长，河道那么多，你可知道在哪段路上修路？哪条河上架桥？更何况，一个纯粹的民工，衙门无人，网络不熟，想知道这个，难，难于上青天。

春节，民工们从天南海北回到年初出走的地方，有丰收的喜悦，有"减肥"的失望，还是"白板"的叹息。嘿，不管啥心情，一扎堆，就是一个"人才市场"。

大李舅子今年随人去重庆。

大李侄子今年随人到广州。

大李二哥走去年的老地方。

……

大李不去"人才市场"，窝在床上聚精会神看电视。

"我的仙人啊，你今年去哪里？"妻子开始着急起来。

大李目不斜视："想去哪里就去哪里。"

妻子夺过遥控板："你到底想去哪里啊？"

大李还是不生气："去没有去过的地方。"

"早点联系啰。"

"有人帮我联系。"

"谁帮你联系啊？"

大李不耐烦地扫了一眼妻子："天龙们帮我联系。"

妻子忍无可忍，朝地吐唾："有病。"

见妻子生气了，大李有些过意不去，朝着妻子背影："放心吧，去年、前年的几个工地都是天龙们帮我联系的。"

正月十五，大李找来地图，对老婆说："今年去海南游一圈吧。"

妻子喜忧参半："和天龙联系过了吗？"

大李白了妻子一眼："急啥？去了再联系。"

妻子狠劲把脚一跺："联系好了再去稳当些。"

三天后，大李在海口找到一家钢筋中转仓，在门口，大李给妻子打电话："老婆，我已经到海南省的省城了哟……"

"喂——见到天龙了吗？"妻子急迫地问。

正说着，地面震抖，越来越强烈，轰隆隆的声音由远而近，大李啊呀一声惊叫："老婆，挂了，好像天龙来了啊。"

重卡停在仓库门口。大李跑上去："师傅，你们的钢筋往哪里拉？"不待司机回答，大李递上一包价值不菲的香烟："我找个工，你拉钢筋的这个工地大吗？开工了吗？麻烦把我也……"

司机看一眼大李，十足的民工形象，再看一眼他脚边的蛇皮袋，我们司机两个人还怕他不成？于是答应了："你等下，装了钢筋过磅后再上车。"

妻子又来电话了："见到天龙了？他怎么说？"

大李朝正在装货的重卡瞟了眼："不是天龙，是天龙的兄弟——北奔。"

妻子打断大李的话："他兄弟答应帮忙不？"

大李这才想起老婆没出过门，原来也没说清楚，耐心解释："天龙、北奔都是拉钢筋的重卡车，钢筋往哪走，哪里就有工地。"

就这样，大李跟着北奔到了工地，问到包工头，说明来意。包工头面露难色："我这不差人啊。"大李再上一包烟，一脸的凄楚："老板，我是专来门来你这儿找你赏饭的啊，盘缠都用光了，"停了下，说，"老板，你行行好，让我挣个盘缠再走好吗，就干几天……"大男人的大李、从没演过戏的大李把个受委屈的小女人腔调模仿得惟妙惟肖，几近哽咽。

还能说什么呢？包工头的心犹如油条见了面汤："那就干几天吧。"

几天后，包工头来巡工，看到大李，悄悄站一边细细打量，人高马大、手脚利索，再细看他干的活儿，没挑的。有活给谁干不是干？包头朝大李走过去，拍拍肩膀："你就在这儿长干吧。"

水饺有毒

李秋善

湖城的枫林湾小区里没有多少住户，经常在楼下花园里遛弯的有两位老人。一位是头发花白戴副眼镜的老者，还有一位头发同样花白的老太，只是老太不戴眼镜。

两位老人生活都很有规律，上午、下午、黄昏都出来走走。

起初两位老人见面都像没看见对方，即便擦肩而过也不瞅对方一眼。

后来戴眼镜的老者手里多了一根绳，绳子那头是一只欢蹦乱跳的泰迪犬。再走到对面，不戴眼镜的老太的目光便盯在了这条卷毛狗身上，怕它咬到自己。

戴眼镜的老者见老太害怕狗，就说："没事，这狗不咬人。"老太抬头朝老者笑笑，就过去了。

以后再遇见，老者主动把拴狗绳收紧，勒着狗侧身站住，让老太先走。老太报以感激的微笑。

湖城的秋天是短暂的。这天老太遛弯累了，坐在楼下的连椅上休息，老者不知什么时候坐在了老太旁边。那条泰迪犬被拴在了几米之外的路灯杆上。

老太说："天凉了，又要是冬天了。"

老者说："是啊，眼看就要过冬了。"

两个老人开始有一句没一句地聊天。从储存了多少白菜土豆，到彼此的儿女，还有自己过去所从事的工作。

一聊才知道，老者姓林，叫林子枫，退休前在油田某研究院工作，高级工程师，老伴前年罹患胰腺癌去世了，房子是他当处长的儿子买的，说让他住住大房子，享享福。油田过去的房子格局都小，处级楼也不足一百平，就别说一般工人的住房了。林子枫总感觉在这里是给儿子看房子的。其实他那处长儿子在湖城有多处房产，根本不需要看管，枫林湾的这套只是其中的一套，和其他那些房子的区别是这套装修了，有新家具家电，生活方便。儿子怕林子枫寂寞，还特意给老爹买了一条泰迪犬。每逢周末，儿子和儿媳也来看看林子枫，给他买些水果蔬菜啥的，还有泰迪的狗粮，只是很少陪老爹说话，放下东西在屋里转一圈儿，再逗逗泰迪，问老爸有没有事，只要林子枫说没事，儿子儿媳就像例行完公事一样下楼走了。

老太姓高，叫高爽，家在江苏，退休前是中学教师，老伴也是中学老师。来湖城是住闺女家。高爽的老伴退休后有家私立学校聘请他继续教学，他就没来湖城。

渐渐地，两个老人彼此熟悉了，见面开始互称老林、老高。

一次，老林无意中提到，说很想念死去的老伴，想念她许许多多的好，特别是老伴包的茴香馅饺子，那叫一个香啊！说到动情处，老林掏出手绢抹眼。老高看着老林被秋风吹乱了的稀疏的花白头发，莫名地有些心疼眼前这个老头。

再次见面是在一个午后，太阳暖洋洋的。老高还坐在那个连椅上，手里多了一个塑料袋，里面盛的是已经煮好了的饺子，透过塑料袋飘出一股诱人的香气。塑料袋里还有一双筷子。老高把盛有饺子的塑料袋递给老林，说："上次听你说爱吃茴香馅饺子，正好闺女要吃饺子，我多包了一盘，还热乎呢，你趁热吃吧。"

老林接过饺子，有些不知所措，说自己吃过午饭了。老高说："那就拿回家晚上热热吃吧。"

老高怕老林当着自己的面不好意思吃，就找个借口上楼了。

老林觉得拎着袋水饺有些别扭，也往家走。泰迪犬闻到了水饺香味，跳起来去咬老林手里的塑料袋。老林一边呵斥着泰迪，一边交换着左右手拿着塑料袋。

吃晚饭的时间到了，老林瞅着餐桌上装着水饺的塑料袋有些矛盾。陌生人给的食物吃还是不吃呢？老高是陌生人吗？老高不是陌生人吗？除了知道她叫高爽，你还了解这个老女人什么呢？

老林是个谨小慎微的人，从小到老几乎没有朋友，他曾经告诫刚踏上社会的儿子说，与人交往，先把他或她假定为坏人，就不至于吃亏。儿子并不认可他说的这些。

老林上班时经常出差，在火车上从来不吃旅伴递给的食物，包括带皮的香蕉之类的。当然，他也从不把食物给旅伴吃。

面对这袋水饺，老林犯了难。他想，老高那么慈眉善目的一个老太太总不至于害我吧？这么想着，老林就把水饺放到屉上，打开炉火，不一会儿，水饺的茴香气更浓了。

水饺热好后盛到盘里。老林又犯了嘀咕。万一老高在水饺里下了毒怎么办？人家老高为什么要给你下毒？老林又想，这世上许多事都是莫名其妙的，许多人犯罪都是没有动机的，老高凭什么无缘无故给我包水饺吃啊？非亲非故的。老林又想，有毒没毒给泰迪犬吃一个不就知道了吗？狗吃了没事再吃。

老林从盘里夹起一个水饺准备丢给泰迪犬，可又一想，泰迪是我的伴，万一把它毒死了，我可怎么活？还是我先尝吧，要死我先死。想到此，他把夹起来要喂小狗的那个水饺直接放进了嘴里。

看到主人准备拿水饺喂自己，却中途改变了食物的方向，小狗很不满，汪汪叫着表示抗议。

老林连吃了三个水饺，起初两个没觉得有啥异常，第三个觉得味道有些怪怪的，看下一个如何，就又吃了三个。

吃完这六个水饺，老林觉得肚子里有些不舒服，感觉饺子的香味背后是一股药的味道。过去妻子包的茴香馅水饺好像不是这个味啊。

老林怀疑自己中毒了。他躺倒在床上，感觉胃里的反应更大了，手脚也不听使唤了。他觉得自己要死了。

接下来老林躺在床上有气无力地打了三个电话，分别是120、110和儿子的电话。

他对120说："我被人下毒了，你们快来，我家是枫林湾A栋3单元301号……"

他对110说："我被人下毒了，凶手是我们小区的老高，她把毒药放进水饺里……"

他对儿子说："我被人下毒了，水饺有毒……"

最早赶到的是120。躺在医院急诊室的病床上，老林觉得安全了，胃里也不那么难受了。

110民警得知老林已经被120接到了医院，就直接去了医院急诊室。110的民警询问了投毒嫌疑人老高的家庭住址，有两个民警就走了，说先去把嫌疑人控制起来，另三个民警给老林做笔录。

很快，被老林怀疑有毒的水饺化验结果出来了，当然是虚惊一场。

给老林做笔录的民警就给去控制老高的民警打电话，说："撤吧，水饺没毒。"

儿子来的时候110的人都走了。医院的人说："根据我们的经验判断，老人没有食物中毒，就没给老人做洗胃处理，结果还真是这样，过去我们接到过这样的患者，这叫妄想迫害症。"老林所说的吃到水饺有股怪味，医生的解释是心理暗示作用，当你怀疑水饺有毒时，嘴里的味道就变了，胃里也会感觉不适，还伴有四肢无力。

又是一个阳光明媚的午后。老林照例到楼下遛弯。遛弯的老林一边走一边看不远处那个空空的连椅。他很想再见到老高，想对她说声对不起。

整整一个冬天过去了，老林再也没见到老高。老林曾经使劲儿回忆老高包的水饺的味道，却怎么也想不起来了。

现在，老林经常坐在那个连椅上发呆。那只泰迪犬也瞅着主人的脸发呆。这一人一狗一待就是半天。

搬　家

李运明

终于要搬走了。

一大早，我联系的搬家车辆就来到了门前，可是大门却被一把新锁锁上了。我敲开老人的屋门，让她打开大门。老人却冷冷地说："你不能搬走！"

老人是我的房东。这是一个城中村，我在这里住了一年多了。我住进来的时候，老人热情得像我的妈妈，问长问短的。我下班回来，老人喜欢到我屋里坐着说说话，平时做了好吃的会给我端过来一些，有时嫌我衣服洗得不干净，还抢着帮我洗。

我有时也到老人门前，陪她说会儿话。从老人的话里，我知道老人的老伴去世多年了，两个儿女都在外地，难得回来一次。每当和我说话的时候，老人的脸上都是母亲般的慈祥。

可是自从我告诉她我要搬走以后，她就变了。

"什么？你要搬家？你的房子还有三个多月才到期呢！"

我告诉她："我换工作了，要到东城去上班，住在这儿离上班的地方太远了。"

老人挺着的腰板仿佛一下子失去了支撑，本来就有些佝偻着的背就显得更弯了。

"孩子，你住到期再搬走吧！"过了半晌，老人似乎是在央求着说。

"我也不想走啊。"我说。

"那你就别走啊。"老人赶忙说。

"可我上班真的太远了。"我很无奈。

"你没住到期怎么能走呢？你提前搬走我可不退房租啊！"沉默了一会儿，老人一下子决绝起来。

"没关系的。"我不以为意……

现在，老人却是这个样子。司机一遍遍地催，我一时心急如焚。怎么办？无奈之下，我只好拨打110报警。警察很快赶来了，在警察的劝说之下，老人终于打开了大门。

了解了情况，警察对老人说："让小伙子搬走吧。"老人还是执拗着不同意："他不守信用，租期还有三个月，怎么能说搬走就搬走呢？"说着说着，老人的眼睛湿润了。

经过警察的一再劝解，老人终于同意我搬走了。我往车上搬着行李，老人就在一旁呆呆地看着。告别的时候，老人忽然上前紧紧地抓住了我的手，"孩子，能记着大妈的手机号吗？想起大妈的时候，跟大妈说说话。"

听了这话，我蓦地想起这样一幕：有一天，我看到老人不知道是在跟儿子还是跟女儿打电话，开始老人很兴奋，可是说了没几句，电话就挂断了，老人沮丧地握着手机，嘴里叨念着，忙，就你们忙。

我心里猛地一酸，紧紧地拉住老人的手说："大妈，一有空我一定陪你说说话！"老人这才松开我的手，如释重负地说："嗯，好。"

车子缓缓开动了，老人忽然踉踉跄跄地追赶过来，用苍老的声音喊着："孩子，等一下，你还有一件衬衣在我那儿晾着呢。"

到了新的住处，整理衬衣的时候，我发现衣袋里有一卷钱，一数，正好是三个月的房租。

遍地月光

黄宁兰

一开始并没有想开车，都知道酒驾的后果。

可小区物业门岗不同意，说他们的车停在消防通道上了。男人和女人面面相觑。女人不会开，男人大着舌头说："我喝酒了。"物管仍挡着路。男人凶巴巴地对物管吼："出事了你要负责。"说着打开车门。女人阻止，求助地看着物管，物管面无表情地说："我的职责就是车子不要占消防通道。"

男人发动了车辆，在并不宽的小区道路上掉转车头。油门轰响，车头冲过来，男人招呼女人上车。女人说："那尽快找个停车的地方去吧。"男人红着脸"嗯"了一声。

是去见一个久未见面的朋友。原本打算坐一会叙叙旧就走的，没想到朋友热情，准备了丰盛的晚餐，男主人还拿了一瓶茅台酒。女主人说："好不容易聚一次，喝吧，今晚你们就住我这里。"

但男人喝完酒要离开，说他们就在附近预订了宾馆，女人也说是。他们辞别朋友，本打算到车上拿了洗漱用品，打的去宾馆。没想到这时候，物管却拦下了车。

男人眼睛瞪着前面的路，女人说："你知道酒驾的后果吧，赶快找一个停车场，不要走了！"偏偏一路上都没有。或者是一晃过了，女人没来得及看见。

女人远远地看到一个执勤的交警，心缩成了一团，身子紧紧地贴在椅背上，两条腿颤抖不已。谢天谢地，交警没有拦他们的车。女人心里祈求路上不要出现任何人，不要让这辆被打劫似的车没有回头路。女人真有一种被绑架、被劫持的恐惧。男人紧紧抓住方向盘，额头密布着汗珠子。他说："我是清醒的，只要不出事故，不犯规，交警不会注意的。"女人说："你已经犯规了，只等交警将你带走了！你要坐了牢，你的工作完了，什么都没有了，一切又要从头再来。"

"别说了！"男人吼了一声，眼睛更专注地盯着前面的路。女人闭上嘴巴，心里祈求，希望在他们到达预订的酒店之前，不要在红绿灯前碰上交警，尤其不要查车。

又过了一个红绿灯，交警正在有序地指挥，车子小心翼翼在交警的指挥下开了过去。女人闭着眼睛，不敢睁开，喃喃地说，碰到两个了，前面还会有的，事不过三。那表情绝望而恐惧。

车子缓缓地停了下来，女人惊惶地睁开眼睛，发现是地下车库，惊喜地问："到了吗？"男人打开车窗，喘息着说："没有，不敢开了，我们走过去吧！"男人伸出手，他的手掌上全是汗水。

走出车库才发现，预订的酒店还在下一条街，如果沿着公路，还要走半天。男人说："我们从山坡走下去，我知道这里有一条小路。"女人问："能行吗？"

"我的酒早就吓醒了，越开越害怕。"

他们沿着山坡奔跑起来，车流声和昏黄的路灯在身后远去，黑色的身影不停地摇晃着、交叠着。男人忽然站住了，女人也站住了，他们的手不知什么时候拉在一起了。大概是出车库就拉上了吧，就像现在，他们又不约而同地仰望天空。

一轮圆月，满天清辉清凉的夜色、温润的气息抚慰着他们极度惊吓的心，渐渐地终于镇静了下来。

男人望着月光下女人的脸说："你刚才为什么不报警？你只要打开车窗，喊一声，交警就会来了。"

"难道你希望？"女人猛然甩开了男人的手。

"嗯，开始没想，后来想。"男人转脸又仰望着夜空。

"我只希望你平平安安的。"女人似乎觉得这样说不妥，又补充说，"我只希望我们平安无事地到达宾馆。"

"我，差点就享受不到这月光了。你还记得十年前我们在月光下的约会吗？"

"怎么不记得？"女人冷冷地说，"还是我约你的，不过不是这里，是河边柳堤上。"

女人的眼睛在月光下亮晶晶的，在流泪。两个月前，女人发现了男人的外遇，他们是回县城里来离婚的，因为当初他们就是在这里登记结婚的。

"老婆，给我一次机会！我，我不想离，我发现，我最爱的，还是你！"男人低垂着头，讷讷地说，声音却异常清晰。

"你确定？"女人声音严厉起来，"她怎么办？你不是说我们的婚姻是个错误，你和她才是真爱？"

"我错了，真的错了！"男人抱住女人的肩膀。

"刚才在车上吓死我了！"女人喃喃低语。男人点点头说："我知道，都是我的错，以后，再也不会了。我真的想过，如果交警发现了，把我抓了，明天就不用去离婚了。"

女人和男人望着遍地如银的月光，眼睛里水波荡漾。

猎人张光

赵长春

张光算不算猎人?

他只打兔子。

秋风起,豆叶黄。青的是萝卜和白菜,还有红薯。张光就开始行动了。这时候,苞谷、高粱这类高秆庄稼基本上倒下了,地里头就是黄豆、萝卜、白菜、红薯了,这些低,兔子们也得往里面藏。也不好藏,此时的兔子一身的黄,贴满了秋膘,肥腾腾的,与平常比,跑得慢了许多——所以,张光就开始打猎了。

张光的行头很简单,一杆枪,一挎包,枪是老炮筒,一搂,喷出的尽是砂、钢珠儿;包,纯皮,油亮,装枪药,装吃物;腰间还缠了个皮带,悬着几个小钩子,挂猎物。他的鞋子较独特,翻毛,钢头,一脚下去,实实在在,能把一棒苞谷踩酥!唰,唰,唰,踩着厚厚的黄豆叶,他往前走,一步,一步,稳,静,目光看着前方不过二十米远的地方,平移;同时,平端着枪,枪好像长在了腰间,枪口略下倾,直直地对着前方。

张光打猎,好多时候,看得叫人着急:他就这样在地里走,一步,一步,大头皮鞋在豆叶、萝卜叶上发出单调又坚定的移动声。嘴巴咬得紧紧的,目光如炬，就盯着前面，前面到底有什么？他会突然开一枪，一只兔子蹦起来，三四尺高，再掉落下去。他不慌不忙，上前，捡了，往腰后的钩子上一缩。那兔子还在蹬腿，头一仰一仰的。

张光长着一双利眼，人都这么说。人们在地里忙活庄稼，张光就忙活打兔子。他怎么会发现兔子呢？张光说，慢慢等，慢慢撵，兔子就会撞在你的枪口上。可能也有道理，满地的人，越来越少的庄稼，兔子无处藏身。人一吆喝，兔子疾走，可是张光就在一旁盯着，嗵！一枪！

在秋天，一天，两天，隔些日子，张光就出去，沿河，沿地，总能打回来兔子，总有好几只。剥了，吃肉，卖皮。肉，炖、煮、卤、炒，最多的作料是辣椒，放了不少，红通通的。还有大蒜。火候很好，满院子的香，压过了墙上张的兔皮味儿。兔皮，往墙上钉，四足和头，各用一个钉子，紧绷绷的，叫"张"，动词，很形象。同样的兔皮，张光"张"得好，光滑，不失弹性，没有虫叮鼠咬，有人来收，或者拿到收购站，都是好价钱。

张光打兔子，只打野的。家兔，从笼里溜出来，跑到地里，啃青，特别是萝卜、辣椒，把眼睛吃得更红，一身的白毛变得灰不溜秋的，张光一看，就知道是家养的，身子一缩，又一纵，就把那兔子按住了，带回到村里，谁家的谁认走，"野的就是野的，我不打家兔"。

还有一种兔，张光不但不打，还当神敬。就是那些在月光下走、在墙头上爬行的兔子。张光不打，还要拱手，"大仙，走好！"也怪，秋天的晚上，天气晴好的话，月光下，即便月如牙儿，总有兔子在走，慢慢腾腾走，很淡定，雪白，在月光下更白。人们称之为"大仙"，这兔子，是从哪儿来的？

"从嫦娥的怀里来的！"张光的回答特别肯定，他说，月宫中的兔子，八九月里总得下凡来，与地上的兔子结合，生下小兔子，就回去了。不然，地上早没有兔子了。

大概也对吧，兔子繁殖得快，一月一窝，一窝八九十来个。

——张光也有走眼的时候，他把队长的屁股给打成了稀巴烂。按照他的描述是，前面的棉花地里有兔子在晃，白白的，就一枪开了过去。"谁知道是队长，直起腰身，满屁股的血！"

因为这，张光的枪被收了，坐了两年监狱。

不过，张光坐监的时候，不少人去看他，送给他吃的、穿的。

队长撅着屁股、趴在床上，叫唤，很少有人去。叫唤得狠了，他老婆低低骂一声："叫唤个啥？不嫌丢人！人家是手下留情了，不然，你小命咋丢了都不知道……"

队长就咬着牙忍痛，不吭声。

张光出狱的晚上，队长老婆趁没人，赶紧去看了张光，带着一块五花肉、一个大冬瓜，满脸的惭愧和感激："光叔，我……"

张光一摆手，说："大侄媳妇，我给你说过，我啥也没有看到！我就是打了只兔子……"

王大妮眼泪汪汪，嘴巴撇开又合住，紧紧的。

守 护

鸿 鸣

上世纪70年代初期，村里有个只有一条胳膊的老蔡头，孤身一人，在生产队队部看屋、喂马。

听在生产队当会计的父亲说，村后不远有个抗联坟，埋的是老蔡头战友。老蔡头是外地人，当年送战友回家乡安葬，因为打鬼子失去一条胳膊，就没返回部队，留在了疙瘩甸子村。

也许是当过兵的原因，老蔡头喜欢打猎，没事的时候，经常去村后山上打猎，不时地带回一些山鸡或野兔。

老蔡头的猎枪是双筒的，经常挂在生产队队部墙上。他打猎前，总是一只手装枪药，铁砂子，动作熟练。用一只手瞄准猎物的时候，也从不拖泥带水。

老蔡头没事除了打猎，更多时间就是去抗联坟。

抗联坟被老蔡头收拾得很干净，坟上没有一棵杂草。东西两边栽有几棵丁香树，每到春天便飘来一阵花香，离很远都能闻到。坟周围栽上了好几棵落叶松和塔松，郁郁葱葱，那时候已经长了很高。

老蔡头不喝酒，但经常买酒，在逢年过节时候，去抗联坟上坟。带上几个馒头和猎物做的菜，放在坟前，往坟上倒一瓶酒，点燃一捆黄纸，嘟嘟囔囔地

305

说着什么，然后坐在坟前，望着坟头，一坐就是好半天。

有一年公社统计中华人民共和国成立前老军人，父亲就把当过抗联的老蔡头统计进去，准备上报。没想到老蔡头听说后，跑到我家，坚决不让上报，还从父亲手中气哼哼地要出报表，用一只手和牙齿，把报表撕得粉碎，一边撕，一边还号啕大哭。弄得父亲很奇怪，这老蔡头怎么了，中邪了似的。

我小时候很喜欢老蔡头的猎枪，经常去生产队队部看他的猎枪。老蔡头也喜欢我，看见我的时候，也经常送我一些好吃的，有时候还有一个熟的山鸡腿儿。

有一年八月节晚上，父亲让我端一盘饺子和几块月饼，给老蔡头送去。他刚从抗联坟上坟回来，脸色阴沉。当时我才十来岁，看不出别人心情不好。那几天刚看完电影《地雷战》，就缠着老蔡头，让他给我讲战斗故事。老蔡头被我纠缠不过，就讲了一个故事。

抗联和鬼子打仗，被鬼子追击。有两个伤员流落到一个村子里，村里百姓把伤员藏到山上的山洞里，轮流送饭。鬼子得到了消息，进村把百姓集中在场院里，让交出抗联伤员，否则就全部机枪点名。这时人群里有个外乡人，是经常到村里来的卖货郎，对鬼子说，他知道伤员在哪里，愿意领他们去找。于是鬼子放了老百姓，跟卖货郎走了。村里百姓气得直骂，这个狗汉奸，一定不得好死。

八月节那天，这个卖货郎又来村里卖货，被村里一个叫二愣子的年轻人，一榔头砸死，埋在了村旁一个枯井里。

几天后抗联队伍来到村里，寻找卖货郎。老百姓说，那是个汉奸，让人砸死了。这时抗联政委急眼了："你们糊涂啊，他不是汉奸，是我们的侦察员，前段时间还把鬼子骗进深山，救了你们全村人的命啊。"

村里人愣了，这才知道，二愣子杀错了人。

二愣子拎着砸刀，找到政委，要求政委杀了自己。政委双眼通红，像冒血似的，看了他半天，一脚把他揣翻在地，带着队伍就走了。

没想到二愣子站起身来，对着自己就是一砸刀，把自己拿榔头的左胳膊生生地砍了下来。

听了老蔡头讲的故事，我说："那个二愣子不好，误杀好人，丢了一只胳膊活该，不像你，缺一只胳膊是打鬼子打的。"这时老蔡头的脸上，现出了羞愧痛苦的神色，眼里流出了很多泪水。

老蔡头临终前是在医院。当时父亲和生产队的干部都在他身边。他目光切切地对父亲等人说："求你们了，我死后，把我也埋在抗联坟，我要继续守护卖货郎。"

当时大家很奇怪，这老蔡头真糊涂了，坟里不是抗联战士吗，怎么成了卖货郎？

瞿家馒头

王春迪

来老街，得尝尝瞿家馒头。

馒头？馒头有啥好吃的。

是啊，馒头有啥好吃的？可瞿家馒头，你得试试！

瞿家馒头，选的是沂蒙的麦粉，用的是特制的酵母。出锅不缩，个个细白如雪，皮似蛋白，松软弹牙，香甜筋道。无须任何菜肴佐料，细嚼慢咽，那新鲜的麦香味便在你齿间弥漫开来。此时，若能蘸上本地的牛肉酱，红白相润，松散绵软，咬一口，那鲜麦、牛肉、辣油的美味便调和在一起，甜辣鲜香，回味无穷。瞿家还擅长做花馍、发糕，有三色的，螺纹的，配以蜜枣、山楂、桂圆，做出十二生肖的形状，活灵活现，惟妙惟肖，逢年过节，结婚过寿，买回家，好吃好看，好耍好玩。

别小瞧这小小的馒头，早先，你想吃，还吃不着哩！

起初，瞿家馒头的作坊很小，不过三步宽，像是在墙里掏了一个猫洞，缩在老街一个深巷里头，挤得喘不过气。每天，顺着那个"猫洞"，就看瞿老大带着他的儿子，揉搓摔打，掐拉捏抓，一声不吭，挥汗如雨，打晌午忙到昏黑，却只出两锅馒头点心。然后下笼装车，一路小跑，往街心而去。你抻着脑袋噙着口水看人忙活了大半天，想买点回去解解馋，出锅时才发现，人家这馒头是专供给老街首富海爷的！量你把钱捧到人眼皮底下，口水滴拉到胸口，人家就一句话，不卖！

嘿，啥香饽饽，不过面整的玩意儿，金贵个啥？牛气个啥？

老街人嘴上这么横，心里却没这么想。这不，前儿个，瞿老大照例让他儿子把馒头趁热送到海爷府上，因为走得急，迎面剐蹭到了一辆马车，小推车一歪，一团白气升腾而出，随之麦香四溢。刚放下碗筷的人，乍闻一口，都觉得肚子霎时见了底儿，空得心慌！就见白嫩如雪的馒头，小白兔似的，一蹦一跳地弹到路边，大伙定睛一瞧，这不是瞿家馒头吗？随后，也不管上面沾着炭灰、尘土，如同抢命一般，七手八脚，风卷残云，一捡而光！细看，人群里头，竟还有一些穿长衫戴皮帽的体面人……

于是，就有好事儿的人，劝瞿老大："你死脑筋！看着眼皮底下的钱不赚，只会往一棵大树上撞！"

瞿老大听罢，微微一笑，没搭腔。

不想，几天后，瞿老大竟然病倒了。

据瞿老大的儿子说，是因为他去送馒头的时候，看到海爷府里的人，正大把大把地掰着他的馒头喂狗。儿子回来告诉了瞿老大，瞿老大心堵了一夜，第二天就迷糊了。

瞿老大的儿子说，他爹一直在嘀咕，多好的馒头，人都不舍得吃，他们竟然拿它喂狗……

歪躺了几天，瞿老大终究还是下了床，馒头作坊又恢复了往日的生气。可这一回，瞿老大更倔了。自家的馒头，无论是谁，给钱就卖，就是不再送到海爷府上了！

话往老街一撂，立马成了晴天炸雷！一时间，大伙奔走相告，挤在瞿家馒头作坊前排队的街坊，前胸贴后背，后脚贴前脚，也不问价，能买到就算你能耐！老街人喜欢尝鲜，更何况，这曾是特供给海爷家的馒头！出门的路人，见排队的人多，心里好奇，也纷纷赶来凑热闹，好容易买了俩，打算捎回家，冷不丁尝了一口，胃口大开，三两口吃完，随即大腿一拍，后悔没多买几个，转脸唉声叹气地再来排队。当然，谁也不敢买太多，不然后面排队的街坊，必定嚷嚷起来，嫌你吃东西不顾人，碰到个暴脾气，一拳在你脑袋上修个包子来！街上，以前手揣袖筒等活的爷儿们，也找到了新差事，一上午啥也不干，单是替那些没耐性的人排队，坐地起价，也能挣几个馒头填饱肚子。因为巷子太窄，大伙只能贴着墙根排队，这才几天，那砖墙都被蹭得明闪闪的……

话再往前说几天。

几日前，海爷吃饭时，突然咂了咂嘴，问管家："家里蒸馒头的是不是换了？"

管家上前一步，遮了一下嘴巴，道："回东家，人倒没换，只是前些日子，街上有个做馒头的来找我，说白送一个月的馒头给府上吃，我看着还不错，就换了口味。"

海爷一怔："还有这等好事儿？白吃人家馒头，不给钱？"

管家说："我也问他，这是啥意思。起初他不说，后来看我不乐意了，便偷偷告诉我，说自个儿作坊偏，又是外地人，有些手艺，想在这儿混碗饭吃，可寻思来寻思去，还得利用咱府上这块招牌，折腾点人气儿，给自个儿造造势。"

海爷一笑，点头道："这也是个能人，哪天叫来，认识认识。"

一年后，瞿家的作坊，从偏巷里走了出来，就在老街街心，离海爷府门不远的地方，明光锃亮地开起了新铺子。铺子头顶，悬着一块一人长的横匾，通体黑色，乌木大漆，阴刻烫金，赫然写着"瞿家馒头"。瞿老大也不伸手了，一身长衫，雇了几个伙计，指指点点地，当起了掌柜。

街坊们都说，人家瞿老大是憋着气，开给海爷看的。当初，你把人家的馒头喂了狗，如今，人家把馒头卖到你家门口！

可他们哪知道，之前那些事儿，都是瞿老大自个儿编排的。就这铺面儿，还是后来海爷帮瞿老大选的。私下里，瞿老大没少去海爷那儿烧香拜佛！

魔术师

高沧海

　　魔术师做梦都想穿着金色衣裳，脚蹬金色靴子，在灯光璀璨的舞台上，在潮水般的掌声里，一遍遍地谢幕。然后乘坐满是鲜花的火车，从一座城市来到另一座城市，携一位红粉佳人，温柔富贵乡里，繁花似锦。

　　可魔术师只是一个名不见经传的小人物。他的弟兄们在打麦场或是地坍塌了半截柱子的土台子上表演完胸口碎大石或口吞钢刀后，他戴着夸张的尖帽子，顶着红鼻子，穿着奇奇怪怪的衣裳，拿着几个小绒球儿，上场。他让绒球儿在众人的眼皮底下消失，又神秘出现在周边某一位张着大嘴的看客的衣袋里，在笑声里博取微酬，然后乘坐带篷的卡车离开，辗转到另一个乡村。

　　大篷车停在大理菊边一个晚上后，竟然再也不愿上路。它在清晨里像个年老的人才起床那样咳嗽叹气，走一走停一停，然后不管再怎么催促它，甚至跳脚咒骂它，它也一动不动了。村庄里修自行车的师傅围着它转了几圈后，表示对这个大家伙实在无能为力，但是他可以帮忙请来镇上修汽车的师傅。

　　行程就这样耽搁下来。

　　魔术师坐在大理菊的花盘下乘凉。

　　身边的木门吱呀开了，魔术师看到了一张女子的脸探出来，女子的眉眼，恰似三月风暖，八月桂香，更似一朵盛开的大理菊。

女子笑嘻嘻地说："我认得你，你就是那个魔术师，昨晚就是你把球变到了牛二媳妇怀里。"

女子说："牛二媳妇让全村女人眼热哩。"

魔术师说："我没看到你，不然我会变到你那里。"

女子咪咪笑了，女子说："你眼里只有牛二媳妇，怎么会看到别人呢？"

魔术师笑了，魔术师说："那胖媳妇像堵墙，一个劲里向灯亮里钻，有她挡着，我哪里还能看到别个。"

"今儿就在你眼前哩，你变一回咱看看。"

女子这样说来，更像是带着一丝央求语气，眼睛亮晶晶的。风从南面吹来，吹到魔术师的脸上，暖洋洋的想让人打一个喷嚏，魔术师甚至嗅到了自己身上的一股果子酒的味道，魔术师掏出绒球，他看着女子的脸，看着女子洁白细腻的脖颈，他知道，他只消轻轻一弹，绒球便会像一只手，滑滑溜溜顺着衣领钻进女子的怀里。

绒球果然就像一只手，滑滑溜溜顺着衣领钻进了女子的怀里。

那夜，月华如水，魔术师站在大理菊的暗影里。

从木门的缝隙里，他可以看到女子屋内的灯光，如豆，如星，他甚至听到她轻轻的叹息，如兰，似桂。魔术师抬眼看看不远处的卡车，月光给它披了一身笨重的铠甲，威严而冷峻，明天，或者后天，它又将载着他们到哪里漂泊？

魔术师在大理菊的暗影里徘徊，门里的灯亮陪伴他直到天光四开。

魔术师坚决要把半生的积蓄给女子："你男人没了，留着给自己添置身衣裳也好，这样瘦，你该吃胖一些。"魔术师握着女子细长的手指。女子低下头，女子说，她该给他备一双棉鞋，寒冬腊月里穿。

镇上来的修车师傅，又请人从镇上送来车上的配件，几番调试后，卡车喷出一股黑烟，欢快地上路了。

魔术师坐在车厢里，他头顶上的篷布颠簸着像暗夜笼罩。大篷车越走越远，越过山冈，穿过一望无际的麦田，夏季的花朵在魔术师掌中才刚刚开放，冬天的雪花已落上肩头。

魔术师总是想起女子临别时的眼睛。

魔术师从箱子里找出了女子送给他的新鞋。

当他开始穿这双鞋时，他从鞋窠里摸出一个小布包，令人难以置信的是，里面正是他给女子的钱。

他翻来覆去想从布包上找出一言半语，或是一朵小小的绣花。夏天的大理菊在开放，宜人的南风里，还有那扇为他半掩伸手即开的木门，即便大篷车车厢里一片灰暗，那曾经的一切却那么鲜亮，如在眼前。魔术师感到一阵阵心痛。

魔术师小心翼翼穿上新鞋。

魔术师最终也没能成为伟大的魔术师，多年后，他在某一个乡村泥泞的道路边，看一名农妇牵牛而过，想那遥远的地方，大理菊下的女子也该是到了这般年纪。

含着一窝热泪，他用熟练的让人不曾察觉的手法，轻轻在农妇如雪的鬓发间，为她斜插了一朵从路边伸出来的蓝色牵牛花。

追 寻

符浩勇

傍晚，连阴雨终于放晴了。要紧的是，他的心情已经变好。窗外，地面上似乎不那么泥泞了。

为什么昨天傍晚没有在公共汽车上看见那一张动人的脸呢？好像失去了一张珍爱的画。那么，今天能不能在汽车上碰到她？那个年纪已经不轻，脸蛋也不俏丽的陌生女人。谁说陌生，一年多了，几乎天天在这趟公共汽车上和她碰面。那真是一张耐人寻味的脸，它沉思，它微笑，它忧伤……永远彰显着活跃的生命力。关键在她的神采，神采常会使平庸的相貌变得美丽动人。这是一种只有艺术大师才能捕捉到的美。

他不是大师，他甚至不能有一顶名正言顺的画家的帽子。他本来应该而且可以成为一个很有才气的画家。他得天独厚地具有一般人所不容易具有的眼睛的记忆。凭着眼睛的记忆，他已经画了无数张她的素描。她，这陌生而又亲切的女人，在他那斗室的墙壁上，带着各种神态，从各个不同的角度望着他，观察着他。

他是学绘画的，搞不清楚为什么会到气象站来工作。的确，他会干什么？又能干什么！除了要出黑板报，或是逢年过节要在机关门口装饰"元旦""国庆""春节"几个美术字的时候，人们才会想到他这个美术学院的毕业生。可那机会那么少，又那么地短暂，没等人们留下什么印象就被忘记了。

一年多来，欣赏她、揣摩她、描摹她，无声地用心和她交谈，已经成了他生活中不可缺少的一件事。可是，昨天傍晚，他没有在这趟汽车上看见她，他的心情变得那么坏，整整一个晚上显得那么暗淡。

上床睡觉的时候，他呆呆地出了好半天的神，然后，他忽然发现她的每一张素描，都是那么地不传神。他越看越别扭，是那根彩笔尖膨絮了。他光着脚板跳下床，把那些素描从墙上扯下来。一张也不剩，撕得粉碎，弄得满地的纸屑碎片。应该买两支彩笔，于是他出门了。

装在床下那个纸篓里的那些彩笔，早已凑合又凑合地用了好几遍。现在，就连粘橡皮膏也解决不了问题了。而她，现在在哪里呢？那个他曾经把她比作一个梦，一支夜曲，一泓湖水的姑娘。他使劲儿地用手抹了一下憔悴的脸，好像脸上粘满了看不见的蛛网，走进了那家日夜营业的百货商店。卖彩笔的姑娘正在和别人聊天。

"小姐，我买彩笔！"没人搭理。他显然是一个微不足道的角色。他提高了声音，再次说道："我买彩笔！"

她爱理不理地走了过来，斜着身子，胳膊肘往玻璃柜台上一靠，然后翻着眼睛问他："要哪一种？"

"深蓝色的！"

柜台后面有人叫了："小王，你的电话！"

啪，扔过来两支，红色的。他苦笑了。要不要等她接完电话，换成蓝色的？已经六点三十分，再等就会错过那趟汽车了。他不等了，转身去候车亭。

她在那儿。夹着一把浅绿色的塑料伞。浅红色的衬衣外面，是一件银灰色的外衣。拎着的网兜里最上面的是五个扎在一起印有某某中药店字样的纸包。有人病了，不知是她的丈夫，还是她的孩子。她一定累坏了，一脸的倦容和烦恼，微微地弓着身子，靠在候车亭的铁栏杆上。

公共汽车来了。永远是那么不顾死活的拥挤。她一定会急着回家。他冲到她的身边，尽力排开拥挤的人群，让她能挤上汽车。

她跟前的乘客下车了，位子空了下来，她重重地跌在座位上。伞，却从她的腋下掉了下来。他忙为她捡起。他害怕得连心也缩紧了，生怕他会听到一个像卖彩笔的姑娘一样的银铃般的嗓音。那样，他在想象中已经习惯了的形象就会被那银铃般的声音砸得粉碎。

他听见一句低沉的，甚至是略带嘶哑的话："谢谢！"

他感激地望了望她。有好一阵不能从那莫名其妙的快乐里清醒过来。有什么声音在他的心里响着，是了，是那句话："不，该是我谢谢你，你没有让我失望！"

她瞥了他一眼。那是一双除了她自己的世界，什么也看不见的眼睛。当然也没有看见他。用不着，他并不想认识她，也并不想爱她。他只是想画这张动人的脸，并且把她的画像挂满他的墙壁。

她怎么说的？谢谢！是不是这个样子？回家进门后，他试着在心里重复模仿她的语气、语调。他从那声音好像又更多地捕捉到了一些感觉。他神经质地搓着自己的手指头，准备重新为她画一张素描。

他走进自己孤陋的房间，顺手关上了房门，空气一下子显得那么温暖，就像他今天晚上的心情。他在画架前面坐下，凝思起来。

猎神之死

昌松桥

山村有个猎神，叫罗三炮。飞禽走兽样样行，尤其擅长打野猪。乡谚说，打老虎只要胆，打野猪要准备板（棺材）。因为受伤的野猪有顺着硝烟瞬间反击的本能。你问他的枪法？一枪准，而且枪枪正中野猪眉心。

那是一个一只红薯可以救活一条命的年代。那时候，社员们除了佩服猎神，就是佩服政治队长春大脚。

上山。清明节那天，春大脚一挥手，领着社员们将野山坡的杂草柴火一把火烧了。

烧过的山地被社员们垦过来，然后，趁雨种上了红薯秧。

山地因有火土灰做底肥且地处山坳水分充足，红薯长势喜人。

那年月，莫说红薯，就连红薯藤也有被人盗食的危险。好就好在野山坡的地理位置独特：山坳顺势而下，半腰是一大片平地，这片地就是队上新垦的红薯地，再下边是一个五六米高的悬崖。悬崖其实是一个废弃的石料厂，也就是说，红薯地长在石料厂的脑门上。要上野山坡就只能从石料厂旁边的一条羊肠小道上去，为方便社员们上下，春大脚在半道上凿了一个让道的歇台。

社员们都说春大脚有远见，地选得好，能防贼！

春大脚因此很有成就感，很有成就感的春大脚每天清晨都要到野山坡走一圈。

仲夏的一个清晨，春大脚发现红薯地被糟蹋了一垄，看脚印，春大脚就知道是野猪干的。糟了，红薯地处在野猪的领地。春大脚发现自己犯了一个致命的错误。

找猎神去。春大脚抬腿就走。

"老同学，不是我不帮你，这年头谁还打猎？野猪嘛，赶走就是。"

春大脚就在红薯地边的大树上搭了一个草棚子。社员们晚上轮流去值班。值班其实很简单，睡在棚子里只需每个时辰哟嗬嗬—地吆喝几声就能赶走野猪。

然而，百年的鲤鱼也成精，一来二去的，野猪就看出了端倪。无论值班的社员怎么吆喝，野猪却还是往地里撞。春大脚就准备一些爆竹，吩咐值班社员，说野猪一来就放一个炮仗。

野猪一来，值班的社员就将炮仗点燃，往空中一抛，火星便在夜空划出一道美丽的弧线，接着啪的一声爆响，野猪四散逃去。

三番五次的，野猪又看出了端倪，炮仗失效了。

春大脚只好再去找猎神。

"考虑到队上几百口人的生命，你就帮我一把吧。"春大脚擂了猎神一拳。

于是野山坡夜晚的某一个角落就时常有一个人在守候。

"叭。"某天晚上，梦中的社员们听到一声清脆的枪响。村里家家户户的电灯同时亮了，数支手电光直奔野山坡而来。猎神不负众望，放倒了一头红毛野公猪。整个村子沸腾起来了。

第三天，猎神又放倒了一头野猪。手电筒光线聚焦处，一头母野猪倒翻在地，脑门上血流如注，母野猪的肚皮下十来头小野猪正争着吸奶。

几天后的一个夜晚，一轮满月挂在天空，喝了半斤酒的猎神背着猎枪哼着小调向野山坡走去。正准备爬山，抬头时，见半山腰的歇台上站着一只红毛野猪，两眼亮着蓝光，猎神的酒一下醒了，他慢慢地举起猎枪，"叭——"，红毛野猪应声倒下。

猎神在枪口轻轻吹了一下，头一偏，将猎枪往肩头一甩，做了一个漂亮的挎枪动作。猎神偏头的时候，猛见那只红毛野猪还站在歇台上，猎神又举起了猎枪。"叭——"，红毛野猪又应声倒下。

"怪。"猎神在枪口吹气的时候轻声说。要知道，有史以来他还从没遇见过这种情况。

奇怪的是，猎神再次抬头的时候，分明看到那红毛野猪还稳稳地站在歇台上。

"叭——"，猎神再次扣动了扳机，然而那该死的红毛野猪却獠牙顶地，四平八稳地站在歇台上！

猎神惊出一身冷汗，将猎枪一甩，奔回家用被子蒙住了头。第二天，猎神的老婆发现猎神全身透湿，已撒手归天了。

春大脚到野山坡现场察看的时候，见歇台边的悬崖下三头红毛野猪死在一堆，三头野猪均是眉心中弹。

狼 叫

甘应鑫

光棍表叔秃顶那年，刚过五十六岁，随村里人去市火车站，当临时搬运工。

有一天，路过站外一处垃圾堆，忽然听见婴儿啼哭，觉得蹊跷，揭开脏包一看，是女婴，已经生命垂危。他心软了，说："天送的，我收养了。"最后牢牢地抱了回去。

转眼十年过去。养女吃着百家饭，纳着百家福长大了，而表叔已不经熬，刀耕火种，骨瘦如柴，又害眼疾，为了养女上学，多攒点钱，上山采药又摔伤腰椎，差点见阎王。不是所有人，都能锦衣玉食，当年表叔家，日子过得实在太苦，餐餐清汤寡水，顿顿眼泪水泡饭。父女俩去赶集，村民指指点点，句句戳心。有夸他行善添寿，有骂他窝囊造孽，自己吃不饱肚，还捡个小孩养……表叔听过苦笑一声，便默不吭声，照旧当成亲生的养，一直没有放弃。

最近几年，乡政府抓精准扶贫，划拨出专款补贴，鼓励村民自筹资金挪窝，到乡里建洋房，表叔拿不出足够自筹款建房，一直与山相依、以水为伴，蜗居在村里。

以往，村里人能关照则关照他，如今人畜搬走，他就成了单身独户，住在村东山脚下一栋毛南族木楼，上面住人、下面养牛。逢上刮风下雨，烧瓦裂缝漏雨，房梁摇摇欲坠，有时还掉落下蛇鼠，住得心惊肉跳。好在，乡干部经常来慰问，又帮他落实贫困户补助金、五保供养金、农村低保金，生活改善了，心坎压的石头也落地了。

由于村上生源少，小学教学点早就撤销，邻近村小学和初中，合并为乡九年一贯制学校。方圆二十多公里内的小孩，得走路去乡里读书。表叔家去乡小学，步行至少一个小时方穿过雾气笼罩的莽莽森林，途中一段险滩要蹚过小溪，一段险路要从悬崖巨石间挤过去。这里山高水深，荒无人烟，却一点也不寂静，鸟鸣兽啸，奇香弥漫，连大人都惧怕，嫌远，更何况小孩；所以家境好的小孩转学，家没钱的小孩，有的就辍了学。养女想退学，表叔对养女说："凭一口气，点一盏灯，有我吃就有你吃，你要念好书，争口气！"然后卖掉了家畜。从此，天麻麻亮养女又出门上学，放学又随着星辰到家。

有一天傍晚，养女放学路过老坟山，乌鸦乱叫，她见一堆新坟招魂幡下，猛蹿出一只白兔，吓得她背脊发冷，中邪似的絮絮叨叨一晚胡话。另一夜，一群野猪又把表叔家稻田拱得颗粒无收。打那以后，表叔为给养女壮胆，想出一个护身秘法，并教会她：学狼叫。

女孩学狼叫的传说翻山涉水，传遍十里八乡，招来了媒体。

记者们驱车到了乡里探秘，不少人说亲眼见过狼。看见她牵牛出门，记者好奇地问："山里有狼，你不怕吗？"她苦笑答："不怕，我有办法对付狼。"记者一愣，是小瞧了女孩，瞪大眼一瞄，女孩天生一双鸳鸯眼，眼珠子左边幽蓝色、右边褐橘色，一眨一眨，璀璨，勾魂。记者问："你长大以后想干什么？"她鼻子有些酸，说："去打工赚钱，照顾爸爸。"在一旁的表叔听了搂住养女无声地抹泪。表叔边招呼记者坐下吃五彩糯米饭，边烧水泡茶，说："小女从上小学起，成绩在年级里数一数二，非常懂事乖巧，平时放学回家，就主动做家务……"

一路风景一重天，人在做天在看，狼未见，心已寒。父女俩目送着记者出村口，像稻草一样等待着被黄昏吞噬。记者们蔫头耷脑钻进密林，喘气爬上磐石，忽听见山崖背后"嗷呜……嗷呜……"的哀声与风声从极远之地呼啸而来，在人迹罕至的山谷间激荡，那声浪足以将人掀下山崖。记者们疑心，是风声作怪？还是狼嗥？人喊？

表叔没想到，过完分龙节不久，县政府扩大自然保护小区，把村里的林地列入新建的保护小区，派人埋设了界线桩、立起了保护碑，并将小区命名为"野狼谷自然保护小区"。

表叔更没料到暮年有福，交了好运。乡政府忽然安置他去了一家养殖场帮忙，还为他养女找到寄养家庭，是一对没有孩子且富裕的中年夫妇。

终于，三只羊乡里，没了狼叫。

他那里下了一场雪

曹隆鑫

他每天都要出去巡检线路，回来后每天都有很多话要说给我听。

他问我，你喜欢搬家吗？

我以为他要搬新家了。

他说，今天在电线杆上碰见一只刚做的喜鹊窝，我把喜鹊窝挪了个地方，真不知道喜鹊还喜不喜欢我替它搬的这个新家。

有一天，他又问我，你喜欢杜鹃花吗？

我说，喜欢，可是现在是冬天，还未到杜鹃开花呢！

他说，我不小心成了刽子手。

我有些不明白。

他说，我从电线杆上跳下来，踩了一脚杜鹃树，从断了的枝丫上流出血一样的液体，它一定是疼了，流血了！

认识他已经很久了，当然是在网上。

他说，我们见个面好不好？

不好。

他说，我们这里有座山叫爱云山，有座水库叫爱云山水库，山清水秀，空气极好，连外国人都喜欢来我们这里玩。

我说，你那里再好玩，我也不会来。

为什么？他发来一个大大的问号。

我送他一张怪脸，然后说，一见面，就不好玩了。

真的，我从没考虑过要打开视频和他见上一面，更不要说千里迢迢去他那里玩了，尽管我有什么心里话总兜不住要第一个告诉他。

见他沉默，我就和他开玩笑，说，我喜欢雪，你那儿下雪了我便来。

他在南方，那个从不曾像模像样地下过一场雪的南方。

那年的那几天，一翻开报纸，一打开电视，铺天盖地都是他那里关于雪的没完没了的新闻。

他那里史无前例地下雪了，而且还下得很大，难道是说，天也要成全他？

打开QQ，新消息嘀嘀地响起来，总以为是他。偷看他的头像，灰灰的，还好，他没在线，但愿他能忘掉我的话。

但是，他的头像一直灰灰着，难道他口是心非，怕我真的要去找他？

我有些生气，干脆不隐身了，亮了自己的QQ头像坐等他，他却还是没有消息。我手下噼里啪啦地敲出一行字：你那里下雪了吗？我重重地点击了一下发送键。

几天后，我的城市也开始下起雪来，雪很小很小，像是从很远的地方长途跋涉而来累坏了的样子，一落到我的掌心，就化成了泪珠的模样。

而他一直没有消息，好似失联了。我一遍一遍地翻看聊天记录。

他说，你喜欢搬家吗？

他说，我把杜鹃弄疼了，杜鹃流血了！

他说，我们见个面好不好？

他说……

他怎么就不说他那里开始下雪了呢？

开春时，我迫不及待地去了他那里。我看见电管站门口一些出出进进的人，他们的腰上束着褐色的宽牛皮腰带，腰带上插着钳子、剪子、螺丝刀等等红红绿绿的工具，他们跟特种兵一样精神。小餐馆都打烊了，我还坐在那里隔着玻璃窗痴痴地看。老板娘在我的对面坐下，陪着我看了一会儿，然后轻叹一声，说，少了两个。

我说，怎么少了两个？

去年的那场大雪！

我说，都……

我说不下去了，我的预感还是准确的。

老板娘说，走了一个。

我拿眼睛看老板娘，老板娘说，怕了呗！辞职了！

我艰难地问，那另一个呢？

老板娘说，另一个在爱云山上，永远留在了那里！

小镇上没有卖玫瑰的花店，我去爱云山空着手，手里却似千斤在握。我看见矗得笔直的电线杆，真像他的脊梁，虽然我从没有见过他，但我知道他一定是在欣喜地看着我。我轻轻抱抱电线杆，我又蹲下身子，轻轻地吻了吻开得正艳的杜鹃花。我听见他在说，我把杜鹃弄疼了，杜鹃流血了！我一边寻找着喜鹊窝，一边大声告诉他，杜鹃不疼，杜鹃很坚强！

老祝的地盘

曾宪涛

老祝五十多岁，头发胡子全白了，连眉毛也白了，只是胡子刮得干净。老祝在邻居中口碑不好，都说他太会算计，眉毛都是算计白的。

老祝在我隔壁，都住一楼，但属两个单元，他在我西边的单元。我们进出都要走单元的门，可他却在北凉台上开了个门，直接从院子里进出，不再走单元的门。门外，东边靠他凉台的墙种一排冬青至水泥路，西边靠我凉台的墙种一排冬青至水泥路，中间便围起了一块地盘。他每天把这块地盘打扫得干干净净，本来公共的地方似乎就被他占有了。开始有邻居把自行车停放这里，他便把车子搬到地盘之外，后来再有人停车，他便出面干涉，不想惹气生的邻居们，也就不好意思再停车。不过，二楼小伙子很不服气，那天他骑辆摩托车，突突突停在楼下。老祝出来干涉了，二楼小伙子把摩托车支好，看也不看他骂道："妈的，我住二楼，车不停这儿，停哪儿？"

小伙子的动静很大，邻居们都注意到了，都等着看事态发展，但没想到老祝见小伙子来头不善，声也没吭就回屋了。邻居们虽然有点解气，但还是感觉不过瘾，事后见到小伙子就鼓励他，对那种极端自私的人就不能客气！可小伙子也就那一回，之后再没停过摩托车。不知小伙子那一回是喝了酒，还是被老祝的不战屈了兵，但小伙子的摩托车的确是借人家的。

从此，这块地盘实实在在成了老祝的私人领地，没人再有异议。

老祝每天就在他那块打扫得干干净净的地盘上锻炼，打羽毛球，打太极拳。他打羽毛球是一个人打，把球挑起来，接住，挑起来，接住；打太极，完全没有套路，只是模仿着太极的动作，想怎么打就怎么打，胡乱比画。他对我说只要起到锻炼的效果就行了，何必非按套路来。他还建议我学他占一块地盘，说别看上来都不乐意，慢慢就习惯了。我说做不来，他一声叹息。虽然我不喜欢他的自私，但有时也佩服他精明，见识脱俗，遇事难决断还请他指点迷津。

院子里也就我与老祝关系还好，邻居们都不爱搭理他，还叫我也少理他。

这天院子里来了一个卖大蒜的，推辆三轮车，衣服破旧，满身尘土，看上去很老实的样子，口里喊着："买大蒜不，买大蒜不？"

老祝被喊声叫出来了，问："蒜怎么卖的？"

"6块钱一斤。"卖大蒜的回答着，便想把三轮车从水泥路上往老祝领地上推，老祝及时制止了他，就在路上扒拉着看他的大蒜。

"便宜点，5块钱一斤。"老祝开始讲价。卖蒜的开始两毛两毛地往下落，最终还是依了老祝的价，5块钱一斤。

老祝拣好了，卖蒜的一称道："2斤2两，算了，就收你2斤的钱。"老祝很满意，给了十块钱，拎着蒜回屋去了。这时，好多邻居都围上来了，都说这卖蒜的实在，卖蒜人也几乎都零头不算。

我也被吸引出来了，拣好蒜一称，也是2斤2两，收2斤的钱，巧的是我楼上的老肖也跟我一样。

我拎着蒜刚要走，老祝从屋里出来了，"卖蒜的，你怎么坑人！"

卖蒜的一愣："俺咋坑人？"

"你称称你这蒜多重？就2斤，你怎么说2斤2两？"

"这也不能叫坑人。"

"少2两，不叫坑人叫什么？"

"这咋能叫坑人？俺又没少你称。"

"说2斤2两，只有2斤，这不叫少称？"

"俺只收你2斤的钱，又没多收你的钱。"

"你说2斤2两收2斤的钱，这不是坑人吗？"

"这咋能叫坑人……"

两个人推磨一般绕着这算不算少称坑人，你来我往争吵起来。周围人慢慢才听明白，都觉得好笑。都说这个老祝也太那个了。于是舆论和同情都站在了卖大蒜的一边。我也觉得老祝过分，便劝他："算了算了，2斤不少就不算坑人，多说2两又有什么关系。"老祝听我这话，满脸涨红对我吼："你咋也这么说，这个社会就是你们这些人闹的！"那个卖大蒜的看老祝对我发火，又见众人们都向着他，便十分大度地拿起两头蒜给老祝，"算了算了，我再给你添两头。"老祝一甩手："我稀罕你这两头蒜，我是说这个事！"扭头回屋去了。众人们一阵笑，卖大蒜的俨然以一个胜利者的姿态，继续卖他的大蒜。

老祝竟然叫一个外来卖大蒜的给斗败了，邻居们似乎都很兴奋，也很愉悦，买好了蒜也不走，就围在那里讥笑指责老祝的自私与算计。

我回到家鬼使神差称了称大蒜，果然只有2斤。不由想起老祝吼我的那句"这个社会就是你们这些人闹的"。

出门的时候遇见了老肖，我问："你称大蒜了吗？"老肖说："干啥？"我说："看看到底是2斤2两还是2斤。"老肖撇嘴一笑说："那值当的。"

老肖的不屑，却叫我想到了老祝的地盘。

局 戏

李立泰

最近新发明，称呼一把手"大局长"，二把手"二局长"，三四五六……局长，按组织部发文排序依此类推。

局里除了大局长，从二局长到后边的若干局长，权力基本差不多。都是副职嘛，"四个盘儿"的家不当，可说一分钱的家不当！局里大事小情一人说了算。"一支笔"知道吧？就是签字大局长一支笔。

"二把儿"也别挖揲，你跟"七把儿、八把儿"一样，想沾分钱的光，对不起，你得找大局长。

二局长工作积极，紧紧团结在大局长周围。贯彻路线方针政策不走样，分管的工作出色完成，并创造性地开展工作，从没让大局长擦过"屁股"。

大局长到点了。这是地方行话："离岗。""离岗"是新词，到龄离开工作岗位。回家抱孩子做饭遛弯搓麻将没人管了，工资照发。说起来是不错的，相当于离休。

大局长对工作非常热爱，革命工作还没干够，还愿意继续为人民服几年务。53岁，正当年哩，正是出成绩的年龄，浑身的劲"棒棒的"使不完，现在回家不是人才和力气的浪费吗？"电大"不是白念了吗？在职研究生还有啥用？算了也不用去读研究生了。

二局长则转正心切，熬一辈子了，好歹也弄个正职啊。他迫切需要接过大局长的接力棒，继续率领全局干好工作，服务大局为中心工作保驾护航。

二局长这些积极表现，大局长看在眼里疼在心上。

大局长是不愿意离开岗位的。有些该办的事还没来得及办。工作好的同志该提还没提起来。就在他为离岗纠结的时候，形势突变，有了重大转机。

星期一早晨上班，大局长下来车，二局长的车也到了。大局长哈哈大笑，说："老刘，真有你的，你的照片传到网上去了！不简单啊！给咱局增光添彩了！"大局长一家伙，把二局长打蒙了。二局长脸色木木的没了反应，愣了好几秒才问："啥照片？传网上？"大局长说："我是听说，没见，你上网看看。"

这几年网上频频爆出领导干部的私照，网上一传，纪委监察局就跟上，调查、双规。大官小官儿没少倒台。二局长进办公室，把门一关，没上网，而是回想上周末自己跟五局长在温泉大酒店喝酒，饭后到歌舞厅娱乐。第一，没碰见熟人；第二，老板是哥们儿；第三，701房间没摄像头。这样不会出事呀？

唉，推介一下五局长。五局长是女同志，女局长，且是局花，漂亮青春，妩媚干练，80后风韵犹存。她也进步心切，盼着二局长坐上第一把交椅，提拔自己弄个二级单位的一把手干干，也算正职嘛。大局长在位的时间不长了，他不会自找麻烦，再调整班子。

外传老二接班。五局长靠二局长有一段了。不会是和老五唱歌的照片？

那难道是昨天钢板厂请客，汪厂长给安排的小姐黏在身边，亲热得过火，发到网上去了？

想到这儿，二局长滴答汗。这种事，几分钟传遍了。局里安静，可能外边早已沸沸扬扬。坏醋！这回是毁了。

稳稳神，先别自己乱了阵脚。他快速上网，百度了，没发现图片。

二局长，找大局长去了。他到大局长办公室，坐到沙发上，目光呆滞，脸色不正，心跳加快，手指轻微颤抖。

他："我看了，网上没照片。"

局长看了他一会儿，说："没照片更好哇。看看，开玩笑，当真了。也是，现在一说网上有照片都吓个半死。"

老二说："我看了，搜了。是啊，网上没啥。"

"晚上我请客，给你压惊。咱到'小运河酒馆'。别怕，没事。周末晚上自费，到时我给你通报个重要消息。"

"啥事？"

"大事。是关于离岗的事。"

老二的眼睛一亮，似乎看到了希望，局长的椅子在向自己走来。

晚上，小运河酒馆儿，齐满坐满，抓"四风"以来，小地方，小酒馆儿，火爆起来。

他们菜过五味，酒过三巡，推杯换盏，互敬互让，喝得嗷嗷叫。

二局长说："现在这干部政策不准，离岗年龄太小，五十三正干哩！正出成绩哩！却叫回家。局长，我敬你三杯，像你吧，再率领着我们干几年多好啊？"

大局长端起酒杯，说："对！你真有先见之明。上级来了通知，不准违规违法离岗。我还真得干几年！咱还要搭几年伙计。"

二局长举杯的手定格到半道，嘴张开的样子滑稽可笑，半天说不出话来。局长再干几年，这是二局长万万没想到的。

晚上他们都喝高了，二局长被送回家。

第二天早晨起床，二局长的半边身子不会动，几乎成了全身不遂。嘴歪眼斜淌口水……老婆赶紧喊120，救护车喇叭"完了、完了、完了……"欢叫着把他卸到市医院。

礼拜一，大局长率班子全体成员乘车。在车上讲着笑话，嘻嘻哈哈，叽叽嘎嘎，欢天喜地，过年似的，去医院看望二局长。

金瞎子

揭方晓

辽城有一名人，叫金瞎子。

金瞎子并不是真的瞎子，也不以算命为生，相反，他是一目光如炬的精瘦老头，见多识广，读书看报比谁都利索，可是左邻右舍都管他叫金瞎子，言语间还很是佩服。那是因为，无论对于遥远的国家大事，还是对于身边的那些鸡毛蒜皮的小事，他的判断都很准，甚至可以说是料事如神，就跟算命的瞎子一样，故此得名。

国家大事咱暂且不论，就拿下面这件小事来说吧，那真叫一个准啊。

县城有座数十米高的小山，叫景阳山，山上零星地长着些荒草杂树，没有什么风景，百十年来几乎无人问津，也很少有人攀登上去。前些年，县里打算开发这座小山，以其为中心建造一城区公园，让百姓有个休闲娱乐的好去处。这边刚一动工，那边就轰轰烈烈地为这座公园开展征名活动了。许多人都说："这真是奇了怪了，还得征名吗？就叫景阳公园多好啊，喜庆、吉祥，何况这山原本就叫景阳山。"

可金瞎子微微一笑，说："未必！"

死党陈三周这回不信金瞎子，吵着嚷着要跟金瞎子打赌。陈三周信心满满地对围观的邻居说："各位老少爷们做个见证啊，如果这公园不叫景阳公园，我这翡翠烟杆就归金瞎子了。否则，金瞎子那把旧锡酒壶可就便宜我了。"金瞎子苦笑，碍着众人的面子，无奈只得同意。陈三周好赌，与人争论，都兴下点小赌注。

没多久，公园建成了。揭幕那天，陈三周、金瞎子与众多邻居早早地就去了现场，现场人山人海。当遮盖在牌坊上的红布堪堪被揭落下来，金瞎子眼尖，一下子就看到"栖凰公园"四个金粉大字，哈哈大笑，伸手将陈三周咬在嘴角的翡翠烟杆啪地夺了过来，在衣角擦了擦，顺手放进了自己的衣袋。陈三周愣了，半天没说出话来。

原来，就在大家认为这公园笃定叫景阳公园时，城里几位博学的先生站了出来，言之凿凿地说："这山本名叫栖凰山，县志里有记载，景阳山只是民间俗称，平日里说说倒没什么，可这一上台面啊，还是叫栖凰山的好。"怕人不信，他们还扛着锄头，在山腰处找到一块石头，刨去其表面的浮土青苔，果然，栖凰山三个阴刻大字露了出来。据说那是明代的摩崖石刻。于是，这公园就理所当然地叫栖凰公园了。

大家就问金瞎子："你怎么算得那么准？"

金瞎子笑而不答，一副算命先生的做派。

过了几年，当大家已经习惯了栖凰公园这个名称时，有一天，金瞎子神神秘秘地找到陈三周，要与他打赌："公园马上就要改名了，不出意料当改成景阳公园，你若不信咱再赌一次如何？你赢了，我那把旧锡酒壶归你；我赢了，你那把马头琴归我。"打死陈三周也不信啊，这青天白日的，怎能说改就改？没理由啊，他立即就同意了。

有一天，前往公园游玩的百姓惊讶地发现，悬挂得好好的写着"栖凰公园"四个字的牌匾给换了，新的牌匾上崭新的"景阳公园"四个大字明晃晃的。就这样，陈三周那把拉了三十多年的马头琴归了金瞎子。陈三周那个心疼啊，拉着金瞎子死活不让他走，非得让他说说这前前后后他到底是怎么算的，也太准了。

金瞎子无奈，只得压低了声音说："我问你，先前那位县长是男的还是女的？"

陈三周一愣，说："女的啊，这不刚刚被调走了吗？据说高升了。"

"对啊，凰栖此山节节高嘛！"金瞎子笑了。

"那这次又为什么改名呢？"陈三周还是有些不解。

金瞎子摇了摇头，说："你真是瞎子，新来的县长是男的还是女的？"

陈三周恍然大悟："男的啊，阳刚着呢！"

楼上楼下

蒋先平

梨花村建起了住宅楼，大伙按村里要求都搬进了新楼。

住进了新楼，可大伙的生活习惯仍然跟原先住平房时一样，没事时依旧串串门，聊聊天。

老王住在一楼，每天中午晚上做饭时都跟住平房时一样敞着门，一楼到六楼的十几家做饭时也都喜欢敞着门。

谁家缺根葱少把盐的，不用急着下楼跑到小卖店去买，只要站在门口喊一嗓子就行，对门忙没有腾出空拿过来呢，楼上或楼下早已把要的东西蹬蹬地送了过来。

三楼老张媳妇知道一楼的老王爱吃韭菜盒子，她家烙韭菜盒子时总会站在门口大着嗓门喊道："楼下王大哥，我家烙韭菜盒子了。"一会儿，老王准会扑通扑通上来了，老张媳妇一边捡出几张刚出锅的韭菜盒子放到老王带来的盘子里，一边说："新出锅的，凉一会再吃，别烫着啊。"

六楼的老姜太太做酸菜汤时，总是用大海碗盛上一碗，让儿子给三楼的老张媳妇送去。"你张嫂子就爱喝我做的酸菜汤，告诉她我放的盐不多，不够口自己再放点。"老姜太太叮嘱儿子。

楼上楼下十二户和当年住平房时一样，上下楼路过敞开的门口都会打声招呼，大伙相处得像一家人。

　　日子就这样在你要棵葱，我送碗汤的琐碎中一天天地过去了。

　　元旦过后，一楼老王城里的表姐来他家住了半个月。见他家整天喜欢敞门做饭，没有事也敞门和上下楼的人唠几句，表姐很是认真地说："好好的楼让你们住成什么样子了，哪有整天敞门过日子的？那多不安全啊。"

　　表姐把门关得严严的。老王两口子刚开始不习惯，后来渐渐地适应了，听不到上下楼的脚步声，做饭时那此起彼伏的叫喊声也听不见，真的清静了。

　　一楼老王的对门见到老王把门整天紧紧地关上了，心想是不是老王对自己有意见了，自己啥时得罪了他呢。哦，一定是上次老王媳妇要头大蒜，家里就剩一头了，做饭也要用，就没给她，她就记在心上了。哼，小心眼，你关门，我不会关啊。从此，他家也把门关上了。

　　一楼这两家做饭时缺啥少啥就往楼上跑，朝楼上要。

　　二楼两户以前缺点啥，喜欢喊一楼，一楼就给送上来了，可现在一楼的门关上了，喊啥人家也听不到，只得喊楼上，让楼上下来送东西。

　　时间长了，二楼的两家对一楼的两家就有了想法，你们心眼多啊，缺啥少啥往我们这跑，你们却把门死死地关上了，我们喊啥你们也不知道。于是二楼两家也把门关上了。

　　见到二楼两户关门了，三楼也有意见了，他们也把门关上了。循环下去，后来四楼对三楼有想法，把门关上了；五楼对四楼关门有意见，干脆也把门关上了；六楼老李见楼下都把门关上了，自己也把门关上了。

　　六楼老王太太是个有心无肺大大咧咧的人，她依旧做饭时开着门，可没有人再向她要这要那了，她站在门口向下喊时，没有人应答，更没有人给她送要的东西了。时间一长，她无可奈何地也把门关上了。

　　这天，一楼老王的表姐又来老王家串门，她看到大伙都关着门自己过自己的日子，就对老王一家说："关门过日子，这就对了。"

墙上有一个洞

墨　村

　　正是清晨。桃花突然发现厕所土坯墙上有一个洞，圆不溜丢的，像一个不怀好意的男人闭着一只眼，色眯眯地紧盯着她。桃花顿时花容失色，身子一软，差一点跌进茅坑里。

　　男人外出打工快一年了，桃花在家陪着上初中的儿子。寂寞的日子太难打发了，桃花的心里像长了草，特别是每月那几天，身子刚一干净，骨头里就如钻了无数的虫子，东一拱西一拱地让人难受。

　　就像刚才，桃花在厕所里发现自己身上又干净了，可那种万箭穿心的感觉也毫无廉耻地奔来了。桃花仰着脸扭捏着身子。就在她浑身轻松慢慢睁开眼睛的那一刻，突兀地看到了墙上有一个洞。她不知道这个洞是啥时间出现的，出现了有多久。桃花胆战心惊地凑近那个拇指般粗细的洞，往里一瞅，差一点失声惊叫。墙的那面是小学老师白涛家的厕所，她看到了站在厕所门口的白涛。细皮嫩肉的白涛一边提裤链，一边对老婆马兰说："我上课呀。"

　　天哪，他一准看见了！桃花吓出了一身冷汗。他要把看到的一切说出去，自己就没脸活了。

　　白涛的儿子在县城读高中，家里就剩下他和马兰了。桃花看见又黑又胖的马兰，正撅着肥大的屁股在院子里搅拌猪食，腰两边的肥肉一嘟噜一嘟噜的，快要撑破衣裳了。桃花用卫生纸塞紧了那个洞。

桃花撕扯着头发魂不守舍地在院子里转悠了一上午，好不容易看到白涛远远地走来了，便站在了村道上。等白涛走近了，桃花说："放、放学了！"白涛笑着回答："哈，放学了。"桃花敏锐地捕捉到了白涛浮在嘴角的那丝笑，满是讽刺与鄙夷，躲在瓶底样镜片后那双鼓凸的眼睛，还贼溜溜乱转。

就在白涛擦身而过的时候，她感觉到他的右手有意无意地轻轻碰触了一下她。桃花一个愣怔，但转眼间又糊涂了。她很难确定到底是碰了，还是没碰，两人相隔那么远，手怎么能碰到一起呢？

天已晌午，精神恍惚的桃花鬼使神差地进了厕所，一眼就看见塞在洞里的卫生纸不见了，只剩下圆圆的一个洞。桃花凑近洞口，白涛家的半个院子便出现在了眼前。白涛和马兰两个人蹲在院子里的压水井边择青菜，只见白涛晃着手里的一个紫茄子，凑近马兰嘀咕了几句话。马兰飞快地朝桃花家的院墙上看了一眼，沾满菜泥的胖手打在了男人的肩膀上，咯咯笑得一身肥肉乱窜。

桃花心里一紧，整个人便蛇一样地顺着墙壁瘫在地面上……桃花坐在大门外，望着静悄悄的村道出神。村子里能出门的都出门了，留下的都是老弱病残。村子也老了，就像一位垂暮的老人，老气横秋，没有了生机。

哐啷一声门响，吃过午饭的白涛终于出来了。桃花对走近的白涛献媚一笑："白老师，吃了？"白涛满脸堆笑，躲在镜片后那双鼓凸的眼睛，依然贼溜溜乱转："吃了，你也吃了？"眼瞅着白涛走过去，桃花心一横，朝着白涛的背影喊："白，白，白老师。"白涛转过身："有事？"桃花顺下了眼皮："我，我想……"白涛不解地望着她："啥事？咋还不好意思张口呢？"

"我，我，我想……"桃花仍然说不出口。白涛笑了："想大林了吧？出门都快一年了。这大林也真是，把你和儿子扔在家里也放心？"

桃花的脸一下子红了："不，不是，我，我家的电视机不知咋了，一个台也收不到，我想让你给看看！"白涛说："哦，好，我看看！"说着便动身朝桃花家院子里走。桃花心里像揣着一窝小兔子急急地跟在后面。

白涛进了堂屋，直奔电视机，伸手一按开关，屏幕哧拉一响，画面就出来了。白涛一边不停地变换着频道，一边满腹狐疑："咦，这不好好的吗？咋说收不到呢？"转脸看桃花，却见桃花眼里汪了一汪泪。

"咦，咋了？"

"我，我，早上在厕所里……白叔，不，白哥，只要你不说，你让我干啥我都愿意！"桃花红着眼，身子软软地靠过来。

白涛呼吸急促，鼓凸的眼珠子躲躲闪闪："大，大林要是知道了……"

"白哥，白哥，你就可怜可怜我吧！"桃花哭出了声，搂紧了白涛，生怕一松手白涛就跑了。"早上，早上你在厕所里咋了，我咋越听越糊涂了。"白涛的眼镜歪向了脑门，他手忙脚乱地扶正眼镜，却突然盯着洞开的院门惊慌失措地说："门，门门门……"

"桃花哎！"村道上传来了马兰的声音。两人立马慌慌地分开了。一起讪讪地望向院门。这时候，马兰的水桶腰填满了门框："哎呀，我刚才听见你让我们家老白给你修电视机，找到毛病没？"

"哦，好，好，好了，插板的熔丝烧断了，刚换了一根。"白涛闪着鼓凸的眼珠子朝马兰笑。

马兰一身臭汗晃进了屋，炫耀地叹气："唉，家里没个男人还真不行。我说桃花哟，我们家老白晌午跟我说了个笑话，笑死我了。你听不？"

桃花一个愣怔，绝望地闭上了眼睛。

白涛红头涨脸："胡扯个啥，害不害臊啊你？"

马兰兴奋地一拍大腿："咦，装啥正经哩，臊啥臊啊？桃花又不是大姑娘，啥东西没见过！"

马兰不管不顾，一边笑一边说："我们家老白，晌午帮我择菜时，举着一根歪把儿茄子说，'你看你看你快看，这东西咋这么像那东西呀！'唉哟，我的娘哟，笑死我了！"马兰笑得花枝乱颤，一身肥肉争先恐后地窜来窜去，没有个完。

　　桃花听着听着忍不住也笑了，可笑着笑着突然放声哭起来。白涛和马兰两个人大眼瞪小眼，怎么劝都劝不住。

最后的箍匠

厉剑童

　　箍匠，就是箍盆箍缸箍碗碟的，常挑一副担子，前后各一个箱子，箱子里盛着轱辘钻、小锤啥的工具，一边晃晃悠悠走，一边嘴里吆喝着："箍盆——箍缸唻——"，"唻"字尾音拖得特别长，能听很远。箍匠每天穿行于乡间大街小巷。等有了营生，在大街上靠墙根处支一个摊子，膝盖上压一块发黑的黄油布，叮叮当当箍家什。

　　我堂嫂的父亲就是一个老箍匠。大爷个子很高，下巴上留一撮白胡子，鼻梁上架着一副老花镜，一条镜腿用黑胶布绑着。后背上搭着一根旱烟袋，那烟袋杆子也不知是什么木头做的，已经被磨得油光发亮。大爷背有些驼，走路挺快，不像是七十多岁的老人。听堂嫂说，大爷从十几岁开始，干这营生都快60年了，是我们这一带最后一个箍匠。早年，大爷挑着担子走村串巷，箍盆箍碗地吆喝，靠着这副担子，养活一家老小。儿女们都陆续成人，大爷一个人在家过，堂嫂便要大爷到家里来养老，大爷死活不肯，终因不小心跌了一跤，伤了筋骨，这才到堂嫂家养伤。

　　几个月后大爷便痊愈了，嚷嚷着要回家，说人家的金屋银屋不如自己的茅草屋，况且自己还能动弹。堂嫂知道，大爷是舍不得那个多少能给他进俩烟钱的老挑子。堂嫂放心不下，高低不让大爷回去。大爷很郁闷，茶饭不思，小酒也不喝了，跟堂嫂赌起了气，老小孩似的。堂嫂拗不过，便想了个折中的法子，把大爷那副担子拿来，在自家门口支个摊子。村里上了年纪的，纷纷把破损的家什拿来让大爷修补。

我第一次见到大爷时他正在堂嫂的家门口修补一口缸，大爷眯缝着眼，来回拉着一根钻柄磨得黑亮的钻，那钻在大爷手里灵巧地转着，碎屑飞扬，几分钟工夫两个眼便钻好了。大爷拿出一根铜箍子，对齐眼摁上，摸出一柄小锤，轻轻敲打着，然后箍子上抿上石膏，来回抹平。大爷歪着头，来回端详一番，脸上的表情看起来挺满意的。大爷干得很仔细很卖力，堂嫂让他悠着点，不差这会。大爷隔着镜片，眼一瞪，说："说的啥话，人家送来这些家什让咱修，是看得起咱的手艺，咱就得麻利地给修好，不能让人家等急了。"日落时分收工了，大爷撑着膝盖想站起身，站了几次都没站起来。我赶紧扶了一把，大爷这才趔趔趄趄站起来。大爷很高兴，晚上非要和我喝一口。大爷、我、堂哥三个人就着几个小菜喝酒，你一口我一口喝起来。大爷一边喝，一边歪头看一眼堆在门口的那些修好的家什，目光像在看自己最疼爱的孩子。大爷端着酒盅，乐呵呵的，白胡子一颤一颤，很有节奏，小酒喝得嗞滋有声。堂嫂说："你大爷修了家什，人家给钱，他死活不要，说'都是乡里乡亲的，再说现在不是早年了，谁家还差那俩钱，你们找我，让我的手艺有了用武之地，是看得起我，说明我还没老到一点用不中'。"

我第二次见到大爷是在一年后，那天他独自坐在堂嫂家屋檐下晒太阳。我热热地叫了一声："大爷，没忙啊？咋舍得停下了？"大爷懒懒地说了一句："大侄子，来了。"便不再言语，没有了第一次的热情。堂嫂悄悄告诉我："你大爷忙活了好些日子，来修补家什的越来越少，这几天正没活干。你想啊，现在年轻人新家什都用不过来，真正需要修补的能有几户？你大爷正为没活干郁闷，这不茶不思饭不想，小酒也不喝了，急死我了……"

堂嫂正说着，在城里上班的侄子回来了，带回来一些锅碗瓢盆家什，说他厂子的那些同事听说我姥爷是箍匠，就托他带来给修补修补。大爷一看那些家什，顿时两眼放光，边接过那些家什端详，边说："连城里人都要我一个糟老头子给修家什，这是多大的面子，我得抓紧修。"

第三次见到大爷是距离上次几个月后。那天，大爷在堂嫂家屋檐下坐着，嘴里一个劲地念叨："这小兔崽子，咋还不回来把这些东西拿回去，这不耽误人家用吗？"原来，大爷早把那些家什修好了，可孙子迟迟不见人影。

中午在堂嫂家吃饭的时候，侄子终于回来了，还顺便带回来几件破损家什。老爷子一番盘问，才知道侄子是出差了才回来。侄子劝大爷不要太累，保重身体，老爷子眼一瞪："咋了，你姥爷我就这么不中用？"说话的时候下巴上的白胡子一颤一颤，我侄子赶紧吐吐舌头，满脸堆笑，说："那是那是，我姥爷是谁？那是走四方的老箍匠，名头响当当！"

大爷脸一拉，说："真想孝敬我，你就多拿些坏家什来，别让我闲着就好。记住，千万不要收人家的钱，我可是说了免费维修，别坏了我的名声，让人说我言而无信！"

我第四次见到大爷是在医院的病床上。原来，大爷那天加班加点地修补那些家什，活赶得太急太累了，还差最后一把壶就完工了。大爷刚一起身想去方便一下，一头栽倒在地。堂嫂赶紧拨打了120，送到医院急救，一查，脑溢血。

大爷被抢救过来，说的第一句话就是："还有一把壶没修好，对不起人家，你跟人家说好，等我一出院就给修理明白，还有别忘了再回来的时候再带些给我……唉，要是你们能接过我的班，有会修修补补的就好了……"

侄子送我出来，走到医院门口，侄子说："小叔，你知道吗？我带来的那些家什，都是我到废品收购站买来的……我姥爷修好的那些家什现在都一件不少地在我家地下室躺着呢。"

几天后，大爷去了。埋葬大爷的那天我也去了。堂嫂在大爷坟墓的一角埋了十几样待修的家什。连同那些家什埋下的还有那副已裂了纹的箍匠担子。

老鼠与婚姻

兰 卓

结婚的第二十个年头，男人雷波和女人冬梅从旧城搬进了新城。安顿好后，雷波累躺在沙发上说："一套新房子，两副旧行头。"冬梅惊诧地瞪着他说："你是嫌我老了吧，有本事去找一个年轻的噻。"

冬梅骂得他狗血喷头，然后两人罕见地大吵了一通。吵不动了："冬梅就说，离婚吧。"雷波淡淡地说："娃儿上大学了，就我们两个在家里，我不过就是开个玩笑而已，离婚？头昏啊？"

第二天，冬梅真的拟好了离婚协议，离婚的主要理由是，雷波长期上夜班，她相当于守活寡，这样的婚姻有名无实。财产分割的方案很简单，旧房子给雷波，新房子归冬梅和女儿。

雷波心知肚明，这个离婚理由还是站得住脚的，自己和冬梅睡在一张床上的时间比法定节假日还少。对离婚没有心理准备的雷波竟然很快签字了，他对冬梅唯一的请求是，离婚这事儿，等女儿大学毕业后再告诉她。

冬梅与雷波约定另外选个日子回老家县城去办离婚证。离开时雷波说："你最怕老鼠，万一家里有了老鼠怎么办？"冬梅说："那是二十年前，我现在还怕老鼠啊？再说，三十几楼会有老鼠吗？即使有，也不会麻烦你。"

二十年前，他们租住在一个小镇的筒子楼里。结婚那晚，她看见一只老鼠在啃米袋，她捡起鞋子就扔了过去，躲进他怀里说："你家的老鼠真多。"第二天早上醒来，她又看见老鼠，捡起另一只鞋子就扔了过去，钻进被窝对他说："老公，老鼠在啃我们的米袋，你得想想办法。"

　　冬梅住进来的是开发区的一个新小区，保安和清洁工比居民还多，到了晚上整个小区就是传说中的"鬼城"，安静得连一只叫春的猫都没有。不过，冬梅喜欢安静，安静可以治疗她的失眠。

　　旧家具搬回旧房子后，冬梅自己买了一套新家具。摆好家具那天晚上，冬梅就发现家里有只老鼠，她立即打电话请物管公司除鼠，物管的人说："你住三十几楼哪来的老鼠啊。"冬梅说："真的有啊，如果你们不管，我就不交物管费。"物管的人说："可能是你搬新家具时带进去的，这是室内的事情我们不管，你得自己想办法解决。"

　　她专程回旧城的农贸市场买了灭鼠药。一天一夜过去，老鼠还在。一连几天晚上，冬梅就在想方设法灭鼠，老鼠的策略是"你开着灯我就躲起来，你上床我就现身觅食"，搞得冬梅痛苦不堪。和一个生活了二十年的男人离婚之后，却和一只老鼠生活在了一起，她安慰自己，谁的人生没有挣扎啊，但是她猛然发现自己的人生被逼到了墙角，简直糟糕透了。

　　有一个星期，冬梅将所有可以吃的东西锁了起来，但她还是在半夜里听到老鼠活动的声响，她差点崩溃了。那天早上，她在公司大门口前的石梯上晕倒了。晚上，雷波将其从医院送回家后，她说："家里有老鼠，你帮我灭了再走好吗？"

　　灯一关，照样听得到老鼠活动的声响，但是没有见到老鼠的影子。每天下班，雷波就过来灭鼠，他的口号是"不灭掉老鼠，誓不为前夫"，这个口号让冬梅哭笑不得。一个月后，雷波依然没有灭掉老鼠。

　　放寒假，女儿回家了。晚饭后，冬梅对雷波说："你回家吧。"女儿说："这不是爸爸的家吗？妈妈更年期到了吗？怎么这样对爸爸啊？"冬梅瞟着雷波立即改口说："你忙你的去吧。"雷波说："我退居二线了，已经不上夜班了。"

每天睡觉前，雷波打扫房间后，将垃圾全部清理干净，将所有的灯关掉，然后他打开防盗门，自己躲在门后。终于有天晚上，雷波看着饿得肚皮如刀背的老鼠摇摇晃晃地走了出去。他立即关上防盗门，大喊一声："老婆，灭了灭了……"

冬梅低声说："你洗个澡吧。"自从有了孩子后，"洗澡"是他们亲密的"暗语"。那晚，雷波和冬梅睡在了一张床上。雷波说："我们复婚吧。"冬梅深深掐了他几下："复婚？复什么婚？"雷波说："我们不是离婚了吗？"冬梅一阵大笑："只是签了协议还没有去办证也算吗？"